Tania Witte
Die Stille zwischen den Sekunden

Alle Begriffe aus dem Kurdischen und ihre Verwendung beruhen auf eigenen Recherchen. Es gibt allerdings so viele lokale Ausprägungen der vornehmlich mündlich überlieferten Sprache, dass sich hier Begrifflichkeiten mischen können oder unterschiedliche Meinungen über die korrekte Verwendung existieren. Dies hier ist meine eigene Auslegung – Fehler sind also möglich, wenn auch nicht beabsichtigt.

Tania Witte
ist Schriftstellerin, Journalistin und Spoken-Word-Performerin und lebt in Berlin und Den Haag. Neben diversen internationalen Stipendien erhielt sie 2016 den Felix-Rexhausen-Sonderpreis für ihre journalistische Arbeit, 2017 den Martha-Saalfeld-Förderpreis für Literatur und 2019 den Mannheimer Feuergriffel für Kinder- und Jugendliteratur. Das Manuskript von »Die Stille zwischen den Sekunden« wurde 2018 mit einem Arbeitsstipendium des Landes Niedersachsen ausgezeichnet.

Weitere Bücher von Tania Witte im Arena-Verlag:
Ella Blix: Der Schein

Tania Witte

DIE STILLE ZWISCHEN DEN SEKUNDEN

Roman

Arena

Für M und Y –
ihr fehlt.

FSC
www.fsc.org
MIX
Papier aus verantwortungsvollen Quellen
FSC® C110508

1. Auflage 2019

Covergestaltung: Alexander Kopainski unter Verwendung von Motiven von shutterstock © doodko, Sergey Novikov, Joshua Davenport, Yarlander
Gesamtherstellung: Westermann Druck Zwickau GmbH
978-3-401-60474-9

Folge uns unter:
www.arena-verlag.de
www.arena-verlag.de/twitter
www.arena-verlag.de/facebook

EINS

Schneller, Mara, schneller! Ich hetzte die Stufen zur U-Bahn hinunter. Die gekachelten Wände verwischten zu einem schmutzigen Türkis, das eine absurde Schwimmbadatmosphäre ausströmte. Die Lautsprecherdurchsage ertönte, als ich die letzten drei Stufen hinabsprang – mitten hinein in eine Touristengruppe. Beim Versuch auszuweichen, landete ich halb auf dem Schuh eines Mannes und knickte um. Mist, verdammter. Ich ignorierte den Schmerz und das Fluchen und das Gelächter, rappelte mich auf und raste weiter. Die Türen der Bahn schlossen sich bereits. Mit einem letzten Hechtsprung zwängte ich meine Schulter zwischen die Türen, aber der Spalt war zu klein. Ich prallte ab.

»Scheiße!«

Meine Hände donnerten gegen die Scheiben, zweimal.

Die Menschen in der Bahn sahen erschrocken von ihren Handys auf. Eine Frau legte beschützend die Arme um das Baby, das sie vor ihren Bauch gebunden hatte, und sah wütend in meine Richtung. Neben ihr wedelte ein älterer Mann mit der flachen Hand vor seinem Gesicht herum – das vermutlich internationale Bist-du-bescheuert-Zeichen. Ein Typ, ungefähr so alt wie ich, sprang von innen in Richtung Tür und tat, als würde er ebenfalls gegen die Scheibe schlagen. Er stoppte seine Bewegung kurz vor dem Glas. Witzig. Fanden zumindest die Jungs, die ihn umrundeten – ihr Gejohle war bis draußen zu hören. Ich schnitt ihnen eine Grimasse. Die

Jungs hampelten herum, bis der grüne Zug aus meiner Sichtweite fuhr und im Tunnel verschwand.

Die Anzeigetafel ratterte: Zehn Minuten bis zur nächsten Bahn. Ausgerechnet heute hatte ich Mam versprochen, um halb sechs zu Hause zu sein, was laut Anzeige schon vor fünf Minuten gewesen war. Dabei hatte ich mich so beeilt und war den ganzen Weg vom Skatepark zum Kröpcke gerannt, wo ich wie jeden Mittwoch mit Sirîn abgehangen hatte. Alles nur, weil Mam heute unbedingt gemeinsam und extrafrüh zu Abend essen wollte, bevor Torsten vier Tage auf irgendeine Konferenz musste. Vier Tage, kein halbes Jahr! Ich trat ein paar Schritte zurück, lehnte mich an die Schwimmbadkachelwand und zog das Handy heraus.

Bahn verpasst.
Komm ein bisschen später. Sorry.

Mam reagierte sofort. Ein Yoga-Emoji. Hieß: Bloß kein Stress. In »Bloß kein Stress« war meine Mutter gut – sie war von Natur aus tiefenentspannt. So sehr, dass sie bei beinahe allem, was sie tat, übelsten italienischen Hip-Hop hörte, damit sie nicht beim Putzen einschlief und beim Baden ertrank. Von Tiefenentspannung war ich gerade Lichtjahre entfernt.

Ungeduldig sah ich zur Tafel, dann setzte ich den Kopfhörer auf, der mich so wunderbar von der Welt abschottete und obendrein wärmte – und mit dem ich aussah wie ein Koala mit mintgrünen Ohren. Ich scrollte durch meine zuletzt gehörten Songs, hielt aber keinen länger als vier Takte aus. Vielleicht sollte ich es mal auf Mams Art versuchen – nur umgekehrt. Versuchsweise tippte ich »Meditation« auf Spotify ein, aber schon der Gong zum Auftakt machte mich kribbelig. Bei den Panflöten klickte ich weg. Ich landete in der »Dein Mix der Woche«-Liste, die heute mit dem Song einer Sängerin begann, von der ich noch nie gehört hatte. Er hieß »Ordinary Day« und war mir eigentlich ein bisschen zu gitarrig, aber ich hatte keine Lust mehr weiterzusuchen.

This is just an ordinary day,
wipe the insecurities away ...

Die Anzeige sprang auf neun Minuten. Mein Blick schweifte über die feierabendliche Menschenmenge, die die Treppe hinunter auf den Bahnsteig strömte, alle gehetzt und graugesichtig.

Was soll's, beschloss ich. Es ist zwar November, aber es regnet nicht und Mam wartet. Lauf' ich halt.

Ich drehte den Gleisen den Rücken zu, drängelte mich durch die Menschen und stiefelte die Treppe wieder hinauf. Immer nach vorne schauen, nie zurück.

War das auch aus einem Song? Lauter, klickte ich, noch lauter, lauschte den Gitarren und der Stimme und dachte an Chriso, weil ich immer an ihn dachte, wenn ich nicht gerade an andere Dinge denken musste. Chriso hieß eigentlich Christian und ging in die Zwölf, zwei Klassen über mir. Seit einem Austauschjahr in den USA hatte er einen eigenen YouTube-Kanal – klar, dass alle ihn bewunderten, als er auf unserer Schule landete. Wegen des Kanals – und weil er der Älteste in seiner Klasse war. Und der Coolste, wegen Amerika. Dass sie ihn ein ganzes Jahr zurückgestuft hatten, weil er drüben mehr gevloggt als gelernt hatte, polierte sein Image auf Hochglanz.

Woher ich das alles wusste? Weil er natürlich auch dazu ein Video gedreht hatte. Alles rund um Chriso gehörte zum Allgemeinwissen bei uns und jedes zweite Mädchen schwärmte für ihn.

Ich auch. Wegen dreißig Sekunden, die jetzt ein Jahr und vier Monate her waren.

Chrisos erster Tag bei uns. Ich stand in der großen Pause am Kiosk und wartete auf Lyd. Gerade als ich ihr eine Nachricht tippte, entdeckte ich ihn.

Später fiel mir auf, dass dies das einzige Mal war, dass ich ihn alleine gesehen hatte. Er wirkte anders damals, ein bisschen verloren fast, und einen kleinen Moment lang schauten wir uns in die Augen. Eine Sekunde, noch eine, noch eine.

Und dann ... rempelte mich jemand an und das Handy fiel mir aus der Hand. Chriso, von dem ich noch nicht wusste, dass es Chriso war, machte einen Schritt, der nur ein klein bisschen größer war als seine vorigen, und das Telefon landete sicher in seiner Hand. Meine Wangen prickelten. Meine Augen klammerten sich an seiner Hand fest. Schöne Hand, dachte ich. Schöner Arm, schöner Geruch, schöne Stimme.

»Oops«, machte er. Dann legte er mir das Telefon zurück in die Hand, ganz vorsichtig, als ob es sehr wertvoll wäre. Als ob *ich* sehr wertvoll wäre.

»Danke«, stammelte ich. Ganz kurz berührten mich seine Fingerspitzen.

»Kein Ding«, sagte er leise. Räusperte sich – und ging.

Er ging!

Hinein in sein neues Leben, in dem er immer umzingelt sein würde und in dem ihn alle anhimmelten. Vermutlich hatte er mich sofort vergessen.

Ich ihn nicht.

Vor den Eingängen zur Stadtbahn und rund um die riesige Weihnachtspyramide, die auf die Eröffnung des Weihnachtsmarktes wartete, wimmelte es von Menschen. Die Sternbeleuchtung hing zwar schon, aber nur die Lichtwolke, die seit ein paar Jahren über dem Platz schwebte, brannte. Nicht mal der Mond war zu sehen. Alles wirkte surreal. Ich machte mich auf den Weg, mein Kopf noch immer voll von Chriso.

So ging das jetzt seit einem Jahr und vier Monaten, in denen ich jeden Tag hunderttausendmal an ihn dachte. Wohlgemerkt, obwohl ich, nachdem ich mir zum ersten Mal sein Vlog angeschaut hatte, alles daransetzte, ihn mir aus dem Kopf zu schlagen. Denn sein Kanal war ... nicht besonders originell, um es freundlich auszudrücken.

Hey, Leute, schön, dass ihr wieder da seid! Und ich garantier euch, es wird sich loooohnen! Heute wird's hier nämlich mal wieder gaaaaanz crazy bei mir!

Close-up von irgendeiner Langhaarblondine: *Schwör!*

Close-up Chriso: *Ich schwör'!!!*

Und dann kam ein »gaaaaanz crazy« *Boy versus Girl*-Scheiß oder *Die zehn besten Songs für* Dates/Sex/Feiern/irgendwas – der übliche Kram, den Vlogger halt machten. Das hätte ich ja noch halbwegs verkraftet, aber Chrisos Erfolgsgeheimnis beruhte auf etwas anderem – etwas, das ihn von anderen Vloggern unterschied: Er filmte heimlich Gespräche von Leuten, in denen sie über irgendwen abhetzten. Das Ganze kommentierte er mit Emojis, schnitt Standbilder von sich selbst mit passender Mimik dazwischen und versah es mit (leider wirklich witzigen) Hashtags. Es war auf verdrehte Art gemein, weil man nie wusste, ob er sich über die Lästerer oder über ihre Opfer lustig machte. Man sah nie Gesichter, deshalb konnte ihm niemand was. Aber ziemlich oft wusste man, um wen es ging, und alle klickten wie verrückt die Videos, entweder mit Respekt oder Angst.

Oder weil sie verknallt waren.

Das ging in meinem Fall nur, weil der Chriso in den Videos nichts mit dem Menschen zu tun hatte, der mir an seinem ersten Schultag begegnet war. Sogar seine Stimme war anders, wenn er vloggte, hart und hyper, die Ausstrahlung distanziert und unecht. Trotzdem konnte ich nicht aufhören, an ihn zu denken ... Wobei ... eigentlich dachte ich nicht an ihn, sondern an den Dreißig-Sekunden-Chriso. Und hasste mich dafür, weil das alles so ein bescheuertes Klischee war.

Ich ging Chriso weiträumig aus dem Weg, vor allem wenn er ein Handy in der Hand hatte und versuchte, mir einzureden, dass er genauso dumm wie gut aussehend war, aber so ganz gelang es mir nicht. Zumindest behauptet Sirîn, dass ich immer einen violetten Blick bekomme, wenn ich an ihn denke. Violetter Blick! Das sagte sie wirklich und erstaunlicherweise klang es nicht mal blöd bei ihr. Im Gegensatz zu mir schien Chriso unsere Begegnung kaltgelassen zu haben, denn er zeigte niemals auch nur das winzigste Anzeichen von Erkennen, wenn wir einander begegneten.

Ich wusste, dass Mam es nicht mochte, wenn ich im Dunklen allein durch die Stadt lief, aber es ging gegen ihre Ehre, das auszusprechen. Schließlich war ich schon sechzehn und außerdem: Wann war es im Winter mal nicht dunkel?

Ich schlängelte mich aus dem Gewimmel Richtung Georgstraße. Meine empfohlene Wochenplaylist wechselte zu italienischem Schmalz. Welcher Algorithmus hatte sich die für mich ausgedacht und aufgrund welcher Daten, bitte schön?

Das Schlimme war, dass ich verstand, was sie sangen, denn Mam hatte alle Energie darauf verwendet, mich zweisprachig aufwachsen zu lassen. Wenn ich schon nicht italienisch aussähe – weil ich blond auf die Welt gekommen und blond geblieben war! –, sagte sie immer, müsse ich wenigstens die Sprache beherrschen, das wäre ich meinen Großeltern schuldig. Wenn ich allerdings solche Musik hörte, wünschte ich, sie hätte mir die blonden Haare braun gefärbt, statt mir die Sprache beizubringen.

Aber zu deinen Füßen,
zu deinen Füßen,
oh, ah, Baby,
zu deinen Füßen,
werfe ich meine Lieder,
mich, Baby,
zu deinen Füßen, oh, ah …

Ich stöhnte innerlich, war aber zu faul, das Handy aus der Tasche zu ziehen und weiterzuklicken. Vor meinen Füßen (oh, ah!) lagen keine Lieder, dafür würden sie mich sicher nach Hause tragen. Währenddessen dachte ich weiter an Chriso und an Sirîn dachte ich auch und daran, wie bescheuert es war, dass ab Ende November alle wie die Irren die Geschäfte stürmten, und fragte mich, ob wohl irgendwo auf der Welt ein anderer Geburtstag so ausschweifend gefeiert wurde wie bei uns der 24. Dezember.

*

Als ich die Wohnungstür aufschloss, drang aus der Küche Fluchen und Geschepper. Beides deutete darauf hin, dass Mam am Kochen war. Das verhieß nichts Gutes.

Es war nämlich so, dass meine Mam alles hatte und konnte, was auf einer How-to-Liste für Mütter stand. Sie war warmherzig und aufmerksam und liebevoll und klug und empathisch. Ein Typ aus meiner Parallelklasse hatte sie mal eine MILF genannt, woraufhin ich ihm eine runtergehauen hatte. Seitdem lud ich nur noch äußerst selten Besuch zu mir nach Hause ein.

So einen MILF-Satz würde ich garantiert selbst nie zu hören bekommen. »Du kommst nach deinem Vater«, seufzte meine halb sizilianische Mam hin und wieder. Und dann schwiegen wir beide, wegen Papa, und weil das eben auch hieß, dass ich nicht aussah wie Mam. Nicht so hübsch. Meinte sie nicht so, hörte ich aber. Und sie hatte recht. Das Einzige, was ich von ihr geerbt hatte, waren die dunkelbraunen Augen und die Körpergröße. Oder eher: meine Winzigkeit. Im Gegensatz zu ihr war ich nicht kurvig und weich, sondern grobknochig und v-förmig. Ich trieb bewusst wenig Sport, weil ich – eben genau wie Papa – im Handumdrehen Muskeln aufbaute und dann aussah wie ein Miniaturpreisboxer. Dazu kam eine stupsige Nase, struppiges naturblondes Haar und die zwar ausgeprägten, aber ebenfalls blonden Augenbrauen. Selbst wenn ich akzentfrei Italienisch sprach, glaubte mir keiner, dass ich sizilianische Wurzeln hatte.

Immerhin schien irgendwer da draußen Sinn für Humor zu haben, denn *ein* Punkt fehlte Mam zur perfekten Klischeemutter: Sie konnte nicht kochen. Das war umso heimtückischer, weil jeder Durchschnittsdeutsche von einer Halbitalienerin die beste Pasta der Welt erwartete. Aber Mams Nudeln verklebten immer oder waren innen steinhart und außen schleimig.

Ich streifte Schuhe und Jacke ab und näherte mich vorsichtig schnuppernd der Küche.

Ohne Tiefkühlmahlzeiten hätte ich meine ersten sieben Lebensjahre vermutlich nicht überstanden. Es hat lange gedauert, bis ich begriffen habe, dass Auftauen kein Synonym für Kochen ist. Ich war Mam regelrecht dankbar, als sie sich in Torsten verliebte, denn mit ihm kam Essen in mein Leben, gutes, echtes Essen. Er schwor nämlich auf Mitbringmahlzeiten aus Restaurants und To-Go wurde das neue Aufwärmen.

Als Mam schwanger wurde, war ich acht, nur ein bisschen älter als Lilli heute. Bevor sie geboren war, hatte ich bereits entschieden, dass meine Schwester kein To-go-Kind werden würde. Also lernte ich kochen. Erst Nudeln mit Tomatensoße, später Risotto und noch später Soufflés – alles mithilfe von YouTube-Kochtutorials mit

Schritt-für-Schritt-Anleitungen. Schritt für Schritt gelang es mir auch, Mam vom Herd zu verbannen. Seit ein paar Jahren war die Küche ganz offiziell mein Terrain. Ich versuchte, es nicht persönlich zu nehmen, dass Lilli trotz meines Kochfetisches seit einem halben Jahr ausschließlich Reis mit Sojasoße aß.

Mam jedenfalls, das war der Deal, kochte nur in Notfällen. Eine vierzig Minuten verspätete Mara war definitiv kein Notfall. Verwundert lehnte ich mich an die Küchentür und beobachtete, wie sie mit zusammengepressten Lippen, die Zungenspitze dazwischengeschoben, in einem Topf rührte.

»Mam!« Ich konnte den genervten Ton in meiner Stimme nicht verbergen. »Was machst du denn?«

Sie fuhr herum.

»Mara!«, rief sie begeistert. »Da bist du ja.« Sie platschte mit dem Kochlöffel im Topf herum, Tropfen von irgendwas flogen durch die Luft. »Ich dachte, ich fang' schon mal an zu kochen!«

»Superidee.« Ich riss ein Stück Papier von der Küchenrolle und wischte das Gesprenkel von den Fliesen.

»Keine Angst! Ich wärme nur dein Curry von vorgestern auf.«

Zu sagen, dass ich erleichtert war, wäre gnadenlos untertrieben. Ich drückte ihr einen dankbaren Kuss auf die Wange und drehte, nebenbei und unauffällig, die Gasflamme herunter. Dann schenkte ich mir ein Glas Wasser ein und verzog mich in mein Zimmer.

Beim Reinkommen stellte ich – ein Reflex, den ich mir abgewöhnen sollte, aber nicht wollte – den Fernseher an und ließ mich aufs Bett fallen. Ich war gerade dabei, eine Nachricht an Sirîn zu tippen, als die Atmosphäre im Raum kippte. Es dauerte einen Moment, bis ich begriff, dass das an der Stimme des Moderators lag, der die Berichterstattung von einem Celebrity-Event unterbrach. Ich sah auf. Ein magerer Mann in viel zu dünnem Jackett stand vor einer U-Bahn-Station. Seine Haut war blass, seine Wangen gerötet, was ihn gleichermaßen verwirrt und euphorisch wirken ließ. Die Treppen, die hinter ihm zur U-Bahn hinabführten, wurden von zwei Polizisten bewacht. Ein Absperrband flatterte von Geländer zu Geländer. Rechts hinter dem Reporter war das U-Bahn-Schild zu erkennen, am Haus links von ihm prangten eine Reihe grüner Leuchtbuchstaben. ... *K-T-H-A-L-L-E,* entzifferte ich.

Moment mal! War das etwa ...? Ich schob mich näher zur Bettkante und kniff die Augen zusammen.

Ach du Scheiße! Das war hier. In Hannover! Der Typ stand vor der Markthalle! Weiter im Hintergrund erkannte ich jetzt auch die roten Backsteingebäude an der Karmarschstraße und die angestrahlte Marktkirche.

Und Polizei.

Jede Menge Polizei.

»Mam?«, wollte ich rufen, aber es kam nur ein Krächzen raus, vielleicht weil mein Mund offen stand. Ohne den Fernseher auch nur eine Sekunde aus den Augen zu lassen, durchwühlte ich das Bett nach der Fernbedienung, stellte lauter und warf sie neben mich. Mein Blick klebte am Bildschirm, ich wagte nicht zu blinzeln. Irgendetwas war passiert, und zwar hier, an der Markthalle. Meiner Markthalle!

Der, in der ich früher manchmal mit Mam gegessen

hatte, wenn sie mich von der Schule abgeholt hatte, in der wir noch immer unser Obst und Gemüse kauften, der Markthalle, die Torsten »Den Bauch« und Mam »Das Herz von Hannover« nannte. Was …?

»… gerade den Bahnhof Kröpcke verlassen …« Der Mann sah starr in die Kamera und betonte jede Silbe, als wäre er Deutschlehrer und die Zuschauer allesamt begriffsstutzig. »… und befand sich mitten im Tunnel. Wenige Sekunden, bevor der Zug der Stadtbahn in den Bahnhof Markthalle-Landtag einfahren sollte, vor dem ich hier stehe, um genau siebzehn Uhr sechsunddreißig …« Ungläubig starrte ich auf den Fernseher. »… riss eine Detonation einhundertzweiunddreißig Menschen in den Tod. Mehrere Hundert sind …«

Siebzehn Uhr sechsunddreißig.

Aber da war ich doch …

Mitten im Tunnel.

Die Polizei geht von einem Attentat aus.

In meinem Kopf dehnten sich die Worte gegen die Zeit; in den Sekunden zwischen den Worten dehnte sich die Stille.

Ich löste den Blick von dem bleichen Reporter, schaute auf mein Handy, klickte die angefangene Nachricht an Sirîn weg und suchte die, die ich Mam geschrieben hatte.

> 😳 Bahn verpasst.
> Komm ein bisschen
> später. Sorry.

Versendet um 17:35. Der Raum um mich herum beschlug wie meine Brille, wenn ich den heißen Ofen öffnete. Nur dass ich gerade Linsen trug und das Zimmer kein Ofen war … Das Handy in meiner Hand begann zu zittern. Ich versuchte, das Bild auf dem Fernsehbildschirm wieder scharf zu stellen. Als es mir gelungen war, las ich den Fließtext, der unter dem Bild entlangrollte.

Eilmeldung +++ Explosion im U-Bahn-Tunnel +++ 132 Tote in der U
Hunderte Verletzte +++ Polizei geht von einem Anschlag aus +++ Eilm
ng +++ Explosion im U-Bahn-Tunnel +++ 132 Tote in der U9 +++ Hunder
letzte +++ Polizei geht von einem Anschlag aus +++ Eilmeldung +++ E
osion im U-Bahn-Tunnel +++ 132 Tote in der U9 +++ Hunderte Verletzt

»Essen!«, rief Mam.

Für einen Moment war ich unfähig zu reagieren. Ich tastete erneut nach der Fernbedienung, und als ich sie fand, presste ich den Knopf, presste ihn schnell, fest, noch einmal. Dann stand ich wie fremdgesteuert auf, steckte mein Handy in die Tasche und ging zur Küche. Die Welt um mich herum blieb beschlagen.

*

Ich konnte nicht schlafen. In meinem Kopf tobten die Gesichter aus der Bahn – der Mann, der mich mit der Bist-du-bescheuert-Geste bedacht hatte, die Mutter mit dem Baby, die Jungsgruppe.

Die Mutter mit dem Baby.

Die Bilder verwischten und verwoben sich mit Mams Entsetzen, Torstens Unglaube, Lillis Verwirrung, Sirîns Sorge.

Als ich es endlich geschafft hatte, wieder klar zu sehen, hatte ich meiner Familie von dem Anschlag erzählt – und davon, dass das genau die Bahn war, die ich verpasst hatte. Torsten hatte mich ungläubig angestarrt und dann sein Handy gezückt und den Newsfeed gecheckt, obwohl Handys bei uns am Tisch verboten waren.

»Ach du lieber Himmel«, hatte er gestöhnt. Und: »Warum hat meine Warn-App mir das nicht gemeldet?«

Mam hatte vor ihrem Teller gesessen und die Hände gehoben, beide gleichzeitig, und mit ihnen in der Luft neben ihrem Kopf gewackelt. »Mein Gott!«, hatte sie gerufen. »Meingottmeingottmeingott! Du hast einen Schutzengel gehabt! Einen Schutzengel! Stell dir vor, was passiert wäre, wenn du nicht gestolpert wärst …«

»Das stellen wir uns nicht vor.« Mit einem warnenden Seitenblick auf Lilli war Torsten ihr über den Mund gefahren. »Es nützt nichts, sich da reinzusteigern. Sie ist dem Teufel von der Schippe gesprungen und gut ist.«

»Dem Tod«, korrigierte Mam ihn. »›Dem Tod von der Schippe gesprungen‹ heißt das.«

Torsten grunzte. »Das Ergebnis ist das Gleiche, oder?«

Dann hatten sie geschwiegen, beide, und gegessen. Selbst Lilli hatte die Anspannung gespürt und still ihren Reis gelöffelt. Und ich? Hatte keinen Bissen runtergekriegt, dabei war das Curry nicht mal angebrannt.

Gott. Mir gingen die Worte vom Abendessen durch den Kopf, als ich im Bett lag, eine Wärmflasche auf dem Bauch und das Handy in der Hand. Schutzengel. Teufel. In einer Familie, in der keiner eine Bibel besaß. Torsten kam aus der ehemaligen DDR, er hatte es nie besonders mit Religion gehabt. Und Mam war gleich nach meiner Geburt, als Papa gerade gestorben war, aus der Kirche ausgetreten und hatte, zum Entsetzen ihrer sizilianischen, tiefkatholischen Mutter, nie wieder einen Fuß hineingesetzt. »Ein Gott, der grausam genug ist, eine frischgebackene Familie auseinanderzureißen, kann mir gestohlen bleiben«, hatte sie erklärt und dabei war es bis heute geblieben. Aber wenn die eigene Tochter beinahe einem Anschlag zum Opfer fällt, bricht ihr alter Glaube eben doch durch. Wenn auch nur in Form von Phrasen.

Schutzengel, dachte ich erneut.

Der einzige Mensch, den ich kannte und bei dem das ganze Gottesgetue glaubwürdig wirkte, war Sirîn. Deren Reaktion (»Allah sei gepriesen!«) war echt. Genau wie die Nachricht, die sie hinterherschickte, als öffentlich gemacht wurde, wer sich zu dem Anschlag bekannt hatte.

»Diese blöden Arschlöcher mit ihrem kranken Scheiß«, hatte sie geschrieben.

Und dann, ein paar Minuten wütenden Schweigens später: »Himmel, Mara, stell dir mal vor! Was würde ich denn ohne dich machen?«

Oder ich ohne dich, hatte ich gedacht. Wobei ich sie ja gar nicht vermissen könnte, wenn ich tot wäre ... Ich hatte an Torsten gedacht und seinen Rat, mich nicht reinzusteigern, hatte »Ist ja noch mal gut gegangen« getippt, das Handy endlich aus der Hand gelegt und das Licht ausgeschaltet. Mein Hirn konnte ich leider nicht ausschalten.

*

Beim Aufwachen war ich dann wirklich tot. Mein ganzer Körper war steif, meine Augen wollten sich nicht öffnen.

Die Mutter mit dem Baby.

Zweieinhalbmal lief mein aktueller Lieblingssong »Auf und davon«, bis ich endlich in der Lage war, den Wecker auszustellen und meinem Körper die notwendigen Befehle zu erteilen, die ihn ins Bad brachten, ihn duschten, seine Zähne putzten, die Kontaktlinsen in die Augen balancierten, ihn anzogen. Dann dirigierte ich mich in die Küche.

Mam saß am Tisch, eine große Tasse Kaffee vor sich.

»Torsten schon weg?« Meine Stimme hörte sich an wie eine Gitarre nach einer nassen Nacht im Freien.

»Seit einer halben Stunde. Bringt Lilli zur Schule, damit wir noch ein bisschen Zeit miteinander haben. Trinkst du einen Kaffee mit mir?«

Gute Frage. Ein Teil von mir wollte alles, nur nicht sitzen, alles, nur nicht reden. Nichts, nur weg. Der andere Teil, der tote, war zu erschöpft, um Nein zu sagen. Ich warf einen Blick auf die Uhr über der Tür. Mir blieben zwanzig Minuten, bis ich zur Schule radeln musste. Ich sah Mam an, ihren Blick, der morgendlich verschleiert auf meine Antwort wartete. Ich nickte. Vielleicht würde der Kaffee mich retten. Kaffee war gut und nötig und Kaffee war selbst mit Mam safe, denn den machte die Maschine.

Sie stand auf, nahm meine Lieblingstasse, die wärmeempfindliche, die sich verfärbte, wenn man etwas Heißes hineingoss, und schob sie auf das Gitter der Maschine. Drückte auf das Display, wartete. Mein Kopf krallte sich dankbar an diese Erinnerung: Lilli hatte mir die Tasse geschenkt, als ich vierzehn geworden war. Ich weiß gar nicht, wer begeisterter von dem Ding war – sie oder Mam oder ich. Jedenfalls hatten wir zu dritt um die Tasse herumgestanden, immer abwechselnd heißes und kaltes Wasser hineingegossen und über die Farbveränderung gelacht. Dunkelgrün war »kalt«, hellgrün »heiß«. Mittlerweile besaß jedes Familienmitglied eine: Lillis war pink, Torstens orange, Mams blau. Die tollste aber hatte ich Sirîn zu Weihnachten geschenkt: Ihre Tasse war schwarz, und wenn man was Heißes hineingoss, tauchten darauf lauter Tiefseefische mit glühenden Augen auf. Sie liebte das Teil und taufte es ihren Blickwinkelwechsler, und weil ich das Wort so hammer fand, haben wir unser gemeinsames Kochblog so benannt.

Nach einer Tasse.

Als Mam jetzt meine vom Gitter zog, war sie lindgrün geworden und dunkelte ins Apfelgrün, als sie Milch dazugoss. Sie drückte mir den Becher in die Hand und mich, sanft, auf einen Stuhl.

»Müsli?«, fragte sie. Ich schüttelte den Kopf, umklammerte die Tasse und hielt mich am Kaffeeduft fest.

»Weißt du ...«, begann sie zaghaft, als sie sich wieder setzte.

»Was?« Hitzedunstwölkchen stoben auf, als ich hineinsprach. Am liebsten hätte ich die Worte in den Kaffee hineingeblubbert.

»Also ... Gestern Abend hat Sirîns Bruder angerufen.«

»Adyan?«

Sie nickte.

»Warum?«

»Er wollte wissen, ob Sirîn hier ist.«

»Und?«

»Wie: Und?«

»Was hast du gesagt?« Ich blickte sie lauernd über den Kaffeebecher hinweg an.

»Die Wahrheit.« Diesmal war es Mam, die in ihren Kaffee murmelte.

Der Tod wich schlagartig aus meinen Gliedern. Hellwach und ungläubig starrte ich meine Mutter an. »Ganz toll.« Mehr konnte ich nicht sagen. »Ganz, ganz toll, Mam!«

Die arme Sirîn. Ihre Eltern waren Glucken. Liebend, überbeschützend, streng. Glucken eben.

»Wenn man eine Reportage über kurdische Mädchen in Deutschland machen würde – ich wär' die ideale Protagonistin«, frotzelte Sirîn gern. »Die Reportage würde natürlich *Zwischen den Welten* heißen und ich wär' die zerrissene Tochter, die lieber im Skatepark abhängt, aber jeden Abend pünktlich zu Hause sein muss. Und dann Großaufnahme von Bavo, der voller Stolz erzählt, dass seine volltollintegrierte Tochter aufs Gymnasium geht und später mal Lehrerin werden wird. Und Yadê, wie sie mir die Wange tätschelt, und dann gucke ich mit tapferem Blick in die Kamera und sage, dass es mir gar nichts ausmacht, dass Kino abends echt nicht so wichtig ist, weil ich mir eh nix Schöneres vorstellen kann, als jeden Abend zu Hause mit Yadê in der Küche zu stehen, und dass Lehrerin mein übelster Traumberuf ist.« Dann tat sie, als ob sie sich den Finger in den Hals stecken würde, aber ich wusste, dass sie übertrieb. Sie liebte ihre Familie und das Kochen liebte sie auch. Bloß dass sie eben manchmal abends wegwollte – und zwar am liebsten zum Skaten.

Wir hatten also einen Plan ausgetüftelt, damit sie das machen konnte, ohne zu Hause eine Krise auszulösen: Seit einem halben Jahr trafen Sirîn und ich uns offiziell einmal pro Woche nachmittags bei mir, um gemeinsam an dem Businessplan zu feilen, mit dem wir unser Blog ganz groß rausbringen wollten. Weil es ein Kochblog war und ich ein Mädchen ohne ältere Brüder, weil sie schwor, zum Abendessen zu Hause zu sein, weil wir nur eine Straße voneinander entfernt wohnten und meine Mutter eben meine Mutter war, hatten sich Sirîns Eltern breitschlagen lassen.

Seither saßen wir alle *zwei* Wochen an dem Blog-Plan und den anderen, ergaunerten Frühabend verbrachte Sirîn in der Halfpipe. Vorher kam sie bei uns vorbei – für den Fall, dass ihre Eltern sie beschatteten, und um ihr Board zu holen, das wir unter meinem Bett deponiert hatten, und meistens ging ich mit, um zuzugucken. Wie gestern auch. Nur dass ich eben gestern ...

Nicht an gestern denken!

Ich starrte Mam an und beschoss sie mit Giftgedanken, weil sie, ausgerechnet sie, Sirîn hatte auffliegen lassen. Sie verschanzte sich hinter ihrer Kaffeetasse.

»Ich war so geschockt von dem ... Attentat, ich habe es einfach vergessen«, gestand sie kleinlaut. »Und Adyan hat gesagt, seine Mutter würde sich verrückt machen vor Sorge! Weil sie von der Sache gehört hatten und es dunkel war und Sirîn noch nicht zu Hause.«

»Natürlich nicht!«, schoss ich. »Sie war ja im Skatepark!«

»Natürlich nicht«, wiederholte sie. »Natürlich.«

Ich nahm die roten Flecken wahr, die an ihrem Hals hinaufzogen, und ich wusste, dass sie damit kämpfte, dass ausgerechnet sie, die progressive, feministische Zeitgeistmutter, die selbstverständlich die arme kurdische

Freundin ihrer Tochter deckte, wenn die mal ein bisschen skaten wollte, dass ausgerechnet sie versagt hatte. Ich fühlte, wie mein Giftspeicher leerlief, und stand abrupt auf.

»Ich muss los.« Ich stürmte aus der Küche, raffte meine Sachen zusammen und schlug die Wohnungstür hinter mir zu.

*

Leider hatte ich bei meinem überstürzten Abgang die Handschuhe vergessen. Meine Fingerspitzen waren vollkommen gefühllos, als ich an der Schule ankam. Passend zu meinem Innenleben. Ich schloss das Rad an und tippte mit tauben Fingern eine Nachricht an Sirîn.

Mam hat erzählt, dass sie sich verplappert hat.
Gabs Stress?
Alles ok?

Sirîn antwortete sofort.

Nein.

Kein Stress oder nicht ok?

Nicht ok.
Gar nicht ok.
Kann grad nicht, meld mich gleich.

Verdammt. Einen mikroskopisch kleinen Moment dachte ich darüber nach, sie anzurufen, aber Sirîn hasste Telefonieren, also chatteten wir ausschließlich, immer schon, das aber in jeder freien Minute, und manchmal gab's eine Sprachnachricht. Ich beschloss abzuwarten, stopfte das Handy in die Hosentasche und betrat den Schulhof.

Er war zu voll für die Temperatur, als hätten alle schlagartig ein übergroßes Bedürfnis nach Frischluft entwickelt und, die Älteren, nach Nikotin. Im Vorbeilaufen sah ich Chriso, der umringt von seinen Jüngern wild gestikulierend bei den Raucherbüschen stand. Adyan war nicht bei ihnen, obwohl er eigentlich zu diesem Kreis dazugehörte. Ich lief schnell weiter und umschlängelte dabei all die Grüppchen, die die Köpfe zusammensteckten. Doch auch aus der Ferne schnappte ich verstohlen getuschelte oder betont laute Hast-du-schon-gehörts und Stell-dir-nur-mal-vor-wenns auf. Von rechts, links, von den Fünftklässlern bis zur Oberstufe: alle, alle, alle sprachen davon. Aber nicht ruhig oder sachlich, sondern ängstlich, laut und panisch. Sie sprachen davon, als hätte es was mit ihnen zu tun. Als ob sie dabei gewesen wären, als ob sie jemanden kennen würden, der dringesessen hatte … oder eben jemanden, der *fast* dringesessen hatte.

Wie ich.

Es war nur eine Frage der Zeit, bis rauskommen würde, dass ich diese *Fast*-Person war. Von mir aus lieber später als früher. Erst mal musste ich selbst die Situation verdauen und vor allem musste ich Lyd davon erzählen. Schließlich war sie meine beste Freundin an der Schule und außerdem die Ruhe selbst – sie würde nicht kreischen und auch nicht sensationslüstern nachbohren, sie würde mich verstehen. Ich zog die Mütze tiefer ins Gesicht, senkte den Blick und schritt durch die Mutmaßungen und die Ängste, die Vorverurteilungen und die Hysterie.

Ein Spießrutenlauf, hatte der Lugner in Geschichte mal erklärt, war früher eine hohe Strafe gewesen. Ziemlich oft endete er tödlich. Jemand musste dem Lugner während seines Referendariates erzählt haben, dass man Jugendliche mit blutrünstigen Geschichten kriegt, weshalb er immer ein bisschen zu plastisch erzählte.

Als ich über den Schulhof lief, krampfhaft darum bemüht, keine Blicke zu fangen und nicht um mein Entsetzen gebeten zu werden, fiel mir also nicht nur das Wort Spießrutenlauf ein, sondern – Danke, Lugner – auch die durchbohrten Körper, die an dieser Redewendung hingen. Passend dazu rissen mir die Satzfetzen, die mich umfegten, die Haut auf. Ich sank in mich zusammen und ich beschleunigte meinen Schritt.

Am Treppenabsatz zur zweiten Etage lungerte die dreiköpfige Hydra. Lyd hatte die Mädels so getauft, weil jeder Kontakt mit ihnen gefährlich war. Die Hydra mobbte, was das Zeug hielt, on- wie offline, und mit perverser Leidenschaft. Besser, man mied die drei großräumig – was schwierig war, wenn man ausgerechnet mit ihnen in dieselbe Klasse ging, so wie Lyd und ich.

»Hey, Mara«, zischte Hydra eins träge, als ich mich an ihnen vorbeidrücken wollte. Hydra zwei hielt mich am Arm fest. »Haste schon gehört?«

»Wer nicht?«, brummelte ich, machte mich los und steuerte den Klassenraum an. Als ich die Tür erreichte, zitterten meine Beine, als hätte ich zu Fuß die Erde umrundet.

*

Lyd lungerte schon an ihrem Platz und unterhielt sich mit Nicolaj. Er war neben Lyd mein einziger Freund an der Schule. Außerhalb gab es noch Sirîn, also hatte ich insgesamt drei, wobei Sirîn eigentlich doppelt zählen müsste und Nicolaj nur halb.

Dass Nicolaj nur noch ein halber Freund war, hatte ich mir selbst zuzuschreiben. Die gigantische Idee, mit meinem allerbesten Freund mein erstes Mal zu haben, war leider gar nicht so gigantisch gewesen ... Dabei hatten wir das *zusammen* beschlossen, Nicolaj und ich, weil wir beide neugierig waren und von wegen Vertrauen und so – schließlich kannten wir uns schon seit der Grundschule. Und ganz ehrlich: Ich hatte ja nicht ahnen können, dass er sich nach diesem einen Mal gleich in mich verlieben würde!

Maximal blöd gelaufen.

Das war vor den Sommerferien gewesen. Aber kaum hatte die Schule wieder angefangen, hatte er Lyd (ausgerechnet!) gesteckt, dass er mir noch immer nicht verziehen hatte, dass nicht mehr aus uns geworden war. Mir gegenüber tat er zwar so, als wäre alles gechillt, aber manchmal, vor allem wenn er betrunken war, schickte er mir wütende oder bettelnde Nachrichten. In stummem Einverständnis benahmen wir uns beide am nächsten Tag, als hätte ich sie nie bekommen und er sie nie verschickt.

Deshalb war Nicolaj über die Sommerferien von allerbester Freund zu »es ist kompliziert« abgerutscht, aber wir taten unser Bestes. Mein Bestes war, dass ich mich so kumpelig wie möglich gab und versuchte, mich nicht darüber aufzuregen, dass Nicolaj mit der hohlen Annabell flirtete.

Auch jetzt, selbst im Gespräch mit Lyd, hatte er den Arm um ihre Schulter liegen. Urgs. Als ich meinen Rucksack neben den Tisch und mich selbst rücklings auf den Stuhl plumpsen ließ, blickten mich alle drei erwartungsvoll an.

»Krass, oder?«

Ja, nickte ich ergeben. »Voll krass.«

Es war ein perfekter Moment, um Lyd und Nicolaj von gestern zu erzählen. Ich sammelte meinen Mut, dann fiel mein Blick auf Annabell. Die schmiegte sich an Nicolaj, als ob sie mit ihm verwachsen wollte, die Augen noch weiter aufgerissen als sonst. Ihre falschen Wimpern waren immer schlecht aufgeklebt, aber heute lag ein gefühlter Zentimeter zwischen den echten und den falschen, was sie aussehen ließ wie eine übernächtigte Drag Queen.

»Nicolaj sagt, Chriso war dabei.«

Der perfekte Moment verpuffte.

Dabei.

Ohne weitere Erklärung. Schließlich wusste jeder, worum es ging, und offensichtlich brannte jeder, außer mir, darauf mitzureden. Weil mitreden wichtig war. Noch wichtiger war nur: dabei gewesen sein. Ausgerechnet Chriso.

»Echt?« Ich betete, dass es desinteressiert rüberkam. Bloß nicht violett werden, bloß nichts anmerken lassen.

In Wirklichkeit rasten fünf ICEs gleichzeitig durch meine Nervenbahnen.

»Ja! Nicolaj sagt, Chriso sagt, dass er einen Typen mit einem Rucksack gesehen hat, der hat sich voll auffällig benommen! Er hat ihn sogar zufällig gefilmt, krass, oder? Er musste dann natürlich gleich eine Aussage machen! Bei der Polizei, wie heftig ist das denn bitte!«

Oh? Mein Kopf schmerzte von all den unausgesprochenen und ausgesprochenen Ausrufezeichen. Chriso war auch dort gewesen? Ich konnte mich nicht erinnern, ihn gesehen zu haben ... Wenn er da gewesen wäre, hätte ich das dann nicht spüren müssen? Die ICEs bremsten dröhnend ab und mein Körper wurde seltsam leer. Ich durchwühlte mein Gedächtnis nach Bildern, stieß aber nur auf eine Mauer aus Nebel, die sich über Nacht um gestern gelegt hatte.

»Hallo?« Nicolaj stupste mich mit der Fußspitze an. »Haste gehört? Chriso war *dabei!«*

»Dabei«, wiederholte ich und konnte ihn nicht anschauen. »In der U-Bahn?«

»Quatsch!«, sagte Annabell. »Natürlich nicht *in* der Bahn! Dann wär' er ja wahrscheinlich ...« Das Tremolo in ihrer Stimme klang erschütternd echt.

Nicolaj sprang ein. »Er hat am Kröpcke auf die Bahn zur Lister Meile gewartet und stand auf dem gegenüberliegenden Gleis, verstehst du?«

»Was hat er denn da gemacht?« Ich gab wirres Zeug von mir. »Wollte er shoppen gehen? Und woher weißt du das?« Nebel, überall Nebel. Ich blickte Lyd Hilfe suchend an. Wie lange würde dieses absurde Gespräch noch dauern?

»Shoppen?«, wiederholte Nicolaj verständnislos. Als wir noch *ganze* Freunde gewesen waren, hätte er gelacht und darüber gewitzelt, dass Chriso seine Klamotten natürlich ausschließlich in »den Staaten« bestellte und garantiert nicht auf der Lister Meile kaufte, aber mein halber Freund runzelte lediglich die Stirn und sah mich an, als wär' ich nicht mehr ganz dicht. Stimmte wahrscheinlich auch. »Keine Ahnung, was er da wollte! Ist doch auch total egal, der Punkt ist: Er war da, am Bahnsteig gegenüber, und hat alles genau verfolgt! Und er sagt, es gab einen Tumult und dann kam dieser Typ mit dem Rucksack und die Bahn ist weggefahren und keine Minute später – BÄMM! Er sagt, die ganze U-Bahn-Station hat gewackelt, als die Bombe hochgegangen ist. Obwohl die Bahn da schon fast am Landtag war! Stell dir das mal vor!«

»Der Tunnel«, murmelte Lyd, »... hat wahrscheinlich die Druckwelle verstärkt.«

»Und danach«, Annabells Stimme zitterte vor Erregung, »danach war alles voll mit kreischenden Menschen, sagt Chriso.«

»Bämm?«, echote ich. »Sagt Chriso?«

Ich konnte nicht anders, es war zu bescheuert. Durch den Nebel hindurch spürte ich Wut. Scharfe, klare Wut. Chriso verdiente kein bisschen meines Violetts, dieser aufmerksamkeitssüchtige, alles filmende Arsch. »Was für ein Loser! Er war überhaupt nicht da, ich hätte ihn doch ...«

Erschrocken brach ich ab. Das war einer dieser Momente, über den Sirîn später die Augen verdrehen würde. Weil es eine Chance war, die ich, natürlich, mal wieder, nicht ergriff: Ich könnte meine Geschichte erzählen und Chriso schrumpfen lassen, aber zu seinem Glück (und garantiert zu Sirîns Bedauern) war ich nicht nur noch immer verschwommen vor Schreck, sondern wahrscheinlich auch die Einzige an dieser Schule, die noch nie ein Selfie gepostet hatte. Was alles über mich sagt.

Leider war Lyd, die bis dahin geschwiegen hatte, nicht umsonst ein Mathegenie. Und sie hatte zugehört, gut zugehört, und kombiniert und ...

»Nicht dein Ernst!«, rief sie. »Du warst auch da?«

Ich mochte, dass Lyd meistens schwieg, genau wie ich. Gemeinsam hatten wir uns von der Sechsten bis zur Zehnten geschwiegen, hatten jeden Abzweig gemeinsam genommen, immer nebeneinander. Unsere Freundschaft war der Beweis, dass es nicht viele Worte brauchte, um sich zu mögen. Das Schweigen mit ihr machte die Schule erträglich. Leider erspürte Lyd auch Zwischentöne – und konnte abgebrochene Sätze zu Ende denken. So laut, dass es selbst Nicolaj begriff.

»Nein!« Er ließ endlich von Annabells Schulter ab und schlug sich die Hände vor den Mund. Er liebte große Gesten und Dramen liebte er auch, deshalb war sein Erstaunen filmreif. Annabells falsche Wimpern flatterten heftig. »Erzähl!«, befahl sie.

»Gibt nichts zu erzählen«, ruderte ich zurück und ging zum Angriff über. »Chriso will sich nur wichtigmachen.«

Wie immer.

Wichtig zu sein, war Chrisos Droge, das wusste ich. Warum sonst würde er vloggen? Und es funktionierte: Das ganze Ge-YouTube-e hatte ihn zu einer Art Berühmtheit an der Schule gemacht – das und sein Style, den er bei *wirklich* berühmten US-YouTubern abgekupfert hatte. Was mich echt wurmte und trotz allem immer noch verknallt machte, war die Ausstrahlung, die er dabei an den Tag legte. So unecht ich ihn in seinen Vlogs auch fand, er wirkte trotzdem offen dabei und vor allem total einnehmend. Sogar aus der Ferne.

Das faszinierte mich. Das ... und unsere gemeinsamen dreißig Sekunden.

Sein Kanal war sein Leben, sagte zumindest die Hydra, und die musste es wissen, weil sie schließlich alles wusste. Das war ziemlich traurig, wenn man darüber nachdachte. Ein Leben, das aus Boys-versus-Girls-Klischees, Kampftrinken auf dem Schützenfest und dieser perfiden Veröffentlichung des Gelästers anderer Leute bestand. Dann doch lieber Kochen, damit tat man wenigstens keinem weh. Aber mit dieser Meinung schien ich ziemlich alleine zu sein, schließlich hatte er 9.743 Follower. Was bedeutete: 9.504 mehr als Sirîn und mein *Blickwinkelwechsler.* Seine Austauschbuddies aus den USA folgten ihm genauso wie die deutschen Möchtegern-Influencer und die Fangirls, die ihn als Geheimtipp handelten. Ich hatte nicht viel Ahnung davon, aber es zeichnete sich ab, dass Chriso in absehbarer Zeit aus der F-Klasse der Vloggergemeinde zur A-Liga aufsteigen könnte. Könnte. Wie er das machte, war mir ein Rätsel. Von unseren 239 Followern waren fast alle Freunde und Familie von Sirîn und mir und neue gewannen wir kaum dazu.

Vielleicht lag es daran, dass er ungeniert mit einer Geschichte wie der U-Bahn-Explosion, die er vom gegenüberliegenden (!) Bahnsteig mitverfolgt hatte, hausieren ging. Es war auf eine Art bewundernswert zu beobachten, wie geschäftstüchtig dieser Typ war. Bestimmt kriegte er sich vor Freude über sein Glück, zufällig den Rucksacktypen, der vielleicht auch bloß ein harmloses Opfer war, gefilmt zu haben, gar nicht mehr ein. Wahrscheinlich hatte er längst ein Video daraus geschnitten, mit einem stundenlang vor dem Spiegel geübten Gesichtsausdruck zwischen Ernsthaftigkeit und Panik, schlechten Scherzen und einer vorgefertigten Meinung, die seine Follower am Ende übernehmen konnten. Titel, knallrot, fett:

Wie ich f a s t von einer
BOMBE
zerfetzt worden wäre

Adyan behauptete, Chriso sei total nett, und weil Adyan selbst auch nett war und beide viel miteinander abhingen, nährte er damit den Teil von mir, der nicht anders konnte, als Chriso anzuschmachten. Alles in mir hoffte (entgegen aller Logik, basierend auf dreißig Sekunden und meinem Bauchgefühl), dass er nicht nur das arrogante Arschloch war, als das er sich in seinen Videos inszenierte. Ich las zu viele Bad-Boy-Lovestorys, wahrscheinlich. Aber heute stellte er meine verblödete Verliebtheit auf eine extraharte Probe.

»Hallo? Mara! Wichtigmachen?«, unterbrach Annabell meine Gedanken und stupste mich an. Wie lange wartete sie wohl schon auf meine Antwort? Selbst wenn sie von meiner ganzen verworrenen Chriso-Problematik wüsste – meinem Gedankenchaos würde sie nie im Leben folgen können. Nicht dass ich vorhätte, es ihr zu erklären … Sie rutschte auf der Tischplatte hin und her. »Was meinst du denn damit?«

Ich zuckte die Schultern, als würde mich das alles nichts angehen. Annabell musterte mich, ich musterte den Boden.

»Auf jeden Fall«, meinte sie schließlich, »tut er nicht so abgeklärt wie du.« Sie klang beleidigt. Gehörte sie neuerdings auch zum Chriso-Fanclub? Armer Nicolaj. »Er ist total durch. Man sieht's ihm an, er hat kaum geschlafen, sagt er. Stell dir mal vor, er hätte nicht zufällig in die andere Richtung gemusst, sondern hätte selbst die Bahn genommen, die dann …!«

»Hätte, hätte.« Ich verzog das Gesicht. Es gab tausend Gründe, warum mir Annabell auf den Zeiger ging – dass sie Nicolaj Hoffnungen machte, obwohl sie eindeutig auf Chriso abfuhr, war einer davon.

»Mensch, du bist so arrogant!« Annabell rutschte vom Tisch, strich sich ihre langen dunklen Haare hinter die Ohren und marschierte aus dem Klassenzimmer.

Nicolaj sah ihr nach und einen Moment lang fürchtete ich, dass er ihr hinterherlaufen würde, aber dann seufzte er bloß und wechselte die Taktik. »Wenn er sich nur wichtigmacht, dann erzähl du doch, wie es wirklich war.«

»Als würde ich euch irgendetwas schulden«, grummelte ich. In mir herrschte Durcheinander. Die Wut von heute und der Schreck von gestern, und okay, vielleicht auch meine Arroganz, und okay, vielleicht auch Neid auf Chriso und ein klein bisschen, rein freundschaftlicher Eifersucht auf die Aufmerksamkeit, die Nicolaj Annabell schenkte, prügelten sich darum, wer das Wort ergreifen durfte.

Ich schwieg und betrachtete weiterhin den Boden. Könnte bitte endlich der Schulgong losdröhnen und mich erlösen? Der übel zugerichtete Boden war aus Linoleum, grau mit weißen Pünktchen, weißen und schwarzen und dunkelgrauen. Ich konzentrierte mich auf die Schleifspuren, die unsere Schulstühle hinterlassen hatten, und atmete das Durcheinander in meinem Kopf weg, die Schwimmbadfliesen weg, die zugleitenden Türen, die Lautsprecherdurchsage, die Mutter mit dem Baby. Beschwor den Nebel. Spürte Nicolajs Blicke auf mir, neugierig und unnachgiebig, und hörte Lyds Schweigen. Als ich nicht antwortete, bugsierte Nicolaj seine eins dreiundachtzig vom Tisch, ging neben mir in die Knie und schob sein blasses, dreieckiges Gesicht zwischen das Linoleum und mich. »Sag schon«, forderte er.

Wie konnte es sein, dass sich in mir alles überschlug und niemand es bemerkte? Und das, obwohl eineinhalb der beiden Anwesenden meine besten Freunde waren? Ich sah fort, zum Fenster hinaus. Der Himmel war so grau wie der Boden und wie mein Kopf von innen. Was war so schwer daran, es auszusprechen?

»Da hat nix gewackelt«, sagte ich schließlich leise. »Und Chaos war da auch keins.«

Nicolaj blieb knien und suchte meinen Blick. Ich ließ mich nicht fangen, sondern blinzelte gegen den Nebel in mir an, so lange, bis Nicolajs Aufmerksamkeit abgelenkt wurde. Von Annabell, natürlich.

»Chriso!« Ihre Stimme hallte im Gang vor unserem

Klassenraum und ich konnte mir genau vorstellen, wie sie dastand, in Flirtpose, den Kopf geneigt, die Lippen halb geöffnet. »Wir haben gerade von dir geredet!« Und dann, unverkennbar gehässig: »Mara behauptet, du willst dich nur wichtigmachen!«

Sie kicherte auf eine Art, die Nicolaj wehtun musste. Ich hörte die Hydra fassungslos zischen. Eine bedrohliche Geräuschwelle schwappte vom Flur zu uns, kam näher, erreichte den Klassenraum, brandete gegen meinen Rücken. Wieso hatte ich mich mit dem Rücken zur Tür auf den Stuhl fallen lassen? Als wüsste ich nicht, dass es an dieser Schule genau ein ungeschriebenes Gesetz gab: Niemals die Hydra aus den Augen lassen! Ich könnte mich ohrfeigen, aber auf keinen Fall würde ich mir die Blöße geben und mich jetzt umdrehen.

Annabell erreichte uns als Erste. »Das hast du doch gesagt, Mara, oder?«

Falsche Schlange. Ich stellte mir vor, wie es wäre, ihr jede Extension einzeln aus den Haaren zu ziehen, eine nach der anderen, ganz langsam. Schritte, quer durch den Raum, auf mich zu. Keine Spur von Violett in mir.

»Hat sie.« Nicolaj richtete sich auf und blickte über meine Schulter. Zu Annabell. Zu Chriso? Ich sah ihn fassungslos an, aber jetzt war er es, der meinem Blick auswich. »Und dass da gar kein Chaos war – und das mit der Detonation ist auch Quatsch, sagt sie.«

»Ach«, hörte ich Chriso hinter mir. »Sagt sie das?«

Die Hydra, die ihm in unseren Klassenraum gefolgt war, weil sie ihm zu jeder Gelegenheit an den Hacken klebte und ein natürliches Gespür für aufkommende Dramen hatte, zischte den Satz im Kanon.

Sagtsiedassagtsiedassagtsiedas?

Langsam, sehr langsam, erhob ich mich und drehte mich um. Sie waren zu siebt – die Hydra, Annabell, zwei von Chrisos Jüngern aus der Elf und … Chriso. Er stand genau hinter mir. Er war bestimmt einen Kopf größer als ich. Wie ich es hasste, nach oben schauen zu müssen! Von unten nach oben zu schauen – direkt in seine Augen! – und dabei Klarheit und Unnahbarkeit zu suggerieren, war eine Herausforderung. Meisterte ich sie?

»Ja«, hörte ich mich durch den Nebel antworten. »Das sagt sie.«

»Und woher will sie das wissen?« Er verzog den Mund zu einem schiefen Lächeln und sah mich an, als würde er in seinem Gedächtnis kramen: Kenne ich dich? Muss ich dich kennen? Bist du wichtig?

Nö, dachte ich zurück, tust du nicht, musst du nicht, bin ich nicht. Das Violett flackerte fade durch den dichten Nebel. Schließlich konnte ich nicht erwarten, dass jemand, an den ich abends beim Einschlafen dachte und morgens beim Aufwachen auch, mich automatisch ebenfalls kennen musste. Wegen eines Handy-Auffang-Stunts, der Jahrmillionen her zu sein schien. Und sicher nicht, wenn er ein achtzehnjähriger Möchtegern-YouTube-Star und ich eine sechzehnjährige Möchtegern-Kochblog-Influencerin war.

Er wartete. Von mir aus konnte er das tun, bis er Rost ansetzte – auf seine laut gestellte Frage würde er keine Antwort bekommen. Der Nebel in mir schluckte alles, die Zeit, den verräterischen Nicolaj, die anderen, Chriso, mich selbst. Ich zuckte zusammen, als er weitersprach.

»Mara …«, murmelte er. »Mara.«

Ich tauchte auf und wünschte, er würde mir meinen Namen auf genau diese Art ins Ohr flüstern. Verbot mir den Wunsch sofort.

Ich betrachtete ihn von Nahem, seine dunklen Haare mit den helleren Reststrähnen des Sommers, die so außerordentlich attraktiv verstrubbelt waren, seine Augen, die die Farbe von hellem Rauch hatten, und weigerte mich, rot zu werden. Der Körper kribbelte, aber er gehorchte, auch als ich ihm befahl, den Blick nicht zu senken. Keine Ahnung, wie lange wir da standen und uns ansahen, aber es schien ewig zu sein. Wir schauten, bis die Hydra vor Aufregung hechelte und Annabell schnappatmete und Chriso wieder einzufallen schien, dass er hier war, um die anderen zu entertainen, und unvermittelt in Gelächter ausbrach.

»Ha!«, triumphierte er. »Ich hab's! Du warst das! Die am Kröpcke die Treppe runtergedonnert ist, das warst du!«

»Ich bin nicht die Treppe ...« Zu spät. Der Fan-Schwarm, der sich hinter ihm versammelt hatte, begann zu lachen, ohne zu wissen, worüber, lachte, bis Chriso die Hände hob, als würde er ein Orchester dirigieren, dem er den Rücken zugewandt hatte. Sein Blick blieb auf mich gerichtet und ich musste mir gar nichts mehr verbieten, was mit Romantik zu tun hatte, weil das Kribbeln verflog, als ich mich aus mir löste. Mein Verknallt-in-einen-YouTuber-Ich flüchtete in einen sehr stillen Winkel meiner Seele und versuchte dort, sich unsichtbar zu machen, während sich mein gesamter Körper in meinen Kopf verzog, wo es kalt und scharf und analytisch war. Überlebensmodus. Während ich also erkaltete und mich fragte, ob man Chriso das konzentrierte Denken derart deutlich ansah, weil er es so selten tat, reimte er sich den Rest zusammen.

»Du ...«, sagte er und tippte mit dem Finger auf meine Brust, ganz oben, unter meinem linken Schlüsselbein, als dürfte er das, als dürfte er das! Ich schlug seinen Finger fort und hätte am liebsten auch sein Lächeln weggeschlagen, sein selbstgefälliges Lächeln, als wüsste er etwas, was ich nicht wusste. »Du hast die Bahn verpasst! Eigentlich ... hättest du dringesessen, stimmt's?«

Abrakadabra. Der Schwarm hinter ihm begann zu brummen.

»Heftig«, zischelte Hydra drei. »Das ist heftig.«

»Ach du Scheiße«, hörte ich Nicolajs Stimme. »Ach. Du. Scheiße.«

»Ja!«, hätte ich ihn gern angebrüllt. »Genau! Scheiße ist das! Und du wirfst mich diesem Typen zum Fraß vor, nur um Annabell zu beeindrucken, die Chriso beeindrucken will, der alle beeindrucken will. Verräter!«, hätte ich gern gebrüllt. »Verräter!«

Ausgerechnet in diesem Moment flackerte in Chrisos Augen so etwas wie echtes Interesse auf.

Er kam noch ein bisschen näher, so nah, dass ich ihn riechen konnte. Chriso riechen war gefährlich. »Du hättest tot sein können«, sagte er leise und in seiner Stimme lag etwas, das klang, wie er roch. »Und ...«

»Wie fühlt sich das an, fast gestorben zu sein?«, platzte einer der Jünger aus dem Schutz des Schwarmes.

»Genau!« Hydra eins drängte sich von hinten gegen Chriso. »Wie ist das?« Hydra zwei und drei schoben sich ebenfalls in meine Richtung. Der Rest des Schwarmes floss nach. Plötzlich war ich eingekesselt zwischen Tisch und Chriso und der Hydra.

Ich spürte, wie der Nebel um gestern sich lichten wollte, wie die anderen lauerten, als wären sie Kameradrohnen, die ihre Kreise um meinen Kopf zogen, näher und näher, um nur ja keine Gefühlsregung zu verpassen, um dem Horror des Was-wäre-wenn nahe zu kommen. Ich spürte, wie egal ihnen die Mutter mit dem Baby, der Bist-du-bescheuert-Mann, die blödelnden Jungs waren, wie egal sie ihnen waren, weil in ihrer Welt nichts echt war, weil sie nichts davon gesehen hatten, ich aber schon, weil sie den Schock spürten, den ich nicht haben wollte, weil sie, weil sie, weil sie …

»Haltet die Fresse«, presste ich hervor. »Haltet einfach *ein* Mal die Fresse!« Ich schnappte mir meinen Rucksack, stieß Chriso beiseite, quetschte mich durch den Schwarm und flüchtete zur Tür.

ZWEI

»Er nennt dich *Das Mädchen, das überlebt hat«*, berichtete mir Lyd, als sie mich gefunden hatte. Ich hatte mich in der Raucherecke versteckt, hinter den Buschskeletten, die wir die Raucherbüsche nannten. Sie schützten die Raucher vor den Blicken derer, die nicht rauchten, und gerade schützten sie mich vor den Blicken unserer Mathelehrerin, in deren Unterricht ich sein sollte. Die erste Stunde hatte gerade mal vor zehn Minuten angefangen, aber der Tag war schon so anstrengend, wie ein Drei-Sterne-Menü nachzukochen.

»Originell«, antwortete ich, zitternd vor Wut und Kälte. »Wusste gar nicht, dass Chriso auf Potter steht.«

»Eher auf dich, wenn du mich fragst.« Lyd zog an ihrer Kippe und sah mich nachdenklich an. »Das Gefühl hab' ich übrigens schon länger und was soll ich sagen?« Ihre Augen funkelten schelmisch. »Nach seinem Auftritt gerade bin ich mir sicher: Der will was von dir.«

Chriso? Von mir? Nein. »Der hat mich bis eben nicht mal gekannt«, blockte ich ab. »Und das Einzige, was er von mir wollen würde – *wenn* er was von mir wollen würde, was er nicht tut –, wäre, mich in seinem Vlog zu verwursten.«

Lyd hm-hmte. Wir sahen dem Rauch nach, den sie ausstieß. Dass sie meine einzige echte Freundin an der Schule war, lag nicht daran, dass die anderen mich doof fanden; es lag daran, dass ich die anderen doof fand. Das ganze Gezicke und Gepose, das Gegacker und Gemackere, bei dem es doch immer nur darum ging, gemocht zu werden, notfalls auf Kosten anderer, die weniger dickdünngroßkleinschlaublöd waren als man selbst – ich verstand dieses Getue nicht und die anderen verstanden mich nicht. Es war, als hätte die Pubertät mich aus ihrer Welt gekickt, und jetzt eierte ich in meiner eigenen Umlaufbahn herum.

Und als wäre das nicht schon schlimm genug, hatte ich auch noch diesen Weirdo-Stempel: Welche Sechzehnjährige interessierte sich schon fürs Kochen? Beautybloggen oder Mode, das war cool. Aber Food? Daumen runter, definitiv.

Lyds Rauchwolken waren hübsch, fast alle gleich groß, mit regelmäßigem Abstand aus halbdurchsichtigem Weißgrau. Lyd war so ausgeglichen, sie konnte sogar Kringel. Es tat gut, ihnen nachzusehen, und es war lieb, dass sie Mathe ebenfalls ausfallen ließ, um bei mir zu sein.

Je länger ich die Kringel betrachtete und mit Lyd schwieg, desto mehr lichtete sich der Nebel in mir und desto mehr ließ meine Wut auf Chriso nach. Leider verstärkte sich, je klarer ich wurde, das ungute Gefühl, das mich seit Sirîns Nachricht nicht losgelassen hatte. Mam hätte sich wirklich keinen blöderen Zeitpunkt für diesen Verrat aussuchen können.

Sirîns Eltern fanden sowieso schon, dass wir zu viel Zeit in den *Blickwinkelwechsler* steckten und dass Sirîn besser daran täte, sich auf ihre Zukunft als Lehrerin zu konzentrieren. Eltern halt. Weil Sirîn ihnen so gern beweisen wollte, dass sie, dass wir es schaffen würden, kam sie mit tausend Ideen, wie wir das Blog besser promoten könnten. Eine davon war, das Design im Wochenrhythmus zu verändern, eine andere, es persönlicher zu gestalten. Persönlicher, das hieß: mehr Gesicht zu zeigen – *ihr* Gesicht, weil ich meins verweigerte. Vor ein paar Monaten hatte sie angefangen, Fotos von sich beim Kochen zu posten: Sirîn, den Kochlöffel in der Hand, darüber ein HHHHHHMMMMM geschrieben, Sirîn, wie sie im Topf rührte, Sirîn, wie sie einen Teller in Richtung Kamera streckte und breit, breit grinste. Sirîn, wie sie italienisch tat und ihre Fingerspitzen küsste. Sie ließ ihren Bruder Adyan die Fotos machen und ganz ehrlich: Selbst Lilli hätte mit ihren sieben Jahren bessere hinbekommen, aber das durfte man Sirîn keinesfalls sagen. Adyan erst recht nicht.

Auf jeden meiner zaghaften Einwände (Konstanz im Erscheinungsbild, Konzentration auf das Produkt statt auf uns, Professionalität statt Schnappschüsse mit 08/15-Beautyfiltern drüber) antwortete sie dasselbe: »Fällt dir was Besseres ein?« Und gleich noch mal, ohne meine Antwort abzuwarten, dafür mit viel Nachdruck: »Fällt dir was Besseres ein?«

Dann schnalzte sie mit der Zunge und ich gab auf und ließ sie machen, weil es mich nicht scherte, wie viele Follower wir hatten. (Das war gelogen. Die Wahrheit ist: Ich liebe das Blog zu sehr, um mich entmutigen zu lassen.)

Sirîn jammerte, dass ich endlich aufhören sollte, so schüchtern zu sein, Fotos kämen immer gut, und davon abgesehen, müsse ich wirtschaftlicher denken. Wirtschaftlicher! Ich! Ich kriegte es ja nicht mal hin, die Story von einer Explosion in der Stadtbahn zu vermarkten, in der ich fast gesessen hatte.

Fällt dir was Besseres ein?

Nachdenklich betrachtete ich Lyds Profil. Ich wusste, dass sie nichts von mir erwartete – keine Berichte über gestern, keine Erklärung wegen meines Ausrasters eben. Sie war einfach da, geduldig, die Kippe im Mund, und schüttelte völlig selbstverständlich einen Zweig des Raucherbusches. Es sah aus, als würde sie ihm die Hand geben. Keine Ahnung, warum, aber es war Lyds Geschüttel, das mich auf eine Idee brachte, die mir genau eine Sekunde lang wie die Lösung aller Probleme vorkam. Was, wenn wir eine Kooperation mit Chriso starteten? Würde das unserem Blog mehr Klicks verschaffen? War das die Art Synergieeffekt, von dem Sirîn mal in einem »Machen Sie Ihr Blog erfolgreich«-Buch gelesen hatte?

Eine Sekunde, wie gesagt.

Als Lyd mit dem Schütteln aufhörte, verpuffte auch die Idee. Selbst wenn fünf seiner Fans uns auch liken würden, wären wir noch immer 9.765 von »berühmt« entfernt. Berühmt begann laut Sirîn ab 10.000 Followern, 10k in Sirîns Web-Sprech. Wenn wir die hätten, mit dem Blog und auf Insta, würden wir zusammen ein Kochbuch schreiben und dann wollte sie – alleine, sie war klug genug, mich da rauszulassen – eine Kochshow im Fernsehen. So weit der Businessplan. Lehrerin? Pah! Sirîns Berufsziel war Fernsehköchin.

Unsere Leidenschaft fürs Kochen ließ uns aus der Welt gefallen wirken, jede von uns auf ihre eigene Weise, aber sie war immerhin Muslima, da drückten die Leute gern ein Auge zu, weil sie sowieso schon anders war. Dann eben noch ein bisschen anders-er.

Das Kochen verband uns, aber da war noch viel, viel

mehr. Die Liebe zu Marvel-Comic-Verfilmungen, zu dem amerikanischen Super-Vlogger Cameron Dallas und für Pistazieneis. Dass wir beide total gerne schwimmen gehen würden, es aber nie taten, sie wegen des Muslimadings und ich, weil ich meinen Körper nicht besonders mochte. Weil wir für dieselben Jungs schwärmen konnten, ohne aufeinander eifersüchtig zu sein. Und natürlich unsere Styroporphobie – wenn einer nur das Wort *Styropor* sagte, kriegten wir Gänsehaut und zuckten zusammen. Beide. Dass wir auch noch am selben Tag im September Geburtstag hatten, war eine Art Stempel, den das Universum unserer Freundschaft aufgedrückt hatte. Eigentlich unvorstellbar, dass ich sie erst seit knapp zweieinhalb Jahren kannte.

Unsere Freundschaft war vorherbestimmt, und zwar schon seit unserer allerersten Begegnung. Das war im Stadtteilzentrum gewesen, in dem sich Kiezbewohner unterschiedlicher Kulturen treffen sollten, was eher so lala gelang. Im vorletzten Sommer hatte Sirîn da einen Kutilk-Kochkurs gegeben. Da war sie gerade mal dreizehn gewesen!

Mam hatte den Flyer irgendwo aufgegabelt, und weil der Kochkurs gratis war und Sommerferien und das Begegnungszentrum gleich nebenan waren, war ich hingegangen. Außerdem war mir langweilig gewesen. Ich war natürlich die jüngste Teilnehmerin, die einzige, die keine Ahnung hatte, was Kutilk waren und außerdem die einzige ohne Kopftuch.

Und dann hatten wir dagesessen, Sirîn und ich und sieben Frauen jenseits der vierzig, die gar nicht lernen mussten, wie man gefüllte kurdische Bulgur-Grießklößchen machte, sondern sich hitzig darum stritten, welche das allerbeste Familienrezept hatte.

»Wenn die alle schon Kutilk kochen können, warum sind sie dann hier?«, tuschelte ich Sirîn zu.

»Na, um rauszufinden, wer das beste Rezept hat!«, hatte sie zurückgetuschelt.

Sie grinste.

Ich grinste ebenfalls.

In diesem Moment hatte es so laut *Klick* gemacht zwischen uns, dass wir keine Chance hatten, etwas anderes zu werden als Freundinnen – nicht nur, weil wir zwei knapp Vierzehnjährige waren, die total auf Kochen standen, sondern auch, weil sie genauso wenig kurdisch aussah wie ich italienisch. Na ja, zumindest waren ihre Augen blau, und das kam mir damals nicht besonders kurdisch vor. Nicht dass ich das Geringste über Kurden gewusst hätte ...

Danach waren wir nicht mehr zum Reden gekommen, weil alle kurdischen Hausfrauen mir gleichzeitig beibringen wollten, wie man *richtige* Kutilk macht, und ich der arbeitslos gewordenen Sirîn nur noch Hilfe suchende Blicke zuwerfen konnte, die sie, immer breiter grinsend, mit einem Achselzucken erwiderte. Am Ende des Abends hatte ich sieben »einzig echte« Kutilk-Rezepte, die sich nur minimal unterschieden, dazu Sirîns Telefonnummer und ihr Versprechen, mir ein achtes, einzig echtes Kutilk-Rezept beizubringen. Damit hatte alles angefangen. Vor zwei Jahren und viereinhalb Monaten.

Lyd hatte ausgeraucht und wir hatten uns ausgeschwiegen. Aber als sie ihre Kippe ausdrückte, sagte sie einen typischen Lyd-Satz: »Wenn du reden willst, sagste was, ja?«

»Reden? Worüber?«, fragte ich. »Ist doch nix passiert!«

Sie sah mich an, als wollte sie etwas nachschieben, ließ es aber – aus Tradition oder Empathie – bleiben, strich mir über den Arm und nickte Richtung Schulgebäude.

»Kommst du mit?«

Ich schüttelte den Kopf. »Ich kann die ganzen Deppen heut echt nicht mehr sehen.«

Sie nickte wieder. »Ich sag', dass dir schlecht ist.«

»Danke.«

Lyd hob sachte die Hand, drehte sich um und ließ mich allein.

Ich sah ihr nach, wie sie über den leeren Schulhof ging. Ihre langen, dünnen Haare stoben hinter ihr her wie ein Schleier, ihr Parka bauschte sich erst um sie und legte sich dann eng um ihren Körper, als sie ihn vorne übereinanderzog und sich auf ihre typische Lyd-Art selbst umarmte.

Als sie verschwunden war, zog ich mein Handy aus der Hosentasche. Noch immer kein Wort von Sirîn. Ich checkte ihren Stundenplan, den ich seit letztem Schuljahr gespeichert hatte. Genau wie sie meinen übrigens, ich war ja kein Stalker!

Sie hatte Bio. Ihre letzte Nachricht war eine Dreiviertelstunde her. Warum schrieb sie nicht endlich? Sie war super in Bio, da könnte sie ohne Probleme zwischen aerobem und anaerobem Stoffabbau einen kurzen Text schicken. Schließlich wusste sie, dass ich mir Sorgen machte. Ich starrte auf das Handy, schaltete die mobilen Daten ab und wieder an, checkte Insta und unseren *Blickwinkelwechsler* und sogar meine E-Mails. Kein Wort von ihr.

Ich hätte Mam umbringen können.

Langsam wurde mir wirklich kalt. Zurück in die Schule war keine Option, ich sollte hier endlich abhauen, bevor mich ein Lehrer beim Schwänzen erwischte. Eigentlich wollte ich am liebsten nach Hause, aber heute war Donnerstag und Donnerstag war Mams Homeoffice-Tag. Wenn ich etwas nicht brauchen konnte, war es eine Mutter, die ihr schlechtes Gewissen mit Überaufmerksamkeit kompensierte und mir ein Trauma einredete, wo keines war, statt geradezubügeln, was sie verknittert hatte: Sirîns Leben.

Ich wühlte den Kopfhörer aus dem Rucksack, stöpselte ihn ins Handy und suchte Dota, meine aktuelle Neuentdeckung in Sachen deutscher Musik. Irgendeiner ehemaligen »Dein Mix der Woche«-Playlist, die gespeichert hatte, dass ich auf deutsche Songtexte abfuhr, sei Dank.

Dann scannte ich prüfend jedes einzelne Fenster des Betonbaues, der krampfhaft versuchte, leicht und lustig auszusehen, vor allem aber nicht nach Schule. Es gelang ihm ungefähr so gut wie einer zerquetschten Milchtüte, nicht nach Milchtüte auszusehen. Die Fensterrahmen hatten in jedem Stockwerk eine andere Farbe, genau wie die Wände in den Fluren im Innern. Von außen sah das lediglich nach schlechter Neunzigerjahre-Architektur aus (O-Ton Torsten) – wenn man drin war, war es ein Angriff aufs Gemüt. Ich konnte unmöglich die Einzige sein, der das matschige Gelb im dritten Stock regelmäßig Kopfschmerzen bereitete, und unmöglich die Einzige, die sich im Rotbraun des Erdgeschosses fühlte, als ob sie durch die Gedärme eines Riesendrachen lief.

Ich schau' durch fremde Fenster. Leute reden,
sie lachen, es lärmt.
Es geht um Drachen und Monster, für mich ist
alles gleich weit entfernt.

Kurz tauchte hinter einem Fenster im zweiten Stock (schlingpflanzengrün) Miss Rosalees Silhouette auf, die bewegungslos verharrte und vermutlich aus Verzweiflung über die Englischfähigkeiten ihrer Achtklässler abwog, ob sie nacheinander ihre Schüler oder doch gleich sich selbst aus dem Fenster werfen sollte. Instinktiv duckte ich mich hinter die blätterlosen Büsche. Sie schien in meine Richtung zu sehen, drehte sich dann aber abrupt um. Ich atmete auf und ergriff die Flucht.

Betont unauffällig, schlenderte ich zu meinem Fahrrad, schloss es auf und überschlug die Schulstunden. Bis zu Sirîns Schule waren es zehn Minuten, aber die erste Stunde war fast rum und ich hatte keine Chance, es bis zur Fünfminutenpause zu schaffen. Vor der großen Pause würde ich sie nicht erwischen. Ich beschloss, mir zum Zeit-Totschlagen und Warm-Werden auf halber Strecke einen Tee zu genehmigen, und schob das Rad vom Schulgelände.

*

Der Schulhof war voll, genau wie bei uns, und genau wie bei uns gab es auch hier nur ein Thema: den Anschlag. Ich drängte mich durch die Schülergruppen zu Sirîns Stammplatz am Ende des Schulhofes, hinten links in der Ecke zwischen Sporthalle und Mülltonnen. Manchmal wenn ich eine Freistunde hatte, trafen wir uns dort. Zu meiner Schule kam Sirîn nie, weil Adyan in dieselbe Klasse wie Chriso ging und sie Angst hatte, dass er denken könnte, sie würde schwänzen. Tat sie nie, denn je krasser ihre Eltern wegen des Blogs nervten, desto besser wollte sie in der Schule sein. Bis sie den Mut aufbringen würde, ihnen zu gestehen, dass sie ihren Lehrerinnentraum würden begraben müssen, gab sie die Supertochter, ging brav zur Moschee, gab Kutilk-Kurse, die keiner brauchte, und machte es generell und aus Prinzip jedem recht. Zumindest zu Hause.

Ich reckte den Hals und verfluchte mal wieder, dass ich zu klein geraten war, um meinen Blick über die Köpfe schweifen zu lassen. Ich war so damit beschäftigt, einen Überblick zu bekommen, dass ich Meike und Neslihan erst wahrnahm, als ich vor ihnen stand. Die beiden waren über ihre Handys gebeugt und schraken auf, als sie mich sahen.

»Mara!«, rief Neslihan. »Hast du schon …?«

»Klar«, unterbrach ich sie und sah mich suchend um.

»Heftig, oder? Haben sie euch auch zum Krisengespräch in die Aula getrommelt in der ersten Stunde?«

»Keine Ahnung«, gestand ich. »Ich bin abgehauen, bevor es losging … Aber sagt mal: Ich muss dringend mit Sirîn reden. Wo steckt sie?«

»Keine Ahnung«, antwortete Meike und Neslihan zuckte dazu die Schultern. Die beiden waren die symbiotischste Symbiose, die man sich vorstellen konnte. Sie hingen immer zusammen, hörten zur selben Zeit dieselbe Musik über Neslihans Handy (was dazu führte, dass sie nonstop aneinanderklebten, weil das Bluetooth so oft zickte) und vollendeten ständig die Sätze der jeweils anderen. Sirîn behauptete, sie wären ein Paar, aber wenn wir auf dieselbe Schule gehen würden, wären wir garantiert genauso.

»Sie ist heut nicht in der Schule ...«, begann Neslihan.

»... aber sie hat nicht geschrieben, warum ...«, fuhr Meike fort.

»... deshalb haben wir gerade überlegt, ob du wohl was weißt ...« Neslihan.

»... und da bist du!« Meike strahlte mich an, Neslihan strahlte mich an und ich konnte nicht anders, als zurückzustrahlen. Einen Augenblick lang genoss ich das Gestrahle, dann meldete sich mein ungutes Gefühl wieder. Neslihan und Meike waren die Einzigen außer Mam, die von unserem Mittwochskonstrukt wussten. Weil sie Sirîns engste Freundinnen waren und sie schließlich mit irgendwem außer mir ihre Erfolge in der Halfpipe teilen musste. Sagte sie. Und dass sie ihnen vertrauen würde. Also vertraute ich ihnen auch.

»Ich fürchte, die hat richtig Stress zu Hause«, gestand ich. »Meine Mutter hat sich verplappert. Sirîns Eltern wissen, dass sie gestern gar nicht bei uns war.«

»Oh, oh.« Meike strich sich den Pony aus der Stirn. Ihre pinkfarbene Wollmütze war eine exakte Kopie der blauen von Neslihan. Partnerlook 3.0, dachte ich. Eines Tages würde ich mal mit Sirîn im Kopftuch-Partnerlook auftauchen, um die beiden zu ärgern. Die Vorstellung war so absurd, dass ich losgeprustet hätte, wenn ich mich nicht so schuldig gefühlt hätte.

»Sie hat mir vorhin geschrieben, dass sie Ärger gekriegt hat. Und dass sie sich gleich meldet. *Gleich,* das sind aber zehn Minuten und keine …«, ich sah auf mein Handy, »… keine hundertfünf.«

Mam würde bei so einer Bemerkung trocken kichern, aber Meike und Neslihan kannten den Takt einer Freundschaft mit Handy: Gleich bedeutete sofort, nicht später.

»Oh, oh«, wiederholte Meike besorgt, was wirklich lieb, aber wenig hilfreich war. Neslihan legte den Kopf schief und ich spürte, wie mein Magen zu flattern begann. Das tat er immer, wenn etwas Bedeutungsvolles geschah. Mam behauptete, das sei eine ganz normale Reaktion des vegetativen Nervensystems. So liefen unsere Gespräche beim Abendessen wirklich ab, besonders wenn Mam mal wieder eine ihrer Psycho-Fortbildungen hinter sich hatte. Neuerdings behauptete sie bei allem, es sei das Nervensystem. Mir war egal, warum mein Magen flatterte, solange ich verstand, was es hieß: dass ich mich kümmern musste. Um Sirîn. Sofort!

»Ihr habt also auch keine Ahnung, wo sie steckt?«

Meike schüttelte den Kopf, den Mund zu einem weiteren, kleinen »o« geformt. Dann warf sie Neslihan einen Blick zu und nach einer sekundenlangen Konversation, die sich lediglich auf einer telepathischen Ebene abzuspielen schien, traf sie eine Entscheidung. Sie scrollte auf ihrem Handy herum, tippte und hielt es ans Ohr. Neslihan und ich atmeten synchron ein und erst wieder aus, als Meike das Telefon sinken ließ.

»Mailbox«, berichtete sie enttäuscht.

»Mit oder ohne Freizeichen?«, wollte ich wissen.

»Ohne.«

Also nicht weggedrückt.

Warum war Sirîns Handy aus? Hatten ihre Eltern es

ihr abgenommen, zur Strafe? Das passte nicht zu ihnen, sie waren zwar streng, aber das äußerte sich eher in langen Strafpredigten oder Appellen an die Ehre oder den gesunden Menschenverstand. Nur das eine Mal, als Sirîn von Meikes Geburtstagsfeier nach Hause gekommen war, brav und pünktlich und nüchtern, und ihre Mutter den Liebesbrief von Meikes bescheuertem Cousin in Sirîns Jackentasche gefunden hatte, waren ihre Eltern ausgetickt. Sie hatten ihr zwar geglaubt, dass der Idiot ihr den Brief heimlich zugesteckt hatte – was sie ihr nicht verziehen hatten, war, dass sie die Jungs von der Party weggelogen hatte.

Danach hatte Sirîn drei Tage in der Schule gefehlt und anschließend Hausarrest gehabt. Einen ganzen Monat lang! Als Warnschuss. Wegen ein paar Jungs auf einer Kaffee-und-Kuchen-Geburtstagsparty. Verheimlichter Skatepark mit Jungs auf Longboards war vermutlich noch eine Nummer heftiger, aber würden sie Sirîn deswegen das Handy abnehmen?

Neslihan schien dasselbe zu denken und möglicherweise flatterte ihr Magen genauso wie meiner, jedenfalls sah sie auf ihr Telefon und dann auf die Schuluhr und sagte: »Wisst ihr, was? Ich ruf' ihre Mutter an.«

Sie ging ein paar Schritte zur Seite, das Telefon ans Ohr gepresst. Ich sah ihr nach, das Flattern breitete sich in meinem Körper aus.

»Was ist bloß los?«, fragte ich eher mich selbst als Meike. »Das passt so gar nicht zu ihr, sich nicht zu melden.«

Meike legte mir beruhigend den Arm um die Schulter und deutete auf Neslihan. Sie schien jemanden erreicht zu haben, jedenfalls redete sie auf ihr Telefon ein. Dann verstummte sie und presste sich eine Hand auf das freie Ohr, um das Grundsummen des Schulhofes auszublenden. Sie schwieg und nickte und schwieg. Dann rief sie »Nein, wirklich nicht!«, sehr laut. Und, etwas gemäßigter: »Aber Frau Duman, beruhigen Sie sich doch ...«

Erneut presste sie die Hand auf ihr Ohr und ging noch etwas weiter fort, fort von dem Lärm, fort von uns, Richtung der Mülltonnen. An der Art, wie sie sprach und wie ihre Körpersprache sich veränderte, erahnte ich, dass sie die Sprache gewechselt hatte. Sie sah kurz auf, suchte meinen Blick, formte mit den Lippen etwas, das nach »What the fuck?« aussah, und deutete mit zusammengezogenen Brauen auf ihr Telefon.

Scheiße.

Einen Moment lang zappelte ich noch unentschlossen auf der Stelle rum, dann traf ich eine Entscheidung. »Irgendwas stimmt da nicht. Ich fahr' hin.«

»Jetzt wart mal ab, was Nesli sagt.« Meike drückte mich noch ein bisschen fester an sich.

Etwas in mir wollte ihren Arm abschütteln und weglaufen, schnell weg, zu Sirîn, aber ich blieb stehen. Natürlich blieb ich stehen. Bis Neslihan auflegte und zu uns zurückkam. Ihre Wangen waren gerötet, ihr Gesichtsausdruck verwirrt.

»War das ihre Mutter?«

»Allerdings.« Sie starrte in die Luft neben uns und kaute auf ihrer Lippe.

»Und?«, drängte ich.

»Keine Ahnung! Ich hab' gesagt, dass wir gerade Pause haben, und gefragt, ob Sirîn krank ist, weil sie nicht in der Schule ist.«

»Krank?«, fiel ich ihr ins Wort. »Quatsch! Ich hab' doch mit ihr geschrieben, warum sollte sie krank sein? Hast du nicht gefragt, was sie mit ihr –«

Neslihan würgte mich mit einer Davon-verstehst-du-nichts-Geste ab. Die Geste kannte ich von Sirîn. Die machte sie immer, wenn ich (mal wieder) die Höflichkeitsformeln und Regeln ihres Lebens nicht begriff. Zum Beispiel warum, wenn man jemandem ein Kompliment für ein Kleidungsstück machte, derjenige sofort »Willst du es haben?« sagte. Warum man niemals sagen durfte: »Du, es passt gerade nicht, kann ich dich später anrufen?« Warum man erst ausführlich nachfragen musste, wie es dem anderen ging, bevor man ganz sacht und subtil zum Punkt kommen durfte. Es war und blieb mir fremd, aber wir hatten uns angenähert, Sirîn und ich. Ich brachte ihr Neinsagen bei und sie gewöhnte mir meine deutsche Direktheit ab. Manchmal gelang es.

Ich biss mir also auf die Zunge und legte so viel Geduld und Verständnis wie möglich in meinen Blick. Viel war es nicht. Neslihan nickte, dann sprach sie weiter. »Jedenfalls ... Ihre Mutter hat sofort angefangen zu heulen. Ich bin gar nicht mehr zu Wort gekommen!«

Geduld Ende. »Sie hat *nichts* gesagt? Sie muss doch was gesagt haben!«

Meike kniff mich strafend in die Schulter.

»Mann, Mara!«, fauchte Neslihan ungehalten. »Hast du schon mal versucht, mit jemandem zu reden, der heult und heult? Außerdem spricht sie irakisches Arabisch und das ist verflixt schwer zu verstehen, kannste mir glauben!«

»Sorry«, sagte ich kleinlaut. »Hab' ich vergessen.«

Neslihan verzog den Mund unwillig, dann nickte sie erneut. »*Was* ich verstanden habe, ist, dass sie nirgends sicher wären … und was von ihrer verlorenen Tochter.«

»Ach deshalb!«, platzte ich heraus, im gleichen Moment, in dem Meike »Ach die Arme!« rief. Überrascht ließ sie meine Schulter los. »Wie, ach deshalb?«, wollte sie wissen. »Was meint sie denn damit? Was für eine verlorene Tochter?«

»Keine Ahnung«, erwiderte Neslihan schulterzuckend.

Was? Sie wussten es nicht? Sie waren Sirîns allerälteste Freundinnen und wussten es nicht? Mir hatte sie es ein paar Wochen nach unserem ersten Treffen erzählt.

*

»Ich mag deine Mutter«, hatte ich gesagt, als ich zum ersten Mal bei ihr zu Besuch gewesen war, nur wenige Tage nach dem Kutilk-Kurs. Wir saßen auf dem Sofa, neben uns ein Tablett mit Tee und einem Gebäck, das ich nicht kannte, aber köstlich fand. Es war etwas mit Datteln, mit Datteln und Rosenwasser, und ich hatte Sirîns Mutter gleich nach dem Rezept gefragt. »Später«, hatte sie versprochen und gelächelt, scheu und abwesend. Dann war sie in der Küche verschwunden.

»Ja«, hatte Sirîn geantwortet, »ich mag sie auch.« Dann hatte sie die Ärmel ihres Pullovers über die Hände gezogen, bis zu den Fingerspitzen. (Sie liebt überlange Ärmel.) Das Aber, das sie nicht aussprach, hing zwischen uns.

Ich fing das Wort ein und sprach es aus. »Aber?«

»Sie ist nicht wirklich da«, antwortete Sirîn leise. »Sie schaut mich an, aber sie sieht mich nicht.«

Und dann hatte sie erzählt, flüsternd, auf der Couch in ihrem Wohnzimmer. Vom Krieg. Von ihrer Schwester Berîn, die sie nicht gekannt hatte, weil diese mit vier Jahren gestorben war. Bei einem Angriff auf dem Wochenmarkt, bei dem der kleine Adyan ebenfalls verwundet worden war. Dass Sirîns Mutter die einzige Überlebende des nordirakischen Teils ihrer Familie mütterlicherseits war. Von der Flucht ihrer Eltern mit dem eineinhalbjährigen Sohn an der Hand und Sirîn im Bauch ihrer Mutter. Von Sirîns Geburt in Deutschland, die ein Neuanfang sein sollte. Von der Last, die auf ihren Schultern lag, weil *sie* dieser Neuanfang sein musste. Von Berîns Schatten, der das Lächeln ihrer Mutter verdunkelte.

Ich hatte mit aufgerissenen Augen zugehört und gesehen, wie schwer es Sirîn fiel, mir davon zu erzählen. Ich nahm es wahr und sie tat mir leid, sehr sogar, aber richtig nachempfinden konnte ich ihren Schmerz nicht. Es war so schlimm, dass ich nicht wusste, was ich fühlen sollte, aber es blieb eine fremde Geschichte, eine, wie sie im Fernsehen kam. Ich hatte Berîn nicht gekannt, ihre Mutter ein paar Minuten vorher zum ersten Mal getroffen und Sirîn und ich lernten uns auch gerade erst kennen.

Und dennoch verstand ich, was in ihr vorging.

Berîn war die Leerstelle, die Sirîn für ihre Eltern füllen musste. Genau wie ich die, die Papa bei uns hinterlassen hatte. Den hatte ich auch nicht gekannt, aber wenn ich sah, wie sehr Mam ihn noch immer vermisste, fehlte er mir auf eine verdrehte Art auch. Selbst wenn ich Mams Schmerz genauso wenig nachvollziehen konnte wie den von Sirîns Mutter – die Auswirkungen kannte ich, die diese Verluste auf das Leben unserer Eltern hatten. Ich hatte Sirîns Hand genommen, weil ich nicht wusste, was ich sonst hätte tun können.

»Der Krieg ist ein Arschloch«, hatte Sirîn gesagt und wir hatten danach nie wieder davon gesprochen. Aber das mit Berîn und Papa war eine weitere Parallele, die uns verband. Ich hatte keine Ahnung, dass diese Geschichte so kostbar war, dass Sirîn sie nicht mal mit Meike und Neslihan geteilt hatte.

*

»Was für eine verlorene Tochter?«, wiederholte Meike also.

Ich holte tief Luft, dann erzählte ich den beiden von Berîn. Die Miniversion, zwei Sätze, unausgeschmückt. Es war genug. Meike sagte in Dauerschleife »Ach du je«.

»Deshalb hat ihre Mutter so geheult«, kombinierte Neslihan. »Dieser U-Bahn-Scheiß erinnert sie an die Bomben im Irak. Und an ... Berîn.« Sie sah mich an, um sich zu vergewissern, dass sie den Namen richtig verstanden hatte.

Ich nickte. »Es heißt ›die Erste‹.«

»Auch das noch.« Meike seufze. »Sirîn ist also die Zweite.«

»Oder die Dritte – je nachdem, wie man Adyan zählt.« Neslihan verzog den Mund. Sie mochte Adyan nicht, weil sie fand, dass er ständig rumprollte. »Warum hat sie uns das nie erzählt?« Sie zog sich eine Haarsträhne zwischen die Zähne und kaute darauf herum.

»Keine Ahnung.«

»Ist doch auch total egal«, meinte Meike. »Es ist jedenfalls voll der Albtraum, ein Kind zu verlieren. Immerhin erklärt das, warum sie so überbeschützend mit Sirîn sind, findet ihr nicht?«

Neslihan spuckte zustimmend die Strähne aus. »Ihre Mutter muss vor Angst durchgedreht sein, als sie nicht pünktlich zu Hause war.«

Allerdings. Die arme Sirîn – als wäre Mams Gequatsche nicht schon schlimm genug, sie musste auch noch mit ihrer eigenen panischen Mutter klarkommen.

»Ich fahr' zu ihr«, verkündete ich ein weiteres Mal unddieses Mal würde ich mich nicht aufhalten lassen.

Die Schulglocke schrillte und sofort waren wir von Schülern umflutet, die zum Schulgebäude zurückströmten. Instinktiv rückten wir enger zusammen. Meike und Neslihan warfen sich wieder einen dieser langen Blicke zu, dann übersetzte Neslihan das Ergebnis ihres telepathischen Austausches: »Warum gehen wir nicht alle zusammen, in der Mittagspause, dann machen Meike und ich die siebte blau?«

Noch weitere dreieinhalb Stunden warten? Ich schüttelte den Kopf. »Geht ihr ruhig rein, ich fahr' rüber. Vielleicht kann ich was tun. Sobald ich mit ihr gesprochen habe, melde ich mich, okay?«

Der Schülerstrom dünnte sich aus, die Schulglocke erklang erneut.

»Okay«, entschied Meike. »Ich lass' mein Handy an.«

Ich nickte, Neslihan nickte, Meike nickte. In einem amerikanischen Film hätte wir einen Kampfschrei ausgestoßen, um unseren Deal zu besiegeln, hier drückte ich einfach zwei Schultern, dann stoben wir auseinander.

*

Sirîn lag auf meinem Bett, die Füße in den albernen Teddybärensocken, die so gar nicht zu ihr passten, an die Wand gestützt. Ich in der gleichen Haltung, aber barfuß, daneben. Über uns das Poster unseres damaligen gemeinsamen Schwarms Cameron Dallas, zwischen uns eine Schale frisches Popcorn, an dem wir nur rochen, weil wir dafür viel zu satt waren. Nach einem vielstündigen Kochmarathon waren unsere Bäuche voll mit sizilianischem Tintenfischsalat, kurdischem Biryani und deutscher roter Grütze. Es war ein Sonntag, wir waren beide gerade fünfzehn geworden und wussten mittlerweile alles voneinander. Wir hörten Musik aus der neuen Bluetoothbox, die ich zum Geburtstag bekommen hatte, und hin und wieder sang Sirîn eine Liedzeile mit. Sie hatte eine helle Sopranstimme, und dass sie zwar jeden Ton, aber noch lange nicht jedes Wort traf, störte weder sie noch mich. Ich selbst begnügte mich mit Summen, weil dann meine eigenen schiefen Töne weniger auffielen.

»Er ist so süß«, seufzte ich in der Pause zwischen zwei Songs.

»Und ganz schön hübsch«, erwiderte Sirîn, die natürlich sofort wusste, wen ich meinte.

Dann schwiegen wir wieder und sie trällerte und ich betrachtete abwechselnd das Gesicht auf dem Foto und ihre Socken.

»Deine Socken sind schrecklich«, sagte ich träge.

»Ich weiß.« Sie wackelte mit den Zehen.

Ein paar Takte sang sie noch, dann änderte sie den Text.

»Er sieht aus wie Chriiii-sooo«, trällerte sie. »Aber Chriso ist echter und wohnt nicht in Ka-li-fooooor-ni-äääään und er geht an deine Schuuuuule.«

Als wir uns ausgegackert hatten, hatte ich mich aufgesetzt und Cameron näher in Augenschein genommen. »Findest du echt, dass er ihm ähnlich sieht?«, fragte ich harmlos, als hätte ich den Gedanken nicht schon hundertmal gehabt. Als hätte ich das Poster nicht genau deshalb dort aufgehängt ...

Damals als wir dort auf dem Bett gelegen hatten, war meine Schwärmerei erst ein paar Wochen alt und so richtig hatte ich ihn noch nicht durchschaut. Ich träumte, naiv und hingebungsvoll, von einer zweiten Dreißig-Sekunden-Begegnung mit ihm. Oder einer Dreißig-Minuten-Begegnung. Oder länger, gern noch länger! Weil sein Blick mir noch so frisch in Erinnerung war, das »Oops«, mit dem er mein Handy in meine Hand gelegt hatte. Seine Stimme hatte schnell an Glanz verloren in meinen Fantasien, nachdem ich ein paar seiner Vlogs gesehen hatte, aber die Erinnerung an seinen Geruch ließ meinen Körper noch immer erstarren.

Eine unschuldige, kindliche Schwärmerei, hatte Mam zu Torsten gesagt, mit diesem blöden Erwachsenen-Grins-Tonfall und als sie dachte, ich würde es nicht hören. Keine Ahnung, wie sie Wind davon bekommen hatte – außer Sirîn (und später Lyd) wusste das niemand. Aber ich ahnte damals schon, dass sie falschlag, und sollte damit recht behalten. Je mehr Zeit verging, desto mehr kribbelte es, wenn ich ihn sah, und desto weniger unschuldig fühlten sich meine Chriso-Gedanken an. Und desto weniger konnte ich sie leugnen.

Trotzdem versuchte ich abwechselnd, Sirîn und mich davon zu überzeugen, dass der Typ ein Honk war, der bestimmt kein einziges Buch besaß, und dass er, selbst wenn er wollte, wirklich keine Chance bei mir hätte. Wie super diese Autosuggestion (würde Mam sagen, Sirîn nannte es: Selbstverarsche) geklappt hatte, zeigte sich daran, dass ich auch über ein Jahr nach diesem Nachmittag in meinem Zimmer immer noch einen violetten Blick bekam, wenn ich an ihn dachte.

Sirîn hatte also recht. Wobei es wohl eher so war, dass Chriso Cameron ähnelte, rein vom Look her und von der Pose, denn Cameron war deutlich länger im Business und über einundzwanzig Millionen Mal berühmter, und wer zuerst da ist, setzt den Style.

»Jetzt, wo du's sagst – er ähnelt ihm echt ein bisschen.« Ich ließ mich wieder auf den Rücken fallen. Sirîn lachte genau einen einzigen Lacher, es war eher ein Kieksen, liebevoll und wissend. Nachdenklich betrachteten wir das Poster, jede in ihren Gedanken gefangen.

»Weißt du«, brach es schließlich aus Sirîn heraus. »Wir müssen das einfach auch machen.«

»Was?«

»YouTube.«

Ich lachte laut auf. »Du vielleicht, aber ich? Ich bin so was von nicht telegen! Und nicht witzig und nicht schlagfertig und nicht ...«

»Klar bist du witzig«, unterbrach sie mich. »Aber du hast recht. YouTube ist vielleicht nicht der perfekte Kanal für uns – mein Kopftuch ist nicht unbedingt ein Clickbait.«

»Oder gerade! Du könntest ... Beautyvideos machen, Schwerpunkt Muslimas.«

Sirîn zog die fein nachgemalten Brauen nach oben und deutete ein Gähnen an. Wir schwiegen wieder, mit vollem Bauch und ganz selbstverständlich. Es war ein anderes Schweigen als das mit Lyd. Bei Lyd schwieg ich, weil ich nichts sagen wollte, bei Sirîn, weil ich nicht musste.

Dabei hatten wir nonstop geredet, seit wir uns kennengelernt hatten. Nonstop! Ich war nicht mal dazu gekommen, das komisch zu finden. Ich, die Schweigsame, Unauffällige, die alles mit sich selbst ausmachte. Es fühlte sich an, als ob Sirîn den Stöpsel in meinem Kopf gezogen hatte – alles strudelte so irrsinnig schnell heraus, dass ich mich fragte, wie all die Gedanken und Ideen jemals dadrinnen Platz gehabt haben konnten. Es hörte auch nicht auf, nie, und wenn wir nicht reden konnten, tippten wir.

Mit Sirîn teilte ich meine Gedanken freiwillig, alle. Ich glaube, es war so einfach, weil ich mich sofort sicher bei ihr gefühlt hatte, so sicher wie überhaupt noch nie in meinem Leben. Erst als mein Gedankenstausee etwas abgelaufen war, konnten wir auch zusammen schweigen, auf eine flauschige Art, als würden wir uns schon ewig kennen. Schwestern-im-Geiste, dachte ich. Von denen die eine berühmt werden will. Und die andere bloß nicht auffallen.

»Kochen«, schlug ich vor. Da sah man immerhin maximal die Hände. Meine Hände waren okay. »Wir könnten Kochvideos machen.«

»Habe ich schon probiert, ist die Pest. Die Kamera beschlägt dauernd oder die Farben sind kacke – irgendwas geht immer schief.«

»Wow«, frotzelte ich, »und das sagt eine selbst ernannte Optimistin. Wart mal – wir könnten …« Bevor ich es aussprach, verriet mir die Gänsehaut auf meinen Armen, dass ich gerade eine Jahrhundertidee hatte.

»Das ist es!«, rief ich. »Wir schreiben ein Koch-Blog mit Schritt-für-Schritt-Anleitungen. Und Fotos machen wir erst, wenn das Essen kalt ist.«

Sirîn gluckste. »Du und deine Schritt-für-Schritt-Anleitungen!«

»Was ist daran so witzig? Die haben mir das Leben gerettet!«

Sie lachte, ich mit. Dann drehte ich mich auf die Seite. Cameron wurde zu einem verschwommenen Fleck in meinem Augenwinkel.

»Dann halt nicht Schritt für Schritt, aber ein Koch-Blog. Wir können alles kochen, was wir sind: Deutsch und Kurdisch und Italienisch und Arabisch …«

Sirîn verzog das Gesicht. »No way. Die killen mich, wenn ich kurdische Rezepte mit was anderem vermische!«

»Wer: die?«

»Na, die Frauen im Stadtteilzentrum. Du hast doch gesehen, was sie für ein Theater um Kutilk veranstalten, was glaubst du, was passiert, wenn ich …«

»Ach die! Denen kannst du's eh nicht recht machen, die rasten ja schon aus, wenn du statt 'ner weißen Zwiebel eine rote nimmst.« Ich legte meine Hand auf Sirîns Arm. »Aber du … du bist eine kurdische Deutsche mit irakischem Hintergrund. Das ist voll hip, da musst du was draus machen!«

Ich suchte nach Worten. Signature Style? Hybrid-Küche? Fusion-Food? Kannte ich damals noch nicht. Und von einem »Unique Selling Point« erzählte mir Sirîn auch erst später. Damals waren wir einfach zwei Fünfzehnjährige, die groß träumten und keine Ahnung hatten. Keine Ahnung und – in Sirîns Fall – fast so was wie Angst. Die kurdische Community war ihr Lebensinhalt, ein Lebensinhalt mit strikten Regeln.

»Ich weiß nicht ...«, sagte sie. Sie tat distanziert, aber sie zog ihre Teddybärensockenfüße zu sich heran und ließ sich zur Seite kullern, bis wir fast Nase an Nase lagen, so nah, dass ich zu schielen begann. Ich wich ein kleines Stück zurück, stützte mich auf den Ellenbogen, legte meine Wange in die Hand und betrachtete die Gedanken, die durch Sirîns Kopf sausten, mit etwas mehr Abstand.

Und wusste, dass ich sie hatte.

Sirîn war ein offenes Buch – lustigerweise auch wegen ihres Kopftuches. Wenn sie es nicht trug, überdeckte eine lange Flut braunen Haares ihre Züge; wenn sie es trug, lenkte nichts von ihrem Gesicht ab. Deshalb konnte ich ihr dank des blau gestreiften Tuches, das sie gerade trug, dabei zusehen, wie sie dachte. Und dachte und dachte.

»Also«, sagte sie schließlich, »wie wär's, wenn ... wenn wir unsere Rollen tauschen? Also wenn du die Rezepte kochst, die ich dir gebe, und ich koche deine?«

Damit war der *Blickwinkelwechsler* geboren.

*

Mam hatte den Webspace für uns klargemacht, weil man dafür achtzehn sein musste, und innerhalb von einer Woche hatten wir ein Blog gebaut. Eine weitere Woche später hatten wir 17 Follower, dann ging es schnell hoch auf 237, weil Sirîn ihre Mitschülerinnen und die Kutilk-Frauen inklusive ihrer Familien so lange bearbeitete, bis sie uns ihre Likes schenkten. (Von meiner Seite aus kamen genau 42 Leute.) Und dabei blieb es zunächst, unabhängig davon, wie fleißig und was wir posteten. Im August kamen noch zwei weitere Follower dazu, was Sirîn auf ihre Wahnsinnsfotostrategie schob. Ich tippte eher darauf, dass jemand auf seiner Maus ausgerutscht war.

*

An der türkischen Bäckerei hielt ich. Der Plan, den ich mir auf dem Rad überlegt hatte, um Sirîns Mutter friedlich zu stimmen, hatte mit Baklava zu tun. Bestenfalls natürlich mit selbst gemachtem nach Sirîns Rezept, aber dafür hatte ich keine Zeit. In der Ecke der Bäckerei stand ein Zeitungsständer, in dem sich die Headlines gegenseitig überbrüllten.

Der U-Bahn-Bomber vom Kröpcke

Blutbad in der U9

132 Tote – 132 Geschichten

Die letzten Sekunden im Todeswaggon

Schnell wandte ich mich dem Tresen zu, hinter dessen Glasvitrine die wunderbarsten Gebäcke aufgetürmt waren. Alle sahen nach Leben aus, keins nach Tod. Ich konzentrierte mich auf den Geruch (Butter und Nüsse, Nüsse und Butter) und versuchte, mich zu entscheiden.

Pistazie oder Walnuss? Automatisch zog ich mein Handy hervor, um Sirîn zu fragen, da entdeckte ich, dass sie geschrieben hatte. Vor drei Minuten, als ich gerade durch Mitte geradelt war. Es gelang mir erst beim dritten Anlauf, meinen eisigen Finger auf den Scanner zu drücken und das Handy freizuschalten.

Puh, das war heftig! 😳

Was mich nicht gerade schlauer machte. Ich trat ein paar Schritte zur Seite, lehnte mich an den Getränkekühlschrank, weit weg von den Zeitungen, und schrieb mit steifen Fingern zurück.

Was ist los?
Warum bist du nicht in der Schule?

Wegen der Party bei Meike natürlich, gurçika min.

Gurçika min hieß so was wie »mein Nierchen« und war ein Kosewort. Sirîn nannte mich so, wenn sie mich ärgern wollte. Und wenn sie mich ärgern wollte, war sie nicht sauer. Meine Niere, haha, hüpfte erleichtert.

Selber. 😜
Was hat Meikes Party damit zu tun?

Na, ich hab gestern natürlich gelogen, als ich nach Hause kam.

Klar. Du wusstest ja nicht, dass Mam gepetzt hat.
Und?

Sie sind durchgedreht.

Na toll! Genau wie bei Meikes Party …
Wieder wegen der Jungs?
Oder wegen dem Skatepark?

Jungs.
Aber vor allem weil ich gelogen hab.

Shit.

Ja.

Und jetzt?

Yadê heult nonstop.

Wegen Berîn?

Familienscheiße.

Allerdings.

Wir hatten also richtig geraten. Der Anschlag hatte bei Sirîns Mutter Erinnerungen geweckt – und keine schönen. Jetzt bedauerte ich, dass ich nie mehr nachgefragt hatte, seit diesem Nachmittag vor über zwei Jahren. Ich hatte akzeptiert, dass Sirîns Mutter immer traurig aussah, selbst wenn sie lachte, was sie oft tat. Sogar dass ihre ganze Familie mütterlicherseits tot war, hatte ich verdrängt. Sirîn sprach so viel von ihren Tanten und Onkels oder Cousins und Nichten im Irak (oder wie ihr Vater jedes Mal verbesserte: in Südkurdistan), dass mir die Familie immer unüberschaubar groß vorgekommen war – und Sirîn damit reich. Dass das alles Verwandte des Vaters waren ... Ich war gut darin, nicht dahin zu sehen, wo es wehtat. Immer schon.

Und jetzt?

Na, kannst dir ja vorstellen –
Bavo ist natürlich AUSGERASTET!

Haben sie dir
was getan?

Natürlich nicht!
Aber Handy nur unter Aufsicht und Hausarrest.

Oh Mann, ich könnte
Mam umbringen!

So sorry, Schwester!

Yadê findet alles total gefährlich.
Sie sagt, wir wären nirgends sicher.
Nicht mal in Deutschland.

Wenn nicht hier, wo dann?
🤔

Sag ihr das mal. 🙁

Bin auf dem Weg zu euch.
Ist das okay?

Lass mal.

Sicher?

Positiv.

Dann morgen in der Pause?
Auf eurem Schulhof?

Vergiss es. 🙁

Nix mit Schule.
Zumindest, bis Bavo entschieden hat, wie's weitergeht.

DU DARFST NICHT MAL
ZUR SCHULE?

Nope.

Soll ich die Bullen rufen?

🤣
Ich sehs als Ferien.
Stichwort: Businessplan!
Und ich koch ein paar Blogbeiträge vor.

Na super.
Kann ich was tun?

Ich meld mich, sobald ich kann.
Bavo beruhigt sich schon wieder.

In sha' allah. 😉

🤣 Du sagst es, Schwester.
Ich liebe dich.
❤️

Ich dich.
❤️

*

Ich steckte das Handy weg und überlegte, ob ich Sirîns Rat ignorieren und gegen ihren Willen hinfahren sollte. Aber selbst, wenn ich gewollt hätte – meine Beine ließen sich nicht dazu bewegen, sich zu bewegen. Also: gar nicht. Ich stand in der Bäckerei und es war viel zu warm hier drinnen und es roch nach Butter und gerösteten Nüssen und ich konnte mich nicht bewegen. Aus Erleichterung, weil Sirîn okay war und ihr Vater sich garantiert bald wieder beruhigen würde. Und vor allem darüber, dass sie nicht sauer auf mich war, obwohl meine Mutter eine Verräterin war. Ich lächelte die Frau hinter dem Verkaufstresen von meinem Kühlschrankfleck aus an. Sie lächelte zurück und diesem Lächeln gehorchte mein Körper. Ich ging zum Tresen.

»Kann ich was für dich tun?« Sie benahm sich, als würden sich jeden Tag Teenager hinter ihrem Kühlschrank verstecken, um in der Wärme des Verkaufsraums zu texten.

»Ich hätte gern Baklavas, zwölf Stück.«

»Gern. Welche Sorte willst du denn?«

»Gemischt.«

Sie fischte gekonnt mit der Zange in der Auslage die Baklavas heraus, bugsierte das Gebäck in eine Pappschachtel, verschloss sie und klebte zum Schluss ein goldenes Ringelband auf den Deckel. Ich nahm den Karton entgegen und bezahlte, ohne eine Ahnung zu haben, wer das Gebäck essen sollte, jetzt, da ich doch nicht zu Sirîn fahren würde. Torsten fuhr heute sofort nach der Arbeit zu dieser Dienstreise irgendwo bei München. Ehe ich Mam, dieser Treuelosen, was zu essen anbieten würde, würde ich zu Staub zerfallen. Vielleicht könnte ich Lilli überreden, die Baklavas aufzufuttern, wenn ich behauptete, dass sie aus Reis mit Sojasoße gemacht wären. Ich versenkte das Päckchen vorsichtig in den Rucksack, lächelte die Verkäuferin dankbar an und radelte nach Hause.

*

Es war immer noch viel zu früh, um behaupten zu können, dass die letzte Stunde ausgefallen sei. Aber ganz ehrlich: Es war mir vollkommen egal. So egal, dass ich mir nicht mal Mühe gab, leise zu sein, als ich zur Tür hereinkam. Wir wohnten typisch für eine Mittelstandsfamilie mit zwei Verdienern in Hannover, die kurz vor dem Hype noch eine Eigentumswohnung ergattert hatten, mitten in Linden-Nord. Hochparterre mit einer stählernen Wendeltreppe in den Keller, den Mam »Souterrain« nannte und in dem ein muffiges Gästezimmer, ein Klo und Mams Büro waren. Darin saß sie heute, genau wie jeden Donnerstag, und schrieb Dienstpläne für ihre Mitarbeiter. Mam leitete eine Hilfsorganisation für Angehörige von Autisten und arbeitete in jeder freien Minute, genauso leidenschaftlich, wie Torsten seine Versicherungen verkaufte.

Wir waren wirklich eine stinklangweilige und ziemlich normale Familie. Leicht an-gepatchworkt dank Torsten, leicht vernachlässigt dank Mams Kochunfähigkeit.

Kochen, das wissen viele nicht, Kochen ist Zuhause, ist Heimat – es macht warm im Bauch und im Herzen. Kochen ist Liebe. Jaja, Kitschpostkarte, aber es stimmt.

Obwohl ich manchmal angeblich ein Ungeheuer war (behauptete Mam, Torsten sagte Puber-Tier und fand das wahnsinnig komisch), brachte ich also eine Menge Liebe in unsere Familie – schlicht und ergreifend, weil ich sie alle fütterte. Auf verdrehte Art schienen Mam und Torsten diesen Zusammenhang zu durchschauen, denn, bewusst oder unbewusst, belohnten sie meine Bemühungen: Seit einem knappen Jahr stand in unserer Küche mein zweitgrößter Traum (nach Chriso): ein sechsflammiger Gasherd mit Elektrobackofen. Das Teil war ein Gedicht. Schon ihn anzusehen, machte mich glücklich.

Heute weckte der Gedanke an ihn allerdings Assoziationen an Sirîn und nährte nichts als meine Wut auf

Mam. Mein Zorn über ihren Verrat war viel größer als der fantastischste Herd, als der bestbestückte Feinkostladen, als alles Violett der Welt.

Ich pfefferte meinen Rucksack auf den Boden, die Daunenjacke auf den Stuhl und die Schuhe darunter. Dann steuerte ich direkt die Küche an und setzte Teewasser auf. Ein Teil von mir war erleichtert, als ich Mams Schritte auf der Treppe hörte. Den anderen, größeren Teil kümmerte es nicht. Ich griff nach der türkisfarbenen Thermoskanne und warf zwei getrocknete Rosenblüten hinein.

»Mara?«

Man muss nicht immer antworten.

Muss man nicht.

Ich beobachtete das Wasser im Fenster des Kochers und wartete auf die Bläschen.

»Was machst du denn schon hier?«

Ich kannte diese Art zu sprechen, das war Mams Klientenstimme. Sanft und weich und so vorsichtig, als wäre ihr Gegenüber aus Glühlampenglas und gerade im Begriff, sich aus seiner Fassung zu lösen und zu Boden zu stürzen. Ich kam nicht oft in den Genuss der Klientenstimme, und das war auch gut so, sie machte mich nämlich extrem aggressiv.

»Hör mal«, sagte sie zu meinem Rücken, »ich kann verstehen, dass du es in der Schule nicht ausgehalten hast.«

Aha?

»Ich hätte dich gar nicht erst hinlassen sollen heute Morgen, aber ich wusste ja nicht ...«

Ich stieß die Luft durch die Nase aus, so hart, dass mein Zwerchfell krampfte. Machte Mam jetzt das gleiche Fass auf wie Sirîns Vater? Mich nicht zur Schule lassen, weil ich f a s t in einer U-Bahn gesessen hatte, die in die Luft geflogen war? Als hätte sie meine Gedanken gehört, setzte sie noch einmal an. »Adyan hat noch mal angerufen. Er war völlig aufgelöst und hat mir erzählt, dass sie Sirîn ...«

Ich fuhr herum.

»Dass sie Sirîn *was?«* Die Glühlampe, die ich war, zersprang auf dem Boden, jedes meiner Worte war ein Splitter aus feinem, dünnem Glas, der sich in Mams Weichheit bohrte. Sie sah zart aus und sehr blass, aber ich war wütend, so, so wütend! »Hat er zugegeben, dass die sie eingesperrt haben? Weil DU deine verdammte Klappe nicht halten konntest? Hat er dir erzählt, dass sie nicht mal mehr zur Schule darf?«

Mit jedem meiner Worte wurde ich lauter und Mam blasser, ihre Augen größer.

»Oder hat er dir erzählt, dass ihre Eltern durchdrehen, weil ihre Tochter mit Jungs abhängt? Weil sie skatet und ein einziges Mal zu spät nach Hause kam? Hat er dir auch erzählt, dass es das Scheißtrauma von ihrer Mutter aufgebrochen hat, diese Bombenkacke, weil sie ihre älteste Tochter Berîn im Krieg verloren haben? Zerfetzt von einer Scheißbombe? Mit vier? Hat er dir erzählt, was sie für eine Panik gekriegt haben, als sie gehört haben, dass Sirîn nicht bei uns ist? Warum konntest du nicht ein einziges Mal deine Klappe halten, verdammt? Du wusstest doch, dass sie safe ist!«

Ich spürte die Tränen in meinen Augen und sah die in Mams und drehte mich weg. Mam suchte nach Worten und fand keine. Das kochende Wasser spritzte auf meine linke Hand, als ich die Thermoskanne füllte. Fluchend drehte ich den Kaltwasserhahn auf und hielt die Hand darunter, mit der anderen rieb ich schnell meine Augen trocken. Als ich die Hand nicht mehr spürte, stellte ich das Wasser ab und schraubte die Kanne zu, klemmte sie unter den Arm, nahm meine apfelgrüne Tasse und stürmte an Mam vorbei aus der Küche.

Mam war weiß. Also wirklich: weiß. Ihr Mund stand leicht offen, vor Schmerz? Schuld? Scham? Im Vorbeigehen griff ich meinen Rucksack und marschierte in mein Zimmer. Die Tür knallte ich hinter mir zu und schloss ab.

DREI

Nach dem Streit mit Mam verließ ich mein Zimmer an diesem Tag noch genau zwei Mal. Einmal, um frischen Tee zu kochen und auf die Toilette zu gehen, das zweite Mal, um auf die Toilette zu gehen und aus der Notfallschublade eine Tüte Kochbeutelreis für Lilli zu ziehen, die ich demonstrativ neben den Herd legte. Mam würde die Tiefkühltruhe plündern müssen.

Als ich in der Küche stand und versuchte herauszufinden, ob ich Hunger hatte oder nicht, hörte ich Mams Schritte unten auf der Treppe. Sachte und vorsichtig, ein Raubtier.

Ein Spurt, zehn Schritte und meine Zimmertür schlug zu. Ich drehte den Schlüssel herum und die Musik lauter. Mams Klopfen hörte ich trotzdem. Nach etwa zehn Minuten gab sie auf.

Da saß ich längst wieder an meinem Schreibtisch, die Füße auf die Tischplatte gelegt, und starrte aus dem Fenster. Im Hof hangelte sich Gundel, die Katze der Nachbarn, an Mams Rosengitter hoch auf den Gartenzaun. Ich beobachtete sie dabei, wie sie auf dem schmalen Zaun entlangstolzierte, als wäre sie ein getigertes Model und der zwei Zentimeter breite Zaun ihr Laufsteg. Wenn es wirklich so etwas wie Wiedergeburt gibt, würde ich gern als Katze zurückkommen. Schon wegen des Schwanzes. Das Leben musste wunderbar sein, wenn man einen Schwanz hatte, in den man sich einkuscheln konnte und der einem dabei half, die Balance zu halten, wenn man wankte. Aber so wie ich das Schicksal einschätzte, würde ich meine Katzenallergie mit in mein wiedergeborenes Leben nehmen, und wenn man immerzu niesen muss, nützt einem der schönste Schwanz nichts.

Am Ende ihres Laufsteges hielt Gundel inne, hob majestätisch das linke Vorderbein, leckte dreimal ihre Pfote. Abschlusspose, Abgang. Ohne mir auch nur einen Blick geschenkt zu haben, sprang sie in den Nachbarhof und verschwand. Ich blieb allein zurück. Mein Blick verharrte einen Moment lang auf der Stelle, an der sie posiert hatte, und fiel dann in unseren kleinen Hinterhofgarten. Links von Mams Blumenbeet mit der Rose und den unzähligen Tulpenzwiebeln, die in der Erde auf den nächsten Frühling warten, hatte ich einen kleinen Kräutergarten angelegt, auf der anderen Seite rottete Lillis alter Sandkasten vor sich hin. Ein kleiner, gemeiner Teil in mir hoffte inständig, dass Gundel gerade ausgiebig in Mams Blumenbeet geschissen hatte.

Warum war ich so verdammt sauer auf sie?

Andererseits: Auf wen denn sonst?

Sirîns Vater konnte ich schlecht anschreien. Außerdem hatte Sirîn mir über die Jahre eingetrichtert, dass das, was mir an ihrer Kultur anders, falsch und absurd vorkam, für sie nicht per se anders, falsch und absurd *war.* Denn wenngleich sie skaten wollte und Jungs treffen und berühmt werden, fand sie es ganz normal, die Entscheidungen ihrer Eltern zu akzeptieren. Selbst wenn diese sie einsperrten und ihr das Handy abnahmen.

Ich fand das ein bisschen schizophren, aber sie hatte

einfach nur gehörigen Respekt vor Erwachsenen. Im Gegensatz zu mir. Außerdem war sie – ebenfalls im Gegensatz zu mir – gläubig und hatte für alles, was geschah, eine Erklärung.

Wahrscheinlich sogar für den Verrat meiner Mam.

Langsam wurde es draußen dunkel. Ich hasste den November. Gar nicht so sehr wegen der Kälte, sondern vor allem weil er so dunkel war, nass und frustrierend. Außerdem war er voll von Trauertagen: Allerheiligen, Allerseelen, Totensonntag, Volkstrauertag. Von der Reichspogromnacht gar nicht zu reden. Wenn es nach mir ginge, könnte man den gesamten Monat aus dem Kalender streichen. Und den Februar gleich mit.

Während ich dem Licht beim Verschwinden zusah, checkte ich hin und wieder mein Handy, um jedes Mal aufs Neue festzustellen, dass ich keine Nachrichten bekommen hatte. Es fühlte sich leer an, abgeschnitten irgendwie. Normalerweise piepte mein Handy ständig. Texten war meine Verbindung zur Welt, es war meine Art zu reden, ohne reden zu müssen. Und egal, ob ich im Bett lag oder vorm Rechner saß, ob ich durch die Stadt lief oder kochte – egal, wo ich war, egal, was ich tat, ich war nie allein. Wenn es blingte, war es meistens Sirîn, oft auch Lyd, Nicolaj immer seltener, Mam immer öfter. Im Moment stand Mam jedoch gerade draußen auf dem Flur und horchte an meiner Tür (zumindest stellte ich mir das vor), Lyd war beim Schlagzeugunterricht und Sirîn lag wahrscheinlich auf ihrem Bett und guckte genauso gelangweilt aus dem Fenster wie ich.

Was fing man mit einem Tag an, wenn es niemanden gab, dem man Nachrichten schreiben konnte?

Selbst YouTube machte keinen Spaß. Halbherzig checkte ich ein paar Kochvlogs und endete auf Chrisos Kanal. Mal wieder. Er hatte nichts Neues hochgeladen. Das war erstaunlich. Ich aktualisierte die Seite dreimal, schloss den Browser und versuchte es in einem anderen, loggte mich aus und ein, aber es blieb dabei: Chriso schwieg. Wenn er nicht heute Morgen quietschlebendig vor mir gestanden, »Mara« gemurmelt und mich angesehen hätte, hätte ich gewettet, dass er krank war.

War er aber nicht. Wusste ich.

Wie kam es dann, dass er nichts hochlud? Keine Sensationsvideos, kein »Fast-wäre-ich« und »Wie-ich-gestern-beinah« – nicht mal gefilmtes Getuschel vom Schulhof, nichts! Morgen wären seine News schon viel zu abgekühlt, um noch gepostet zu werden. So funktionierte das Netz und so funktionierte Chriso. Warum postete er nicht?

Ich aktualisierte die Seite ein viertes Mal. Nichts.

Die Stille auf allen Kanälen machte mich kribbelig. War in der Schule noch etwas passiert, nachdem ich abgehauen war? Wieso hörte ich nichts?

Vielleicht war heute ein Tag des Schweigens, so was gab es. Lyd würde behaupten, dass Merkur rückläufig wäre, sie sagte ständig so was. Ich glaubte genauso wenig an die Sternenkonstellationen, wie ich an Gott glaubte, aber Lyd war dermaßen überzeugt davon, dass ich sie mittlerweile immer zitierte, wenn etwas kaputtging, was einen Stecker hatte, oder wenn die Kommunikation schieflief: »Wahrscheinlich ist Merkur rückläufig!« Klang ein bisschen irre, aber zumindest machte es mich interessant.

Ich dachte an Sirîns Mutter und wie es ihr wohl ging und googelte »Trauma« und »Golfkrieg«, was mein diffuses Gefühl von Einsamkeit und die zunehmende Kälte, die in mir hochkroch, beinah unerträglich machte. Dann lieber Chriso. Ich sah mir mein Lieblingsvideo von ihm an, das einzige, in dem er halbwegs intelligent rüberkam, weil er mal nicht über nichts, sondern über ein Buch (!) sprach, das er gelesen (!!) hatte. Es war »Tschick« und er liebte es. Er liebte es so ehrlich, dass ich auch beim tausendsten Anschauen auf diese Seite von ihm hereinfiel. Der nächste Clip holte mich glücklicherweise – auch wie immer – umgehend auf den Boden zurück. In dem drehte sich alles um den Film, den er natürlich viel krasser fand als das Buch, und um den Selbstmord des Autors, womit er bei mir alle Pluspunkte aus dem vorherigen Video wieder verspielte. Trotzdem schaute ich mir das Tschick-the-book-Video immer wieder an und heute machte ich an der Stelle, an der ihm vor Begeisterung eine Haarsträhne ins Gesicht fiel, sogar einen Screenshot. Warum war er nur so verdammt sexy?

Ich seufzte und zog mir zur Strafe das schlimmste seiner Videos rein, das, in dem er wie jeder Vlogger aus der Umgebung von Hannover, wie jede Tageszeitung und jeder blöde Tourist, der mal eine Führung übers Schützenfest gemacht hat und sich deshalb für einen Experten hält, Tipps gibt, wie man Lüttje Lager trinkt, ohne zu kleckern. (Die Gläser übereinanderhalten und in einem bestimmten Winkel trinken, natürlich trotzdem kleckern, lachen, es noch mal versuchen, cool tun, hahaha.)

Und weil ich noch immer seine intensive Stimme von heute Morgen im Ohr hatte – »Mara ...« –, schaute ich mir noch das an, in dem er gefilmt hatte, wie zwei Schulhofhater Marlon aus der Sechsten mit einem Nacktmull verglichen, weil er ein bisschen dicklich war und Hasenzähne hatte. Man sah nur zwei Paar Schuhe, aber am Ende grölten drei Leute, was bedeutete, dass Chriso mitlachte. Was war der Typ doch für ein Arsch! Weil es nicht wirklich half, schob ich gleich einen seiner frühesten Clips hinterher, in dem er die übelsten Macho-Flirttipps gab und diesen schlecht abgedeckten Pickel auf dem Kinn hatte (und immer noch gut aussah).

Es war mein allerbestgehütetes Geheimnis, von dem selbst Sirîn nichts wusste: Ich hatte eine Sammlung von Chriso-Videos. Runtergeladen, alle, damit seine Statistik nicht nach oben ging, bloß weil ich schmachtete.

Der Ordner, in dem die Videos lagen, hieß *Hausaufgaben Mathe.* Niemand würde auf die Idee kommen, da reinzugucken, nicht mal, wenn ich unvermittelt tot umfallen würde. Ich konnte also in aller Heimlichkeit den beliebtesten Idioten der Schule anhimmeln, ohne dabei meine Würde zu verlieren. Meine Selbstachtung allerdings schon.

Es wurde noch dunkler und Sirîn meldete sich nicht. Dafür klopfte Mam an die Tür, als es Abendessenszeit war.

»Können wir reden, Schatz?« Ihre Klientenstimme, noch immer, gedämpft durch das Holz.

»Kein Bedarf.« Ich stand auf und ging zur Tür, sehr langsam, sehr leise, bis ich direkt davorstand.

»Mara«, bat Mam. »Ich ... ich hab' noch mal mit Sirîns Eltern gesprochen, ich wollte ...« Ihre Stimme brach ab, sie räusperte sich. »Bitte! Du kannst dich doch nicht dadrinnen vergraben, wir müssen doch ...«

»Müssen. Wir. Nicht.«

Ich wollte es nicht, ich wollte es wirklich nicht, aber die unvermittelte Wut riss etwas in mir auf und legte Schmerz frei, so viel, dass es mir den Atem nahm. Es tat weh, alles tat mir weh, und ohne zu wissen, warum, schlug ich gegen die Tür, wieder und wieder, so wie ich mit den Händen gegen die U-Bahn-Tür geschlagen hatte.

Die Mutter mit dem Baby.

Abrupt hielt ich inne. Wie hatte ich sie vergessen können? Es war gerade mal fünfundzwanzig Stunden her, ich sah über meine Schulter auf den Wecker auf meinem Nachttisch, fünfundzwanzig Stunden und achtzehn Minuten und ich hatte sie über das Drama mit Sirîn vollkommen vergessen.

War ich wirklich so kaltherzig, wie Nicolaj geklagt hatte, als ich mit ihm Schluss gemacht hatte, bevor überhaupt was anfangen konnte? »Dein Herz«, hatte er gesagt, »ist ein Stein, Mara.«

Ja, dachte ich, rieb mir die schmerzenden Hände und schickte giftige Blicke durch die geschlossene Tür, vielleicht ist mein Herz ein Stein.

Auf der anderen Seite der Tür stand Mam und wahrscheinlich weinte sie. Mam weinte viel, aus Empathie, behauptete sie.

Wenn man viel weint, wird das Weinen weniger wert, behaupte ich.

Erschöpft trottete ich zum Schreibtisch hinüber, stellte die Bluetoothbox an und wählte die Playlist aus, die auf meinem Handy ganz oben stand, drehte die Lautstärke hoch und wartete, bis ich sicher war, dass Mam sich wieder verdrückt hatte, um in der Küche für Lilli den Beutelreis ins Wasser zu werfen und meine Zurückweisung zu verarbeiten. Sie war geübt darin. Ich konnte, wie gesagt, ein ziemliches Ungeheuer sein. Nicht erst seit der Pubertät, schon immer. Mam scherzte oft, ich sei nie so ein Kuschelmonster gewesen wie Lilli. Das war freundlich ausgedrückt ... Wenn man mir zum falschen Zeitpunkt zu nah kam, biss ich zu. Das Blöde war, dass niemand genau wusste, welcher der falsche Zeitpunkt war, nicht mal ich selbst. Mam hatte schon ziemlich viele Mara-Bisse einstecken müssen. Seit wir darüber reden konnten, war es leichter geworden. Nur dass ich eben gerade nicht reden wollte. Konnte.

Nach den ersten vier Songs von Sirîns »Arab Kitsch«-Playlist stellte ich die Musik wieder aus, aß drei Baklavas und kuschelte mich aufs Bett, um endlich das Buch auszulesen, das schon seit einer Woche auf meinem Nachttisch lag. Mitten in der romantischen Liebesszene, kurz vor dem ersten Kuss, blingte das Telefon direkt neben meinem Ohr. Ich zuckte vor Schreck so heftig zusammen, dass ich das Handy, das neben dem Kopfkissen lag, vom Bett stieß. Ich hechtete hinterher, griff daneben und blieb mit dem Ärmel meines Sweaters an der Teetasse hängen.

»Scheiße!« Ich sprang auf. Konnte ich diesen verdammten Tag zurückgeben, bitte? Die Tasse lag auf dem Teppich *neben* dem Handy, glücklicherweise, und war, ebenfalls glücklicherweise, leer. Beide waren noch heil. Fluchend warf ich das Telefon zurück aufs Bett.

Sirîn hatte endlich eine Nachricht geschickt und ich zögerte den Moment hinaus, sie zu lesen. Ich goss frischen Tee in die Tasse, die sich sofort lindgrün verfärbte, zu heiß zum Trinken. Dann legte ich mich wieder hin, die Füße an die Wand gestützt, wie Sirîn es immer tat, und sah auf die Stelle, an der früher das Poster von Cameron gehangen hatte. Vor ein paar Monaten hatte ich es durch ein Filmposter von »Black Panther« ersetzt. Ich liebte Lupita Nyong'o schon vor ihrem Oscar. Wenn ich nicht so eine Koordinationsniete wäre, hätte ich mich, nachdem ich den Film gesehen hatte, längst in einer Kampfsportschule angemeldet. Ich warf Lupita einen freundlichen Blick zu und schob mir das Kissen unter den Kopf. Dann erst schaute ich auf das Display und keuchte überrascht auf. Die Nachricht war nicht von Sirîn. Die Nachricht war von Chriso.

*

Ohne nachzudenken, entsperrte ich das Handy. Ohne nachzudenken – und ohne den Inhalt der Vorschau zu lesen! Was hatte da gestanden? Was hatte er geschrieben – und woher hatte er meine Nummer? Sie stand nirgends, das hatte ich Mam versprechen müssen, als ich mir Facebook und Insta eingerichtet hatte. Mam war datenschutzfanatisch. Aber dass die Nummer nicht im Netz stand, hieß ja nicht, dass nicht Lyd ... oder Annabell ... oder Nicolaj ...

Sehr vorsichtig fuhr ich mit dem Finger um die grüne Blase auf dem Display herum, um sie nicht versehentlich zu öffnen. Dann würde er sehen, dass ich online war und gesehen hatte, was er mir ...

No way.

Stattdessen fragte ich Lyd – sicherheitshalber im Insta-Chat –, ob sie was mit der Sache zu tun hatte.

NATÜRLICH NICHT!
Was will er denn?

Keine Ahnung.

Witzig.

Biste morgen wieder in der Schule?

Denk schon.

Wär schön. Ist doof ohne dich.

Sag mal, ist Merkur
rückläufig gerade?

Keine Ahnung. Ich guck mal nach.
Ja! Woher wusstest du das?

Joke. Nur so ein Gefühl.

Vier Tage noch,
dann ist alles wieder normal …

Dann wart ich vier Tage, bis ich seine Nachricht lese.

Nicht! 😱

Türlich nicht. 🤪

Na, dann los.
Ich will alles wissen!

Ich schickte noch einen Katzenkuss, dann klickte ich das Programm weg. Sofort sprang mir die kleine rote Eins über dem grünen App-Icon ins Auge.

Es gab nur einen Weg rauszufinden, was Chriso geschrieben hatte. Ich tippte auf das Icon.

Hey there!

Hey there? Ach du Scheiße.

War das wirklich der Moment, auf den ich sechzehn Monate hingefiebert hatte? Eine kleine weiße Blase auf meinem Handydisplay, in der *Hey there* stand? Mit einer derartig nichtssagenden Nachricht machte er es mir verdammt schwer, an den Dreißig-Sekunden-Chriso zu glauben. Wahrscheinlich gab es ihn gar nicht. Wahrscheinlich war er nicht nur der eiskalte Vlogger, den ich mir kaum schönreden konnte, sondern sogar noch behämmerter, als ich gedacht hatte.

Jeder Flirtcoachblog, den ich jemals gelesen hatte (viele!), würde sagen, dass ich warten müsste, ehe ich antwortete. Um mich interessant zu machen. Aber erstens glaubte ich nicht an diesen Quatsch und zweitens – im Ernst: Wie interessant will man für einen Menschen sein, dessen allererster Satz in der allerersten schriftlichen Konversation *Hey there* ist?

Hey there – was? Kommt da noch was? Was willst du von mir, Chriso?

Ich schaute auf das Display und wartete, aber keine Spur von »Chriso schreibt«. Sehr wohl »Chriso ist online«. Na dann – belanglose Nachrichten ohne Inhalt verschicken – das konnte ich auch.

?

Alle Blogs würden jetzt übereinstimmend behaupten, dass ich mindestens drei Tage auf eine Antwort warten müsste. Mir sollte es recht sein, dann würde der rückläufige Merkur wenigstens wieder halbwegs bei Sinnen sein. Ich ließ meinen Blick durchs Zimmer schweifen, die Leselust war mir vergangen.

Noch wach?

Unser schuleigener YouTube-Star las offensichtlich keine Flirtcoachseiten und war, ebenfalls offensichtlich, ein echtes Kommunikationsgenie.

Nein.

🤣

Was willst du?

Chriso schreibt ..., vermeldete die App. Ich klickte auf sein Profil und betrachtete das Foto. Ich kannte es in- und auswendig, es war dasselbe wie auf seinem YouTube-Account. Er stand in einem Club, hinter ihm konnte man einen Schriftzug erkennen (London) und er grinste breit und betrunken und streckte eine Hand mit erhobenem Daumen in die Kamera. Alles an diesem Foto schrie: »Seht her, wie cool ich bin! Wie hip, wie kosmopolitisch.«

Ich hasste das Bild.

Chriso schreibt ...

Himmel, entweder tippte der Typ einen Roman oder er musste Buchstaben für Buchstaben im Wörterbuch nachschlagen. Oder er hatte einfach vergessen, dass sein Cursor schon im Feld stand.

Bling.

Ich weiß, dass ich blöd war heut Morgen.
Du hältst mich bestimmt für einen Idioten. 😳

Ja. »Aber für einen hübschen.« Schrieb ich nicht. *Chriso schreibt ... Mara wartet ...* Ich las seine Nachricht wieder und wieder. Erstaunlich! Er konnte ganze Sätze und rhetorische Fragen und jetzt erklärte er sich auch noch!

Sorry.
Lag am Schlafmangel ... 😖
Ich hatte die ganze Nacht nicht gepennt ...
und die Details hatte ich auch noch nicht aufm
Schirm.

Die Details? Was für eine beschissene Ausrede. Als ob er anders zu mir gewesen wäre, wenn er ausgeschlafen gewesen wäre oder die Infos gehabt hätte, die den ganzen Tag von überall eingetröpfelt sein mussten. Und davon abgesehen – ich kannte sie auch nicht! Das war noch lange kein Grund, sich scheiße zu benehmen. Die Details waren garantiert ohnehin die gleichen wie nach jedem größeren Anschlag, in welcher Stadt auch immer, gewesen: Jede Website, jeder Sender hatte neue Informationen zum Täter, wusste Herkunft, Alter, Religion und ob er polizeibekannt war oder nicht, analysierte den Tathergang, befragte Zeugen, zitierte das Bekennerschreiben und forschte nach Verbindungen in Länder, zu denen man derzeit besser keine Verbindung haben sollte.

Es kam mir vor, als hätte ich das alles schon tausendmal gelesen und gehört und gesehen – es ging immer um die Täter. Überall. Sprach eigentlich irgendjemand mal über die Opfer? Über die Mutter mit dem Baby? Den Bist-du-bescheuert-Mann? Die blödelnden Jungs? Ich hatte keine Ahnung. Alles, was ich wusste, war, dass ich keine Lust auf die Details hatte, von denen Chriso sprach. Keine Lust auf die Bilder. Keine Lust auf Chrisos Betroffenheitskacke.

Warum vloggst du nicht drüber?

Nicht witzig.
👎
Auch wenn du dir das nicht vorstellen kannst:
Mich macht das total fertig!
Dich etwa nicht?

Wieso? 😉
Ich leb doch noch.

Können wir reden?

Reden? Wow. Ich war hin- und hergerissen zwischen Schmetterlingsschwarm und Brechreiz. Letzteres überwog, denn, ganz ehrlich: Erst ignorierte er mich fast eineinhalb Jahre lang und jetzt wollte er plötzlich mit mir reden? Worüber?

»Ich will nicht«, tippte ich. Löschte es. »Steigere dich nicht so rein«, tippte ich. Löschte es. »Kein Interesse«, tippte ich. Löschte es.

Was sollte ich antworten? Allein bei dem Gedanken, mit Chriso zu reden, wurde mir schlecht. Was, wenn er was Falsches sagte? Oder ich? Was, wenn er wirklich so ein Idiot war, wie ich dachte? Oder, viel schlimmer: Was, wenn nicht? Der Cursor blinkte in meinem Textfeld. Chriso wartete. Ich machte einen Screenshot von unserer Unterhaltung und schickte ihn an Sirîn. »Hilfe!!!«, schrieb ich darunter. Mit etwas Glück war sie noch wach. Mit noch mehr Glück hatte sie sogar Telefonerlaubnis. Ich starrte abwechselnd in die Luft und auf das Handy, schloss die App, öffnete sie wieder. Meine Finger fuhren nervös auf dem Display herum.

Bling.

Sirîn! Endlich!

Es war eine Sprachnachricht. Ich öffnete sie. Ihre Stimme war so leise, dass ich kaum etwas verstehen konnte. Ich schob den Lautstärkeregler nach oben und hob das Telefon ans Ohr. Sie kicherte sanft, ehe sie losflüsterte.

»Ich hab' das Handy aus Bavos Tasche geklaut und bin aufs Klo, um dir zu schreiben – und genau in dem Moment kommt deine Nachricht. Crazy Shit, Schwester! Wie haste das bloß wieder hingekriegt? Ich mein': Der Typ ist zwar nicht Cameron, aber hey, für den Anfang! Machen! Unbedingt machen! Wär doch mega, wenn ...« Sie brach ab, lauschte. Im Hintergrund hörte ich eine Männerstimme, die lauter wurde. »Scheiße«, flüsterte Sirîn, noch leiser als die ganze Zeit schon. Ihre Stimme war nur noch ein ängstlicher Hauch in meinem Kopf. »Bavo, ich muss ...«

Ich konnte mir genau vorstellen, wie sie im Badezimmer neben der Wanne auf dem Boden hockte, in ihrem Pyjama mit den Rosenblüten drauf, der genauso hässlich war wie die Teddybärensocken, aber den sie abgöttisch liebte. Die Hand schützend vors Handy gehalten, die Tür im Blick. »Komme!«, würde sie rufen. Und dann das Handy in der Pyjamatasche verschwinden lassen und die Klospülung drücken und raushuschen. Ihrem Vater einen Kuss auf die Wange geben und auf dem Weg zurück in ihr Zimmer das Handy vorsichtig zurückstecken. Ich schickte ihr ein schnelles Herz, vielleicht sah sie es noch. Davon abgesehen: Mir egal, was sie sagte, und mir egal, was ihre Eltern wollten, ich würde morgen bei ihr vorbeigehen. Chriso blingte und endlich wusste ich, was ich machen musste. Sirîn war ein Engel!

Bist du noch da?

Ja. Meinste das ernst
mit dem Reden?

Sehr.

K

👍
Morgen in der Pause?
Halb zwei, Skatepark?

Skatepark? Ausgerechnet? Seit wann skatete Chriso? Und wieso wusste ich nichts davon? Wenn Sirîn Chriso jemals dort gesehen hätte, sie hätte es garantiert gegen mich verwendet – beziehungsweise sich selbst zunutze gemacht. Sie wünschte sich so sehr, dass ich ihr geheimes Hobby mit ihr teilte, aber mir war die Welt schon auf Schuhen zu instabil. Ich konnte mir nicht vorstellen, dass ich sie auf vier Rädern lieber mögen würde.

Drei Minuten waren seit seiner Anfrage vergangen und mein Hirn hängte sich am Skatepark auf. Vielleicht kam Chriso auch nur im Zwei-Wochen-Takt zum Skaten, genau wie Sirîn, und seine Mittwoche waren nicht ihre Mittwoche oder er hatte den Treffpunkt vorgeschlagen, um tough zu wirken oder ... Verdammt! Was grübelte ich hier? Der Typ war ein selbstverliebter Sensationsjunkie, der nicht schlafen konnte, weil er an einem Bahnsteig gestanden hatte. Wenn Sirîn mich nicht pushen würde, würde ich nie im Leben ... Ich seufzte.

Was Uncooles, befahl ich mir. Was ganz, ganz Uncooles.

Schottisches Kreuz.

Himmel! Wie war ich denn darauf gekommen? Abgesehen davon, dass das Ding um die Ecke von unserer Schule stand und ich auf meinem Weg nach Hause daran vorbeiradelte, wenn ich mir die Zeit nahm, durch den Park zu fahren statt drum herum. Da hingen vor allem Touris und in den Mittagspausen Anzugträger aus den umliegenden Behörden und Museen rum – und neuerdings ein paar schräge Leute, die auf dem kleinen Platz vor der Skulptur Boccia spielten. Das gefiel mir, mit dem Boccia, es machte den Ort irgendwie heimelig. Auch weil keiner meiner Schulkameraden das nachempfinden konnte. Die gingen in der großen Pause zwar auch manchmal in den Park, im Sommer, aber eher auf die Wiese am unteren Eingang. Am Schottischen Kreuz kam man immer wieder mal vorbei, aber niemand, den ich kannte, würde sich da freiwillig verabreden. Uncooler ging es wirklich nicht. Falls Chriso sich gerade über mich wunderte, ließ er es sich jedenfalls nicht anmerken.

Top. Danke, Mara.

Ich mochte, dass er meinen Namen schrieb. Und ich mochte, dass er keine Rechtschreibfehler machte oder Flüchtigkeitsvertipper. Dass er gleich antwortete und seine Zeilen wenig Gepose enthielten. Und das, obwohl er der König der Poser war. Ich schrieb Lyd eine schnelle Nachricht, dass ich IHN morgen treffen würde, aber sie schlief wohl schon. Dann legte ich das Handy weg, trank den inzwischen erkalteten Tee und versuchte es doch noch mal mit Lesen. Aber Chrisos Gesicht schob sich zwischen die Buchseiten und dort blieb es.

*

Zwei Stunden lang versuchte ich einzuschlafen. Um Viertel nach zwölf gab ich auf, zog meinen Bademantel über und ein paar dicke Socken, schlich in die Küche und begann zu kochen. Kreuzkümmelpasta. Hatte sich Sirîn erst letzte Woche ausgedacht. Ihr Geheimnis war, dass ich den Kreuzkümmel in den Nudelteig geben sollte, was sich ziemlich irre anhörte. Genauso irre vermutlich, wie mitten in der Nacht in der Küche zu stehen und so leise wie möglich zu kochen. Wobei ich ruhig Lärm hätte machen können, weil Mam niemals ohne Ohropax schlief, seit sie mit Torsten zusammen war; nicht mal mehr, wenn der gar nicht da war, um neben ihr zu schnarchen. Und Lilli? Die hatte man schon als Baby an jedem erdenklichen Ort ablegen können, die pennte einfach überall. Sicherheitshalber ließ ich die Dunstabzugshaube aus und ölte die Pastamaschine, bevor ich sie benutzte.

Um halb drei nachts verteilte ich die Rote-Bete-Soße über der Kreuzkümmelpasta, rieb etwas frischen Meerrettich drüber, garnierte sie mit ein paar Blättern Koriander und schoss zuletzt im Schein einer Kerze ein paar Fotos. Ich lud die Bilder gleich hoch, auch die des Making-ofs. Zum Essen war ich zu müde. Das kalt gewordene Menü füllte ich in Tupperdosen, beschriftete die und verstaute sie im Tiefkühlschrank. Sirîn würde sich kaputtlachen, wenn sie ihrem Vater das nächste Mal das Handy abluchsen konnte und den neuen Eintrag entdeckte.

*

Ich tastete nach dem Handy und tippte mit geschlossenen Augen auf dem Screen rum, bis Ed Sheeran endlich verstummte. Aufwachen war nicht meine Lieblingsdisziplin, nicht mal zu meiner Lieblingsmusik in Dauerschleife. Ich war zu müde für das Licht vor dem Fenster und zu müde für die Welt vor der Tür. Anstelle des Liebhabers, von dem Ed sang, schlang das Bett seine Arme um mich. Hielt mich fest, warm und sicher, und ich hätte sonst was darum gegeben, es nie verlassen zu müssen. Nach einer ziemlich langen Weile gelang es mir, zumindest ein Auge zu öffnen. Ich schielte auf das Handy, checkte unser Blog (ein Like von Mam) und Insta (14 Likes für mein Pastafoto, keines davon von Sirîn). Auf WhatsApp immerhin ein paar Nachrichten von ihr.

> Nice, Schwester!
> Sieht lecker aus.

> Ich bin auch fleißig.
> Lads hoch, sobald Bavo das Handy oder den Laptop rausrückt!
> Lass dich überraschen.

> Viel Spaß heut!
> ... Tu nichts, was ich nicht auch tun würde.

> Bavo ist fertig mit Duschen, ich

Was? Sie hatten nicht nur ihr Handy, sondern auch den Laptop einkassiert? Beides? Das war ja die Höchststrafe!

Den Laptop, okay, den hatte sie nach Meikes Party auch für ein paar Tage abgeben müssen – aber damals hatten sie wenigstens vor dem Handy haltgemacht. Und jetzt? Kein Handy, kein Computer, das hieß auch keine Musik, kein YouTube, kein Nichts! So geduldig ihre Nachrichten klangen – Sirîn musste extrem einsam sein. Ich googelte, mittlerweile wach und mit zwei geöffneten Augen, das Wort »Einzelhaft«. Ziemlich schnell landete ich bei dem Begriff Folter. Der Vergleich war im Hinblick auf Sirîns Situation natürlich übertrieben, aber das war die Reaktion ihrer Eltern auch. Ob ihnen klar war, was sie ihrer Tochter antaten?

Es gab nur eine Möglichkeit, das herauszufinden: Ich musste hin und es ihnen erklären. Und vor allem musste ich ein paar zusammenhängende Sätze von Sirîn hören und sehen, ob sie schon Anzeichen von Wahnsinn zeigte.

Ich schaute auf die Uhr. Halb zwölf! Wieso hatte Mam mich nicht geweckt? Oder Lilli? Schule konnte ich getrost vergessen – dank unserer momentan verkorksten Mutter-Tochter-Beziehung und ihrem schlechten Gewissen würde ich immerhin anstandslos eine Entschuldigung von ihr bekommen und sie würde beide Augen zudrücken, falls ich hier kurz verschwand. Denn das würde ich.

Und zwar fix – wenn ich vor dem Treffen mit Chriso noch bei Sirîn vorbeiwollte, musste ich mich sputen. Ich trat die Bettdecke weg und schlüpfte in die Hausschuhe. Den Bademantel hangelte ich unter dem Bett hervor, weil er zwar superkuschelig war, aber peinlicherweise eine Froschmaulkapuze hatte, an der obendrein noch zwei riesengroße Glubschaugen festgenäht waren.

Papa-Oma hatte den Mantel lustig gefunden und wie gemacht für mich, weil ich Grün so mochte. Dass ich genauso wenig von einem Prinzen wie von einer Prinzessin hatte, interessierte sie nicht. Und weil Lilli total auf das Teil abfuhr, zog ich ihn morgens, heimlich, zu Hause, manchmal an. Und versteckte ihn ansonsten unter dem Bett. Ich wickelte mich in den Frosch, zog mir die Kapuze über den Kopf und schlurfte in die Küche.

Der scharfe Geruch nach verbranntem Toast überdeckte die Düfte meiner nächtlichen Kochaktion. Auf dem Tisch lag ein Zettel.

> *Gut, dass du noch was gegessen hast gestern Nacht. Sieht nach viel Arbeit aus. (Social Media, was soll ich sagen?) Ich habe dich schlafen lassen. Habe heut den ganzen Tag Fortbildung, Lilli geht nach der Schule zu Zoe, ich hole sie später ab. Bleib zu Hause und ruh dich aus. Schule weiß Bescheid. Bis später, wir haben dich lieb!*
>
> *Mam und L I L L I*

Lilli hatte hinter ihre krakeligen Zweitklässlerbuchstaben ein Herz gekritzelt. Mit Pfeil durch.

Langsam wurde mir Mams Verhalten unheimlich. Dass Lilli zur Tagesmutter ging – okay, das machten wir manchmal, wenn keiner von uns Zeit hatte, sie rechtzeitig von der Schule abzuholen. Aber ich hätte doch Zeit *gehabt!* Und davon mal abgesehen: Mams schlechtes Gewissen war noch nie so weit gegangen, dass sie mich im Voraus von der Schule abgemeldet hatte. Niemals! Umso weniger, weil sie, aus ihrer Position heraus betrachtet, ja nicht mal wirklich was verbrochen hatte. Schließlich hatte sie lediglich die Wahrheit gesagt … Nachdenklich sah ich auf den Zettel, dann erst bemerkte ich das Buch, das danebenlag.

»Die Schuld der Überlebenden«.

Ich schlug es auf, überflog das Inhaltsverzeichnis und suchte nach einem Kommentar von Mam, fand aber keinen Hinweis, dass sie das Buch für mich dorthin gelegt hatte. Nicht dass ich das in Zweifel gezogen hätte.

Das Lachen kam ganz von selbst. Ich kicherte, dann gackerte ich, bis mir die Tränen liefen. Mam war die Härte. Sie begriff nicht mal, dass ich sauer war, stattdessen dachte sie, ich wäre noch immer mit der U-Bahn-Sache beschäftigt. Ich lachte, während ich mir einen Kaffee machte, und lachte, als ich mich an den Tisch setzte, um ihn zu trinken. Ich lachte und lachte.

*

Um Viertel nach eins hatte ich drei Tassen Kaffee intus, geduscht und mich – Sirîns ermunternde Stimme im Ohr – sogar geschminkt. Mit dem Chanel-Lippenstift, den sie mir vor ein paar Wochen zu unserem sechzehnten Geburtstag geschenkt hatte.

Unser Geburtstag war dieses Jahr auf einen Freitag gefallen. Sirîn und ich hatten uns nach der Schule getroffen, um zu ihr nach Hause zu fahren und dort zusammen zu feiern – das dritte Mal nun schon. Als wir ihren Eltern kurz nach unserem Kennenlernen erzählt hatten, dass wir am selben Tag geboren waren, haben die natürlich gedacht, dass wir sie anlügen. Erst als ich ihnen meinen Personalausweis unter die Nase gehalten hatte, haben sie mir geglaubt. Von da an feierten wir zusammen und ich war ein Teil der Familie. Das hieß auch, dass sie mir vertrauten, bedingungslos, weil man sich in Sirîns Familie Misstrauen erst mal erarbeiten musste – zumindest als Familienmitglied. Das hatte Vor- und Nachteile. Ein Nachteil war, dass ich nach der Sache mit der Kaffee-und-Kuchen-mit-Jungs-Party bei Meike ebenfalls eine Standpauke abgekriegt hatte. Direkt auf dem Schulhof, von Adyan höchstpersönlich. Vor allen anderen. Ich hatte mich kaputtgeschämt. Ein Grund mehr, ihm nun, nachdem unsere angeblichen Mittwochstreffen aufgeflogen waren, aus dem Weg zu gehen.

Aber an unserem Sechzehnten war alles wieder und noch in Ordnung gewesen, die Jungs-Party war vergeben und Sirîns Eltern hatten es sich nicht nehmen lassen, heimlich und hinter unseren Rücken ein Doppelgeburtstagsfest für uns zu planen. Sie hatten uns nach der Schule zu sich bestellt, ganz beiläufig, auf einen Tee zum Anstoßen.

Aber kaum, dass Sirîn ihren Hausschlüssel ins Schloss gesteckt hatte, riss Lilli die Tür von innen auf. Sie trug ihr heiß geliebtes Prinzessinnenkleid und strahlte auch wie eine. »Überraschung!«, hatte sie geschrien, wieder und wieder, so lange, bis Adyan lachend meine vor Begeisterung kreischende Schwester hochhob und zur Seite schwenkte, wo er sie sacht auf dem Boden landen ließ. Dann drehte er sich wieder zu uns und nahm seine eigene Schwester in den Arm.

»*Rojbûna te pîroz be,* Schwesterherz«, sagte er mit einer Stimme, die so sanft war, als wäre er nicht der durchtrainierte Kampfsportler, der er (eben doch) war. Und über ihre Schulter hinweg, mit breitem Lächeln: »Herzlichen Glückwunsch, Mara.«

»Danke«, antworteten Sirîn und ich im Chor.

Und dann hing auf einmal Lilli an meinem Arm und Adyan schob uns ins Wohnzimmer und vor uns standen Mam und Torsten und Sirîns Eltern, drei Cousinen, von denen ich die eine mal gesehen hatte, zwei Tanten und ein Cousin, die ich nur von den Bildern kannte, mit denen sie unserem Blog folgten. Wir wurden von einem großen Familienkreis umrundet und von allen Seiten mit einem multikulturellen Happy Birthday besungen.

Auf dem Tisch stapelte sich absurd viel Essen, von dem ich betete, dass nichts davon Mam zubereitet hatte. Die Septembersonne schien durchs Fenster auf das Laminat und auf das Sofa, das Sirîns Eltern nachts zum Schlafen auszogen. Auch wenn ihr Vater ständig über Rückenschmerzen klagte, »die Kinder«, sagte er immer, »die Kinder müssen eigene Zimmer haben«. Zum Lernen und um sich zu erholen. Die Schule sei schließlich anstrengend und aus seinen Kindern solle »mal was werden«.

Sirîn schämte sich dafür, ein eigenes Zimmer zu haben, während ihre Eltern im Wohnzimmer schliefen, und gleichzeitig liebte sie es. Das Zimmer war winzig, vielleicht zehn Quadratmeter groß, aber sie feierte es, als ob es eine Luxussuite wäre. Sie hatte ein schmales Ikeabett und einen Sessel, auf den wir sogar zu zweit passten. Der Kleiderschrank hinter der Tür war genauso vollgestopft wie meiner, plus eine Riesenauswahl an ordentlich gebügelten Kopftüchern. Ihr Schreibtisch stand gleich neben der Tür und unabhängig davon, wann ich sie besuchte: Sirîn saß nie woanders. Sie arbeitete für die Schule oder am Blog und hörte dabei Musik. Immer eigentlich, alles querbeet. Musik aus Deutschland, den USA, aus dem Irak, Iran, Syrien und manchmal sogar aus der Türkei, aber das nur, wenn ihre Eltern nicht da waren.

Weil Kurden und Türken Feinde sind, sagten ihre Eltern, aber Sirîn glaubte nicht an Hass, sie glaubte an Liebe. »Musik ist Liebe, Mara«, sagte sie immer. »Auch türkische.«

Manchmal, wenn ich sie besuchte, lümmelten wir im Sessel oder auf dem Bett und sie übersetzte arabische Liebeslieder, damit ich sie verstehen konnte. Eins meiner Lieblingslieder ging so:

Oh Gott! Oh Gott!
Dieser Zauber in deinen Augen, mit dem du
Mein Herz schmelzen lässt mit nur
Einem Blick.
Oh Gott! Oh Gott!
Reich mir deine Hand,
meine Absichten sind deutlich.
Oh Gott,
komm!

Der Song war Liebeskitsch pur, aber in Sirîns Übersetzung und auf die Art, wie sie ihn sang, klang er nach Porno. Wir lachten uns beide kaputt und danach übersetzte-sang ich zur Revanche eine der furchtbaren Italo-Schnulzen aus den Siebzigern, die Mam so liebte. Dass ich nicht singen konnte, hob die Qualität verständlicherweise nicht sonderlich an, dafür fielen wir danach vor Seitenstechen vom Bett.

An einem dieser Tage hatte ihr Vater mich beiseitegenommen. »Mara …«, hatte er gesagt, mit dem starken Akzent, den er auch nach all den Jahren in Deutschland nicht ablegen konnte, »… danke, dass du Sirîn zum Lachen bringst. Sie ist immer so ernsthaft, ich glaube, das ist wegen ihrer Mutter, die …« Dann hatte er leise geseufzt, mich mit einem erwachsenen Du-weißt-schon-Blick angesehen und mir den Arm getätschelt. Und ich hatte genickt, als hätte ich verstanden, was er meinte. Dabei hatte ich keine Ahnung, worüber er sprach: Ich hatte noch nie mit jemandem so viel gelacht wie mit Sirîn! Sie war albern und schlagfertig und, okay, ziemlich besserwisserisch, aber vor allem war sie witzig!

Als ich ihr von dem Gespräch mit ihrem Vater erzählt hatte, hatte sie mit den Schultern gezuckt. »Wenn du neben so einem Clown wie Adyan aufwächst, bist du immer die Ernste.« Womit sie vermutlich recht hatte. Dabei war Adyan keineswegs witziger als seine Schwester, er war nur lauter. Genau wie sie liebte er das Rampenlicht.

Die Überraschungsparty an unserem Sechzehnten dauerte bis in den Abend. Nachdem wir uns die Bäuche vollgeschlagen und die Tanten, die Cousinen und den Cousin verabschiedet hatten, spielten wir im kleinen Kreis noch ewig »Let's Sing« auf der Wii. In einer Runde lieferten sich Sirîn und Adyan ein Battle, das sich gewaschen hatte. Lilli tanzte dazu und Sirîns Eltern hatten vor Stolz Tränen in den Augen. Mam, Torsten und ich gaben mit dem Rest der Familie das begeisterte Publikum. Später feuerten sie mich so lange an, bis Sirîn und ich einen der arabischen Schmachtfetzen sangen, die sie mir beigebracht hatte, und weil ich nicht singen konnte und Arabisch auch nicht, kamen die Tränen in den Augen von Sirîns Familie diesmal vom Lachen, aber es war mir kein bisschen peinlich. Ich fremdschämte mich nicht mal, als Mam und Torsten zusammen einen Neunzigerjahre-Rocksong über ein Bett voller Rosen grölten. Danach brachten wir Sirîns Eltern »Wie schön, dass du geboren bist« bei und sie uns ein kurdisches Volkslied, das vor allem aus Trillern zu bestehen schien. Und am Ende sangen wir noch einmal alle zusammen in allen Sprachen, die wir konnten, »Happy Birthday«. Dann fielen wir uns in die Arme und ich schwöre, es war das beste Fest meines Lebens gewesen, in diesem vollgestopften, winzigen Wohnzimmer.

»Das ist der schönste Geburtstag ever«, sagte ich zu Sirîn, als wir beide auf dem Weg zum Klo waren.

»Und dabei hast du mein Geschenk noch gar nicht gekriegt!« Ihr Grinsen. Breit, breiter, Sirîn. »Wart' mal.«

Sie stob in ihr Zimmer davon und ich sah mich suchend nach meinem Rucksack um, fand ihn am Fuß der Garderobe und kramte mein eigenes Geschenk für sie hervor. Ich hatte das kleine Päckchen gerade herausgezogen, da stand sie schon wieder vor mir, die Wangen gerötet und die Hände hinter dem Rücken versteckt.

»Rechts oder links?«, fragte sie.

»Links«, antwortete ich. »Immer.«

Sie kicherte und streckte mir ihre Linke entgegen. »Du bist so durchschaubar!«

Ich kicherte mit und nahm das Geschenk.

Ebenfalls mit der Linken hielt ich ihr meins hin.

Ich hatte den ersten Tesastreifen noch nicht gelöst, da hatte sie schon das gesamte Papier abgerissen. Als sie begriff, was sie in den Händen hielt, begann sie zu lachen, auf ihre kehlige, unverfälschte Sirîn-Art. »Du machst mich fertig, Schwester. Du machst mich echt fertig.«

*

Der Lippenstift, den ich ihr geschenkt hatte, hatte die Farbe von überreifen Brombeeren. Der, den ich von ihr bekam, war zartrosa. Abgesehen davon waren sie gleich. Nicht der Kylie-Jenner-Scheiß, auf den Annabell so schwor, Chanel, die klassische Linie, kein Firlefanz. Ohne dass wir zuvor je darüber gesprochen hatten! Sirîn und ich, das war Magie.

Allerdings benutzte sie ihn häufiger als ich, weil sie fand, dass sie mit Kopftuch ohne Schminke scheiße aussah. Was natürlich Unsinn war, im Gegensatz zu mir war Sirîn eine Schönheit, aber gleichgültig, wie oft ich ihr das sagte, sie behauptete immer, das wäre Quatsch und dass sie was drum geben würde, mit mir zu tauschen. »Du und deine arabische Höflichkeit«, frotzelte ich dann und sie stemmte die Hände in die Hüften und sagte: »Frechheit!«, und starrte mich an, bis ich aufgab und »Okay, okay, sorry« murmelte. Es war eine Art Ritual.

Seit unserem Geburtstag hatte ich den Lippenstift erst dreimal getragen – also durchschnittlich einmal pro Monat. Für mich war er ein Zeichen unserer besonderen Verbindung und damit heilig, ich trug ihn nur zu speziellen Anlässen. Zum Beispiel wenn ich vorhatte, meine eingesperrte Freundin zu besuchen oder mich mit einem selbstverliebten YouTuber zu treffen. Oder beides.

Ich war so überdreht, dass ich vor Überraschung zusammenzuckte, als ich mein Gesicht im Spiegel erblickte. Himmel, sah ich fertig aus! Wie etwas, das unter der Erde lebte, in einer dunklen, nassen Höhle und selten hervorkroch. Von wegen Verliebtheit macht hübsch. Meine Augen glänzten zwar, aber unterhalb zeichneten sich blaue Adern ab. Meine Haut, die immer blass, aber eigentlich nicht totzukriegen war, schimmerte ein bisschen grünlich. Die Lippen sahen aus, als wäre ich eine Vampirin, die seit Jahren gehungert hatte. Und das bloß, weil ich mal eine Nacht nicht meine üblichen achteinhalb Stunden geschlafen hatte? Lächerlich!

Leider fiel mir nicht ein, mit welchem von Mams hunderttausend Kosmetikprodukten ich die Müdigkeit wegschminken sollte. Abdeckstift? Concealer? Foundation? Puder? Sirîn wüsste, was in welcher Menge wohin gehörte. Aber in Telepathie waren wir nicht so gut und auf der realen Welle hatte ich seit der Sprachnachricht gestern Abend nichts mehr von ihr gehört. Ich versuchte es also mit einem YouTube-Tutorial und schmierte alle Produkte nacheinander in Dreiecksform unter die Augen, und auf die Lider auch, weil viel schließlich viel hilft. Ich fand sogar den sonderbar geformten Schwamm, den Mam immer nahm, um die Farbschichten zu »verblenden«. Am Ende waren die dunklen Ringe in der Tat verschwunden und meine Wangen ein bisschen weniger bleich. Ich bürstete mir noch etwas Mascara auf die Wimpern, an denen Sirîn manchmal im Spaß zog, weil sie fand, dass sie zu dicht wuchsen, um echt zu sein. Waren sie aber. Dafür standen meine Haare vom Kopf, zu kurz und zugleich zu lang, um sie zu stylen, aber ich hatte meine Aufhübschungsenergie für heute ohnehin aufgebraucht. Glücklicherweise war es kalt genug für meine tannengrüne Lieblingsmütze, selbst gestrickt von meiner sizilianischen Lieblingsoma. (Ich hatte insgesamt drei – außer der Mam-Oma gab es noch die Torsten-Oma und die Papa-Oma, aber Mams Mutter mochte ich von allen am liebsten. Nicht nur, weil sie Beanies strickte, obwohl sie das Prinzip »Mütze« in ihrem italienischen Plustemperaturidyll am Fuße des Ätna nicht wirklich begriff – die kochte übrigens göttlich.) Ich sandte einen dankbaren Kuss nach Italien und stülpte Omas Beanie über, schob ihn zurück, zog rechts und links ein paar unsizilianische blonde Strähnen heraus und machte mich auf den Weg zu Sirîn.

VIER

Es war nur ein paar Hundert Meter bis zu Sirîn, aus unserem Haus raus, rechts bis zur Kreuzung, dann links den Hang hinauf und immer geradeaus. Am Ende der Straße, im Eckhaus, zweiter Stock, wohnte sie. Es war nah, fünf Minuten, wenn man gemächlich ging. Drei, wenn man ich war, heute. Dafür war ich außer Atem, als ich die letzten Stufen zum Haus nahm. Vor der Haustür zog ich den Reißverschluss meiner Daunenjacke auf, nahm mir einen Moment, um zu Atem zu kommen, und drückte auf den Knopf neben dem Schild »Duman«.

Es tat sich nichts.

Ich klingelte erneut. Wartete.

Nichts.

So viel zum Thema Hausarrest. Hatten sie Sirîn etwa verboten, die Tür aufzumachen? Warum öffnete dann nicht ihre Mutter? Die war eigentlich immer zu Hause, was auf eine Art schön, auf eine andere nervig war. Vor allem für Sirîn. Besonders wenn sie, wie jetzt, in ihrem Zimmer hockte und über neuen Rezepten brütete. Falls sie das durfte. Vielleicht hatten sie ihre Tochter ja zu Strafarbeiten gezwungen ... Regale abstauben, hinter dem Kühlschrank wischen, Schuhe putzen. Was sich Eltern eben einfallen ließen, wenn ihre Kinder Mist gebaut hatten.

Ich ging auf die andere Straßenseite, legte den Kopf in den Nacken und sah hoch. Keine Ahnung, warum. Es war helllichter Tag (sofern man das von einem Novembertag sagen konnte) – für den verräterischen blauen Lichtschein, der normalerweise durch die weißen Gardinen der Wohnung schien, war es noch zu früh. Was erwartete ich? Dass Sirîn hinter der weißen Tüllgardine stand und Notsignale nach unten morste? Zuzutrauen wäre es ihr, sie war so ein Clown!

Ich kniff die Augen zusammen, aber ich konnte keinen Schatten hinter der Gardine ausmachen. Keinen Schatten und keine Bewegung.

Ich sah mich nach etwas um, das ich hätte werfen können, aber ich fand kein einziges Steinchen, nur einen großen Hundehaufen und neben dem Hauseingang hinter mir einen uralten Fernseher, dem jemand die Röhre eingetreten hatte. Zwei Häuser weiter schimmelte ein völlig durchnässtes Matratzenwrack. Machte nichts, ich konnte ohnehin nicht werfen, nicht mal ein Steinchen, schon gar nicht in den zweiten Stock. Mal ganz davon abgesehen, dass Sirîns Zimmer nach hinten rausging, genau wie die Küche.

Ich zog mein Handy hervor.

Aufmachen, Polizei!

Keine Reaktion. Natürlich!, fiel mir ein. Sie durfte das Handy ja nicht immer benutzen. Aber warum öffnete niemand die Tür? War Sirîn etwa nicht zu Hause? Hatte ihre Mutter sie mit zum Einkaufen geschleift, um Tüten zu schleppen?

Ich sah erneut zum Fenster hoch.

Als ich gerade aufgeben und gehen wollte, ging die Haustür auf.

Zwei Frauen in dunklen Mänteln traten heraus. Sie nahmen die Treppenstufen vor der Haustür vorsichtig und ohne ihr Gespräch zu unterbrechen. Von meiner Position aus konnte ich nur eines der Gesichter erkennen. Es war Sirîns Tante.

Hastig lief ich auf die Straße – und übersah dabei den Fahrradkurier, der von links die abschüssige Fahrbahn hinunterfegte. Er blieb mit dem Lenker an mir hängen, geriet ins Schleudern und rammte mir beim Versuch, das Gleichgewicht zu behalten, schwankend den großen, viereckigen Rucksack des Bringdienstes in die Seite. Ich strauchelte und knallte frontal gegen einen schwarzen SUV, der am Bordstein geparkt war. Vor Schreck und Schmerz schrie ich auf. Das Auto schrie ebenfalls.

Bööööack, bööööack, bööööack.

Der Fahrradfahrer schlingerte auf die andere Seite der Straße, dann hatte er sein Rad wieder im Griff.

»Mach gefälligst die Augen auf, blöde Kuh!«, brüllte er über die Schulter. Und raste weiter.

»Selber, du Arsch!«, schrie ich zurück, aber da war er schon außer Sicht. Vorsichtig tastete ich meinen Arm ab. Handgelenk. Ellbogen. Oberarm – autsch, verdammt! Immerhin war der Knochen an der Stelle zu dick, um wegen einer solchen Lappalie zu brechen, aber das Drumherum fühlte sich nach Rot-Blau-Grün-Gelb an, in dieser Reihenfolge und über die nächsten zwei Wochen verteilt. Dieser idiotische Fahrradkurier mit seinem idiotischen Essenstransportkoffer!

Böööack, böööack, böööack.

Und dieses Riesenauto war auch idiotisch! Wer hatte sich eigentlich diese gestörten Alarmanlagen ausgedacht, die bei einer harmlosen Berührung losblökten? Und als wäre das alles noch nicht genug, begann nun auch noch jemand, in das Gejaule einzustimmen. Von hinten-oben.

»Was hast du mit meinem Auto gemacht?«

Ich fuhr herum. Es dauerte einen Augenblick, bis ich den Frager ausgemacht hatte: Auf einem der Balkone hinter mir stand ein kleiner, dünner Mann von etwa dreißig und fuchtelte zu mir herunter. »Wenn da auch nur ein Kratzer dran ist, bring' ich dich um!«

Seine Stimme klang so hysterisch, dass ich ihm jedes Wort glaubte. Er rannte in die Wohnung zurück. Ich ließ meinen Arm los, warf einen Blick die Straße hoch nach links und einen die Straße runter nach rechts, dann stob ich zur anderen Seite, um in die rettenden Arme von Sirîns Tante zu flüchten, aber die beiden Frauen waren verschwunden. Dafür hatte der Alarmanlagentyp es aus der Wohnung zu seinem Auto geschafft. Er stand vor dem Wagen, der ihn um einen halben Meter überragte, und strich prüfend über den Lack. Schnappatmung. Langsam drehte er sich zu mir um, im Gesicht nichts als Wut. Nein: Hass.

»Ich bring' dich um!«, rief er. »Ich bring' dich um!«

Nach sechzehn Jahren kannte ich meinen Kiez. Die Menschen hier halfen einander. Binnen drei Minuten würde der Typ die gesamte Nachbarschaft zusammengetrommelt haben und mich einkesseln lassen, bis die Polizei eintraf, und je nachdem, wie beliebt er bei seinen

Nachbarn war, würden sie allesamt bestätigen, dass ich mit dem Reißverschluss meiner Jacke das Auto zum Totalschaden zerkratzt hatte. Nicht mit mir!

Ich begann zu rennen.

*

Ich lief von oben in den Maschpark hinein, nahm am Neuen Rathaus den ersten Abschlag und keuchte am Ufer des Sees entlang. An einer der Bänke hielt ich endlich an, stützte die Hände auf die Knie und versuchte, zu Atem zu kommen. Ich klang wie ein asthmatischer, übergewichtiger Dackel nach einer Runde um den Block. »Mehr Sport«, riet mir Sirîn immer und in Momenten wie diesen hatte sie recht. (Sonst nicht. Sport wurde vollkommen überbewertet. Treppenlaufen reichte. Und Fahrradfahren. Und Wegrennen vor Männern, die wütend darüber waren, dass ich auf ihrem Auto statt unter einem anderen gelandet war.)

Immerhin ein Gutes hatte es, dass der Besuch bei Sirîn so danebengegangen war: Ich war viel zu früh für das Treffen mit Chriso – hatte also mehr als genug Zeit zu warten, bis ich wieder Luft bekam und Normalzustand erreicht hatte.

Oder zumindest eine *Art* Normalzustand. Von *wirklich* normal konnte im Moment und so kurz vor meinem allerersten Treffen mit Chriso (mit Chriso!) keine Rede sein. Erst nach einer Ewigkeit konnte ich wieder gleichmäßig atmen.

Ich lehnte mich an die Rückenlehne der Bank und checkte die Farbe meiner Wangen im Minutentakt auf dem Telefon. Erst als ich wieder so bleich wie immer war und meine Lippen von der Kälte blau zu werden begannen, setzte ich langsam meinen Weg zum Schottischen Kreuz fort. Der Anblick der Bocciaspieler entspannte mich ein kleines bisschen. Boccia war, das wusste ich von Oma, auch Sport, einer für alte Männer und einer, bei dem man zumindest nicht außer Puste kam. Ich sah gerne dabei zu. Es erinnerte mich an die Sommer in Italien und Sommer in Italien waren paradiesisch. Dass sie hier, auf der kleinen Anhöhe vor der Skulptur, spielten, war neu. Ich hatte es vor ein paar Monaten entdeckt, als ich auf dem Heimweg von der Schule mal wieder den längeren Weg durch den Park genommen hatte. Seitdem hatte ich den Umweg öfter gemacht, und wenn sie da waren, fuhr ich langsamer. Manchmal, bei gutem Wetter und wenn ich keine Eile hatte, Lilli abzuholen oder was kochen zu müssen, hielt ich sogar an, setzte mich auf eine Bank und sah den Rentnern dabei zu, wie sie ihre schweren Holzkugeln in Richtung eines kleinen Holzballes warfen. Vor jedem Wurf runzelten sie die Stirn und ließen ihre Arme mehrfach hin- und herschwingen, ehe sie die Kugel losließen, die dann mit einem dumpfen Klack gegen andere Kugeln stieß. Nach jedem Wurf analysierten sie die Wurfrichtung, -technik und den -winkel, so ernsthaft, als hinge der Fortbestand der Welt davon ab, wie nahe die Kugel dem Ball kam. Am Ende hatten sie ein Miniatur-Universum auf ihre Bocciabahn geschleudert, der kleine Holzball als Sonne in der Mitte, die verstreuten größeren Kugeln darum die Sterne. Ich dachte dann an den Urknall und das große Chaos und Lyds rückläufigen Merkur und fand das alles wahnsinnig beruhigend.

Was ich Chriso natürlich unmöglich erzählen konnte. Keine Chance, dass einer wie der die Ruhe begreifen würde, die aneinanderklackende Kugeln in mir auslösten. Oder Universen auf Sandboden. Es war einfach zu verdreht, dass mich bereits der Gedanke an das Klacken beruhigte, wenn ich an das bevorstehende Treffen dachte. Wenn ich schon den absolut uncoolsten Treffpunkt vorgeschlagen hatte, den man sich denken konnte – immerhin war es einer, der mir Sicherheit gab.

Heute spielten nur zwei Männer, die in Wollmänteln und mit Lederhandschuhen dem Ostwind trotzten.

Ich war immer noch früh, fror aber zu sehr, um ihnen zuzusehen, also drehte ich eine Extrarunde um den Teich, umkurvte Pfützen und versuchte, die verbliebenen Blätter an den Büschen rechts von mir zu zählen. Dann schwenkte ich, weil das zu viele waren, auf die Enten auf dem Wasser zu meiner Linken um. (Acht.) Auf der kleinen Brücke blieb ich stehen. Es hingen schon wieder ein paar Schlösser am Geländer, obwohl es verboten war. Ich fand das total lächerlich. Allein die eingravierten Botschaften! *Elisa ♥ Sascha, Carlos & Matze forever* und, ganz originell: *Du + Ich = Love.* Für mich war ein Schloss eher ein Zeichen für Eingesperrtsein als für Liebe, aber ich war ja angeblich auch komisch. Ich versuchte also, jegliche romantischen Gedanken zu verbannen, und vor allem versuchte ich, nicht an Chriso zu denken. Zermarterte mir stattdessen das Hirn über Sirîn, von wegen Schloss, von wegen Eingesperrtsein. Wo steckte sie bloß?

Ich fingerte mein Telefon aus der Hosentasche. Drei Nachrichten, alle von Mam, alle superlieb.

Ich hoff, du lässt dir draußen den Kopf durchpusten.
Und dass du warm angezogen bist. 😉

Alles okay bei dir? 😟

Redest du mit mir, wenn ich mich heut Abend ums Essen kümmer?

Ich fühlte in mich hinein, wie Mam mir das beigebracht hatte. Die Analyse ergab: Mein Magen hüpfte im Takt meines Herzschlags hoch und sackte wieder runter, und das hatte nichts mit Ärger auf Mam zu tun, sondern mit dem Jungen, den ich gleich treffen würde. Neben dem Geflatter in meinem Bauch war kein Platz für Wut auf Mam.

Also knickte ich ein.

Nur wenn du mir versprichst, nicht zu kochen!

Natürlich nicht! 🤣
Indisch?

👍

Palak Paneer?

JAAA! 😍

Ich lächelte mein Telefon an. Mam mochte hin und wieder verpeilt sein, aber sie kannte sogar den Originalnamen meines indischen Lieblingsgerichtes (Rahmkäse in Spinatsoße) und sie wusste, wie man sich entschuldigte. Auch wenn die Entschuldigung für Sirîn zu spät kam. Ich scrollte durch den Chatverlauf mit Sirîn, setzte mich wieder in Bewegung und hörte mir ihre Sprachnachricht von gestern Abend noch mal an.

Bavo kommt, ich muss … Und dann hatte sie abgebrochen. Was musste sie?

Ich scrollte weiter. Heute Morgen wieder: *Bavo ist fertig mit Duschen, ich*

Warum hatte sie auf einmal solche Angst vor ihrem Vater? Herr Duman war ein sanfter Mann, zumindest hatte sie ihn immer so beschrieben und ich ihn so erlebt. Und er liebte seine Kinder abgöttisch. Warum drehte er plötzlich durch? Mir fielen all die Geschichten ein, die Sirîn mir in den letzten Jahren erzählt hatte, von Mädchen aus ihrem Bekanntenkreis, die von einem Tag auf den anderen verschwunden waren. Um sie »in Sicherheit« zu bringen, um sie vor »schädlichen Einflüssen« zu schützen, um die Familienehre zu retten, um sie zu verheiraten. Sirîn beendete diese Geschichten immer mit dem Satz: »Bavo würde so was nie tun!« Sie wiederholte ihn zweimal, als ob sie sich selbst beruhigen wollte, aber auch, als ob sie irre stolz darauf wäre, einen Vater zu haben, der nicht einfach ungefragt über das Leben seiner Tochter entschied.

Mein Körper wurde zu klein für so viele Gefühle: die Sorge um Sirîn und die Aufregung wegen Chriso. Eins nach dem anderen, befahl ich mir. Nach dem Treffen mit Chriso würde ich noch einmal zu Sirîn gehen. Sie aßen jeden Abend pünktlich um sechs Uhr – seit wir uns kannten, hatte es keine Ausnahme gegeben. Ab vier wurde gekocht, was hieß, dass Sirîn und ihre Mutter dann zu Hause waren. Immer. Außer mittwochs, aber heute war Freitag und die freien Mittwochnachmittage gehörten, zumindest stand das zu befürchten, seit vorgestern sowieso der Vergangenheit an.

Um dreizehn Uhr siebenundzwanzig war ich an unserem Treffpunkt.

Ich steckte das Handy weg und drückte mich mit Blick auf die Bocciaspieler in die Büsche, sodass ich den Weg, den Chriso nehmen müsste, wenn er aus der Schule kam, im Blick hatte. Niemals als Erste bei einem Date auftauchen, dachte ich. (Alle Flirtcoachblogs.) Und: »Willste was gelten, mach dich selten.« (Torsten-Oma.)

Chriso, das wusste ich schon seit gestern Abend, las keine Ratgeberblogs – und offensichtlich hatte er auch keine Oma, die ihm altmodische Beziehungsratschläge gab. Pünktlich um dreizehn Uhr dreißig tauchte er auf. Ich gönnte mir zwei Minuten, um ihn aus meinem Versteck heraus zu beobachten.

Er trug verwaschene Jeans und eine dunkelblaue Bomberjacke. Um den Hals hatte er einen übergroßen hellblauen Wollschal gewickelt, in den er sein Kinn presste. Er ließ die Brücke rechts liegen und lief bis zum Ende des Weges – an der Stelle, an der sich der Platz auftat und den Blick auf das Kreuz, die Bänke und die Bocciaspieler freigab, hielt er an. Er betrachtete die beiden Männer und ihre Kugeln, schaute dann in meine Richtung. Ich drückte mich noch enger gegen den Strauch, musste dabei an die Raucherbüsche denken und an Lyd. Als ich der Zeitschleife wieder entkommen war, hatte Chriso sich schon weggedreht und sah in die andere Richtung. Ich betrachtete seinen Rücken und versuchte herauszufinden, was mir an dem Bild seltsam erschien. Es dauerte ein paar Sekunden, bevor ich es begriff: Ich hatte Chriso seit unserer allerersten Begegnung am Schulkiosk niemals allein gesehen! Er war immer umlagert gewesen, von den Kleinen aus der Unterstufe, seinen Jüngern, seinen »Bros« oder von der Hydra. Ohne sie, hier, so, wirkte er kleiner, blasser, verloren, fast ... wie ein Mensch. Meine Nervosität fiel zu Boden. Ich war bereit.

Ehe Chriso sich wieder umdrehen konnte, hangelte ich mich aus den Büschen, atmete tief durch und trat auf den Weg.

In dem Moment entdeckte ich Adyan.

Er kam denselben Weg entlang, den Chriso eben genommen hatte, und lief wie Torsten, wenn er einen Hexenschuss hatte, oder wie Lyd, wenn sie betrunken war. Er hatte eine kleine, auffallend muskulöse Figur und der Bartschatten, den ich bis hierher sehen konnte, stand in auffälligem Kontrast zu seinem sauber rasierten Haar. Der Blick war auf den Boden geheftet, in sich versunken, er wirkte geistesabwesend. Wahrscheinlich träumte er von Katrin aus der Elften, mit der er, laut Sirîn, was laufen hatte. Er hielt, ohne es zu bemerken, genau auf Chriso zu, der mit hochgezogenen Schultern, die Hände in den Hosentaschen vergraben, wieder die beiden Bocciaspieler beobachtete. Sie waren keinen Meter mehr voneinander entfernt, da blickte Adyan auf.

»Alter!«, rief er überrascht. »Was machst du denn hier?«

»Ady!« Chrisos Verlorenheit verschwand, als hätte jemand einen Lichtschalter angeknipst. »Was geht?«

Sie machten das typische Poser-Handschlagritual, das ich vom Schulhof kannte und das damit endete, dass sie ihre Schultern gegeneinanderstießen. Dann blieben sie dicht voreinander stehen.

»Wie geht's dir, Bro?«, fragte Chriso und fuhr, ohne Adyan die Chance einer Antwort zu geben, fort: »Hab' dich vermisst in der Schule.«

»Konnt' nicht. Meine Eltern ...«

Meine Eltern ... Was? Adyan sprach plötzlich so leise, dass ich ihn nicht richtig verstehen konnte. Ich schob mich etwas weiter in ihre Richtung.

»Hab's heut Morgen gehört, Alter, heut Morgen.« Chriso klopfte Adyan auf die Schulter, aber diesmal sah die Berührung nicht aus, als ob man blaue Flecken davon bekommen würde. »Ich hab' gehofft, das ist ein Gerücht, aber dann hat Katrin ...« Adyan zuckte zusammen, Chrisos Klopfen wurde zum Tätscheln und schließlich blieb seine Hand auf Adyans Schulter liegen. »Heftige Sache«, murmelte er, »echt heftig.«

Warum sagte er alles zweimal?

Adyan schien es nicht zu wundern, er nickte nachdenklich. Dann zog er die Nase hoch, spuckte aus und schaute Chriso in die Augen, fest und klar, und Chriso schaute zurück. Einen Moment lang schien es, als ob sie sich wirklich verstehen würden, obwohl sie nichts gesagt hatten. Nach einer Weile rutschte Adyans Blick wieder auf den Boden, zu seinem Turnschuh, mit dessen Spitze er einen Halbkreis in den Matschboden grub, und Chriso tätschelte ihn noch ein weiteres Mal, bevor er seine Hand sinken ließ.

Ehrlich: Jungs! Genauso gut könnte man versuchen, die Kommunikationsversuche einer außerirdischen Spezies zu enträtseln.

»Hey!« Ich gab meine Deckung endgültig auf und machte einen Schritt auf die beiden zu.

Adyan schrak auf und Chriso fuhr herum.

Leuchteten seine Augen? Warum erwiderte er meinen Gruß nicht? Ich drängte das Violett zurück, das meinen Blick verhängen wollte, und richtete meine Aufmerksamkeit auf Adyan.

»Mara?« Er klang erstaunt. Für mich gab es kein Handschlagritual, für mich gab es nur einen Gesichtsausdruck, den ich nicht einordnen konnte. Etwas in mir knackte. Es klang wie Winteranfangseis, wenn die Schicht noch sehr dünn war. Ein Warnsignal. Ich fröstelte.

»Ähm. Ja. Wie geht's?«

Er musterte mich, von unten nach oben: Boots, Jeans, Daunenjacke, Schal, Mütze. Mein Gesicht klammerte er aus.

Ich seines nicht.

Sein Bartschatten war löcherig und seine Haut, die eigentlich immer einen Tick dunkler war als Sirîns, wirkte fast so hell wie meine. Oje, durchfuhr es mich. Adyan hatte gar nicht verträumt, sondern traurig ausgesehen! Wenn jemand ein Symbolbild für Liebeskummer malen müsste, Adyan wäre die perfekte Vorlage. Schlagartig verstand ich, worum sich das Gespräch, das keines gewesen war, gedreht hatte.

»Ach Scheiße«, kombinierte ich. »Katrin?«

Keine Antwort.

Das Knacken wurde lauter. Ich spürte Chrisos verständnislosen Blick. Ja, dachte ich trotzig und kein bisschen violett, da wunderst du dich, dass die kleine blöde Mara, die du bis gestern gar nicht kanntest, weiß, was sich im Liebesleben des coolen Adyan abspielt. Chriso sollte auf keinen Fall denken, dass ich eines dieser Mädchen wäre, deren Welt sich nur um Klamotten oder Kosmetik oder Chrisos Channel drehte.

Adyan grub schon wieder selbstvergessen Halbkreise in den Matsch. Hatte er mich überhaupt gehört?

»Hey«, machte ich noch einmal auf mich aufmerksam. »Alles okay bei dir?«

Er sah auf, durch mich hindurch, zu Chriso. »Kennst du die?«

»Nur flüchtig«, antwortete Chriso. Bevor ich darauf reagieren konnte, warf er mir ein kleines Lächeln zu und fuhr fort. *»Leider* nur flüchtig.«

Leider. Er hatte *leider* gesagt. Und gelächelt.

Vi-o-lett.

»Wir sind verabredet«, klinkte ich mich ein. »Was dagegen?«

Adyan würdigte mich weiterhin keines Blickes. Was sollte das? Projizierte der jetzt seinen Stress mit Katrin auf mich, weil ich auch ein Mädchen war? Herausfordernd hypnotisierte ich ihn, aber sein Blick blieb bei Chriso.

»Echt jetzt? Mit *der* triffst du dich?«

Mit *der?* Was zog Adyan hier eigentlich für eine Show ab? Wenn ich ihm bei Sirîn zu Hause über den Weg lief, war er immer nett, manchmal hatte ich sogar den Eindruck, dass er mit mir flirtete. Mit mir, der Freundin seiner kleinen Schwester. Und jetzt diese Betonung auf dem *der,* als wäre ich was Schmutziges. Das Krachen wurde lauter, das ohnehin dünne Eis brach und mir platzte der Kragen.

Was für ein Arsch! Seine eigene Schwester zu Hause einzusperren, reichte ihm wohl nicht – wahrscheinlich würde er am liebsten gleich alle Mädchen wegschließen, damit sie sich nicht mit Jungs trafen. Oder vielleicht eher: alle kleinen, uncoolen Mädchen, die sich mit großen, hippen Jungs trafen. Oder speziell mich, die sich mit Chriso traf. Für Katrin würde er bestimmt eine Ausnahme machen, wenn sie sich mit ihm treffen wollen würde. Was sie ja, ganz offensichtlich, nicht mehr tat.

Mein Mitleid hielt sich in Grenzen.

»Kannst du mir mal erklären, was das mit Sirîn soll?«, fuhr ich ihn an und dann ging ich zum Angriff über: »Wieso kann ich sie nicht erreichen? Warum sperrt ihr sie ein?«

»Warum wir sie *einsperren?«* Seine Stimme klang hohl.

»Na, wie würdest du das denn nennen, dass man Sirîn das Handy wegnimmt und den Computer und sie nicht mal allein auf die Straße lässt?«

Damit hatte ich ihn. Zumindest sah er mir jetzt doch in die Augen. Geradewegs und ungläubig.

»Das ... Sag mal, drehst du völlig durch? Dass du es wagst, ihren Namen auszusprechen! Ohne dich wär' sie gar nicht auf die Scheißidee gekommen, nachts durch die Straßen zu laufen ...«

»Nachts durch die Straßen? Wo lebst du denn? Es war noch nicht mal sechs!«

Sein Blick verlor an Schärfe, er glitt erneut durch mich hindurch. *Flirrte* durch mich hindurch, auf eine leicht irrsinnige Art, und seine Gesichtszüge, die denen seiner Schwester so glichen, verschoben sich. Alles an ihm wurde mir fremd. Ich sah, dass er zitterte. Zitterte! Die Härchen an meinen Armen stellten sich auf.

Ich kannte den ruhigen, lustigen Adyan, der immer einen Scherz in petto hatte, der genauso leidenschaftlich gern sang wie seine Schwester und dessen Stimme selbst dann melodisch klang, wenn er sprach. Jetzt aber schabte Metall über Metall: »Das war ja klar, dass du jetzt mit so 'nem Mist ... Wir hätten wissen müssen, dass du einen beschissenen Einfluss auf sie haben würdest. Aber Bavo hat ... Er hat immer ... Wir hätten sie längst in Sicherheit bringen müssen. Wir hätten sie ...« Er brach ab, schluckte.

Ich lachte gegen meine rasend wachsende Angst an.

»Ach ja?«, fragte ich höhnisch. »Wohin hättet ihr sie bringen wollen? In den Irak? Wo sie niemanden kennt? Am besten gleich verheiraten und weg mit ihr? ›In Sicherheit‹! Hörst du dir eigentlich selbst zu?« Meine Stimme wurde mit jedem Fragezeichen schriller. Ich hasste es, wenn ich mich so anhörte, aber es passierte automatisch, wenn ich wütend wurde. Und Adyan machte mich wahnsinnig wütend. »Und weil ihr das nicht eben mal so könnt, sperrt ihr sie halt ein, oder was?«

Etwas durchzog seine Augen, etwas Schwarzes, und es war bedrohlicher als jedes Knacken. War das ... Hass? Einen Moment lang dachte ich, er würde mich anspringen.

Ich zuckte erschrocken zurück.

Aber er sprang nicht.

Er fiel in sich zusammen.

*

Mit einem großen Schritt war Chriso bei ihm und legte ihm beruhigend die Hand auf den Rücken. »Schon gut, Bro«, murmelte er. »Schon gut. Keine Ahnung, was das soll, aber sie meint es nicht so, da bin ich mir …«

Ungläubig starrte ich ihn an. Drehte der jetzt auch noch hohl? Das hier war was zwischen Adyan und mir, wie konnte er es wagen, sich einzumischen?

»Ich glaub', du spinnst«, fuhr ich Chriso an. »Natürlich mein' ich das so. Jedes Wort!«

Auch Adyan schien Chrisos Besänftigungsstrategie aggressiv zu machen. Er fegte seine Hand weg und richtete sich auf. Ich wappnete mich innerlich – gegen das Schwarz, den Hass, alles. Nur auf das, was er dann tat, war ich nicht vorbereitet: Er wandte sich ab und ging fort, langsam erst, dann schneller. Und mit jedem Schritt wurde er kleiner. Der Feigling! Mich einfach hier zu stehen zu lassen.

»Beim Skaten«, schrie ich ihm hinterher, »beim Skaten hat noch keine ihre Unschuld verloren, kannste mir glauben!«

Er reagierte nicht. Er lief weit vornübergebeugt, als trüge er die Welt auf den Schultern. Ich wollte ihm hinterherrennen, ihm meinen Zorn, meinen Frust ins Gesicht spucken, aber mir fehlte urplötzlich die Kraft. Ich schnappte nach Luft, als wäre ich gerade aus vierzig Metern Tiefe an die Wasseroberfläche geschossen. Erst als Adyan hinter meinen Versteckbüschen verschwunden war, fiel mir wieder ein, warum ich überhaupt hier war. Ich drehte mich langsam zu Chriso um.

»Was sollte das denn?« Er schaute mich an, als hätte er mich noch nie zuvor gesehen. Also: nicht im romantischen Sinn, sondern ... verwirrt. Ich konnte es ihm nicht verdenken. Schließlich war ich das unauffällige Mädchen, das kaum sprach, das keine Selfies machte, das unsichtbar war. Und jetzt stand ich hier und brüllte Adyan an. Den coolen, starken Macho-Adyan, ein Chriso-Bro erster Güte. Den älteren Bruder meiner besten Freundin. Kein Wunder, dass Chriso überfordert war. Vermutlich überlegte er gerade, wie er aus dieser Nummer wieder rauskam, ohne Gefahr zu laufen, von mir totgebissen zu werden.

Einen Moment hielt ich seinem Blick stand, und weil ich noch viel zu wütend war, um violett zu werden, weil ich klar war wie vielleicht noch nie zuvor in meinem Leben, verstand ich zum ersten Mal, was sich in seinem Kopf abspielen musste.

Schade, dass ich das nicht gefilmt habe, dachte er. Garantiert dachte er das. Und bastelte innerlich Hashtags. #maradrehtdurch #armerady #derklügeregibtnach #dasmädchendasüberlebthat #iseeyoubro

Wenn ich schlau wäre, würde ich jetzt den letzten Rest meiner Würde zusammenraffen und gehen. Das hier war ein Riesenfehler und Chriso einfach nur auf Likes versessen.

Ich *war* schlau.

Mit aller Energie, die ich noch auftreiben konnte, verzog ich die Mundwinkel zu einem Lächeln, dann hob ich die Schultern und ging davon.

Wollte gehen. Ich schaffte exakt drei Schritte.

»Mara? Mara!«

Seine Hand auf meiner Schulter.

Ich ging nicht weiter, ich erstarrte.

Mein Körper schnellte ein Jahr und vier Monate zurück, direkt hinein in die dreißig Sekunden, in denen er mich einen Lidschlag lang berührt hatte, damals, mit den Fingerspitzen, als er mein Handy zurück in meine Hand legte.

Wie konnte es sein, dass die novemberluftkalte Hand auf meiner Schulter so viel Wärme ausstrahlte?

Chriso lief um mich herum, ohne seine Hand wegzunehmen, es war wie ein Tanz, an dessen Ende er mir gegenüberstand, ganz nah.

Wenn er jetzt seinen Finger unter mein Kinn schieben würde, damit er mir in die Augen schauen konnte, und dann »Du bist süß, wenn du wütend bist« sagen würde, würde ich ihn in der Tat beißen.

Er sagte nichts. Erst als er sanft mit dem Daumen über meine Wange strich, merkte ich, dass ich weinte.

Das war zu viel. Ich wich zurück.

»Entschuldigung«, sagte er und ließ die Hand hilflos fallen. »Ich wollte dich nicht ... das war bloß ... ein bisschen schräg.«

Ich nickte und schüttelte den Kopf und angelte in meiner Jacke nach einem Taschentuch, wischte mir die Tränen ab und putzte mir, weil es jetzt eh schon gleichgültig war, schnaubend die Nase.

»Wollen wir was trinken gehen?«, schlug er vor. »Im Waffelhaus?«

Solange du mich nicht noch mal anfasst, antwortete ich stumm.

Er nickte, ich nickte. Vermutlich war unsere Unterhaltung von außen besehen genauso kryptisch wie die der Jungs vorhin, aber alles in mir fühlte sich verstanden.

Von einem YouTube-Poser. Wie tief war ich gesunken?

Schweigend liefen wir nebeneinander zum Waffelhaus. Es war ein anderes Schweigen als das mit Lyd und ein anderes als das mit Sirîn. Es fühlte sich trotzdem gut an – wie ein goldener Faden, der in ferner Zukunft mal ein Pullover werden könnte. So gut, dass ich nicht wusste, wohin mit meinen Händen, und nicht, wohin mit meiner Verwirrung.

Was war eigentlich mit mir los? Und mit ihm? Wie konnte es sein, dass jemand wie Chriso auch mal die Klappe halten konnte? Hatte ihm meine Attacke auf Adyan die Sprache verschlagen oder wusste er jetzt schon nicht mehr, was er sagen sollte? Warum hatte er sich eigentlich unbedingt mit mir treffen wollen? Und warum hatte ich zugestimmt? Die Fragen türmten sich in meinem Kopf, und als wir beim Waffelhaus ankamen, war es ihnen gelungen, das ganze fragile goldene Gewebe um uns herum in ein schlaffes Knäuel aus Unsicherheit zu verwandeln.

Ich stieß die Tür so forsch auf, wie ich konnte. Drinnen war es ruhig, nur einer der Tische war besetzt – von zwei Typen, die keine Waffeln aßen. Beide hatten wie ich riesige Kopfhörer um den Hals hängen, beide starrten auf ihre Laptops. Hinter dem Tresen stand Superwoman. Sie war vielleicht zwanzig, ihre langen blonden Haare waren zu einem nachlässigen Knoten auf dem Kopf zusammengesteckt und ihre kurzärmelige Bluse war viel zu kalt für das Wetter – selbst wenn man vor einem heißen Waffeleisen stand. Dafür sah man die Tätowierungen auf ihren Armen umso deutlicher und den abgeblätterten Nagellack auf den Fingern. Wahrscheinlich jobbte sie hier, um ihr Studium zu finanzieren, Fashion oder Kunst oder Musik. Garantiert bloggte sie auch und garantiert hatte sie mehr als 239 Follower. Alles an ihr war Großstadt und cool und ein Traum für Jungs. Und als wäre das nicht schon schlimm genug, verwandelte sie sich auch noch in eine japanische Winkekatze, als sie uns erblickte. Oder besser: als sie Chriso erblickte. Er flüsterte »Sorry«, schob sich an mir vorbei, lief auf sie zu und küsste sie rechts-links. Und sie? Gurrte ihn an wie eine Taube im Frühling!

Ehe ich vor Eifersucht losbrüllen konnte, steuerte ich den Tisch an, der am weitesten vom Tresen entfernt stand, schälte mich aus meiner Jacke und ließ mich auf einen der alten Cocktailsessel plumpsen, die vermutlich *vintage* waren, aber wenn man ehrlich war, extrem abgewetzt und löchrig aussahen. Ich fand sie hässlich. Aber ich fand auch abgeblätterten Nagellack hässlich und Nagellack überhaupt und *was machte ich eigentlich hier?*

Ich hätte Adyan folgen sollen, mich an ihn dranhängen, ich hätte mich nicht abschütteln lassen dürfen, bis er mich zu Sirîn mitnahm. Was war ich doch für eine Idiotin!

Meine Jacke warf ich auf den Stuhl gegenüber, der aus Holz war und weniger verkeimt aussah als das Sesselchen neben mir. Oder als die Speisekarte, die auf dem Tisch lag. Sie wirkte so schmierig und abgegriffen, dass ich mein Handy nahm und das Angebot des Cafés über die Website checkte. Chriso schäkerte so lange und ausgiebig mit Superwoman, dass ich in aller Ruhe die Karte auswendig lernen konnte.

Quinoa-Waffeln mit Kokossahne, las ich, und: *Rote-Linsen-Waffeln mit Mango Chutney,* und dann: *Matchatee-Waffeln mit Minzsoße.*

Ich zoomte das Bild größer, um sicherzugehen, dass ich mich nicht verlesen hatte. Da stand wirklich: Matchatee-Waffeln mit Minzsoße!

Wie konnte das sein?

Matchatee-Waffeln mit Minzsoße, das hatten Sirîn und ich erfunden! Es war einer unserer ersten Einträge auf dem *Blickwinkelwechlser* gewesen. Misstrauisch blickte ich mich um. Hatten sie von uns ...? Nie im Leben. Unser Blog war viel zu unbedeutend, um davon abzuschreiben.

Ich versuchte, mich zu erinnern, wer von uns auf die Idee gekommen war. Hatte Sirîn mal hier gegessen und das Gericht heimlich abgekupfert? Oder war ich beim Surfen über die Website des Waffelhauses gestolpert und hatte, tief im Unterbewusstsein, »Matchatee-Waffeln« abgespeichert und Sirîn hatte ihre Minzsoße in einem unserer Brainstormings rein zufällig dazugeworfen? Fassungslos machte ich einen Screenshot von der Speisekarte und schickte ihn an Sirîn. »WTF?«, schrieb ich dazu und viele, viele Fragezeichen.

»Sie haben hier total viel von diesem Superfoodzeug«, schreckte mich Chriso aus meinen paranoiden Gedanken auf. Offensichtlich hatte er genug Aufmerksamkeit von Superwoman getankt und sich wieder an mich erinnert. »Braucht kein Mensch, wenn du mich fragst.«

Och, dachte ich, ohne ihm zu antworten. So eine Rote-Linsen-Waffel ... Wobei mir gerade nach etwas Echterem war. Alles in mir sehnte sich nach heiler Welt, nach einer von Papa-Omas Waffeln, mit Apfelmus und Zimtzucker und in Butter gebacken. Oder mit aufgewärmten Kirschen aus dem Glas und frisch geschlagener Sahne.

Chriso hängte seine Jacke über die Lehne des Sesselchens. Jede einzelne Stunde, die er im Studio trainierte, zeichnete sich unter dem eng anliegenden Pullover ab. Ich versuchte, nicht hinzusehen.

»Warum sind wir dann hier, wenn du gar keine Waffeln magst?«, fragte ich, halb scherzend. Aber Coolness und Mara, das ging nicht zusammen – mein Lachen war so fake, dass selbst Chriso die Unsicherheit dahinter bemerken musste. Trotzdem schob ich im selben Tonfall nach. »Wegen der da?« Mein Kinn ging in Richtung Tresen.

Hatte ich das tatsächlich gerade gesagt?

Er stand noch immer da, sah zum Tresen und dann wieder zu mir. Der Groschen fiel in Zeitlupe. »Das …«

»… ist natürlich deine Schwester.«

»Natürlich.« Sein Lachen war einen Tick heller als seine Stimme. »Ich mag deinen Humor«, sagte er.

Ehrlich?, dachte ich. Meinen Humor? Ich habe keinen, sagte Mam, sagte Torsten, sagten alle. Aber das stimmte nicht. Sie verstanden ihn bloß nicht. Keiner in meiner Familie verstand ihn, außer Sirîn. Und, ganz offensichtlich, Chriso. Ich schwieg.

»Nein, wir sind nicht wegen meiner *Schwester* hier.« Er schob den Sessel ein Stückchen näher zu mir und setzte sich. Unsere Oberschenkel waren maximal drei Zentimeter voneinander entfernt. Er beugte sich vor und aus den drei Zentimetern wurde einer, er griff nach der Karte und unsere Jeans berührten sich eine Sekunde, die vier Tage lang war, dann ließ er sich zurückfallen.

Er schlug die Karte auf. Im Gegensatz zu mir schien es ihn kein bisschen zu stören, dass das Ding aussah, als ob jemand es in Honig getaucht und danach trocken geföhnt hatte. Er hielt mir die geöffnete Karte hin und tippte mit dem Zeigefinger darauf. »Deshalb sind wir hier.«

Ich musste mich recken, um lesen zu können, was da stand. *Für die Kleinen?* Wollte Mister Super-Vlogger mich verarschen? Ich war vielleicht nur eins achtundfünfzig, aber essen konnte ich durchaus wie eine »Große«. Sein Finger tippte weiter auf einer Stelle.

Herzchenwaffel mit Nutella

Weil ich nicht wusste, ob das ein Test war oder mich Superwoman heimlich in seinem Auftrag filmte, erwiderte ich nichts, sondern starrte auf seinen klopfenden Finger. Das Nagelbett war abgeknabbert.

»Die ist übertrieben gut, echt!« Er sagte das mit seiner Vloggerstimme, als ob er nicht mit mir, sondern mit dem ganzen Café sprechen würde. »Soulfood statt Superfood.« Seine freie Hand zeichnete den Slogan in die Luft, Silbe für Silbe.

Einer der beiden Jungs blickte von seinem Computer auf und mit gerunzelter Stirn in unsere Richtung, der andere griff sich in den Nacken und zog sich den Kopfhörer über die Ohren. Superwoman gurrte.

Die Situation war so peinlich, dass es selbst Chriso auffiel. Er errötete ein bisschen, dann ergänzte er leise, sodass nur ich es hören konnte: »Die ess' ich immer, wenn es mir nicht gut geht.«

Seit ich seine Verlorenheit am Schottischen Kreuz wahrgenommen hatte, wusste ich, dass mein Eindruck an seinem ersten Schultag richtig gewesen war. Die Verlorenheit war nie fort gewesen, aber er konnte sie fantastisch überspielen. Und doch konnte ich mir nach diesen zwei Blicken auf den verlorenen Chriso tatsächlich vorstellen, dass es auch in seinem Leben Momente gab, in denen er mal nicht der Mega-Entertainer war. Dass diese Momente was mit Herzchenwaffeln mit Nutella zu tun haben könnten ... Ich schluckte.

»Und ... gerade geht es dir nicht gut?«

»Nicht besonders. Und ich dachte, dir wahrscheinlich auch nicht.«

»Wegen Adyan eben?«

»Nein. Wegen Sirîn.«

Wow, der Typ hatte tatsächlich Einfühlungsvermögen. Offensichtlich hatte er auf unserem schweigenden Weg hierher begriffen, worum es wirklich ging, und das war ... zumindest ungewöhnlich. Vor allem wenn man wusste, wie er in seinen Videos drauf war. Ich nickte langsam. Herzchenwaffel. Er lächelte so sanft, dass eine Kamera es wahrscheinlich übersehen hätte. Ich nicht.

»Kaffee dazu? Cappuccino? Tee?«

Wennschon, dennschon. »Kakao, bitte.«

Er tippte etwas in sein Handy, am Tresen piepte es, Superwoman gurrte erneut.

»Jetzt sag nicht, dass die hier 'ne Bestellapp haben?«

»Nur für mich.«

Ich verdrehte die Augen und er errötete erneut. Blick drei hinter die Poser-Fassade, registrierte ich erstaunt.

»Ich helfe hier manchmal aus«, gestand er. »Aber erzähl's keinem.«

»Familienunternehmen, was?«

Er lachte, jetzt lachte er und ich dachte, Chriso zum Lachen bringen, das wäre ein schönes Lebensziel. Leider würde Mam mich erschießen, wenn ich ihr von diesen neuesten Zukunftsplänen erzählen würde. Männer glücklich machen ist kein Lebensziel, würde sie sagen. Dich, Mara, dich selbst musst du glücklich machen!

Glück, dachte ich und warf ihm verstohlen einen Blick zu, gutes Stichwort. Ich checkte kurz mein Handy. Sirîn schien immer noch off zu sein, also steckte ich es weg und zwang meine Gedanken zurück in das Café, wo für einen Moment das Glück lachte. Ich würde Chriso nicht fragen, was er so machte und warum es ihm peinlich war, dass er hier arbeitete, und warum er viel süßer war, wenn er nicht prollte, und dass sie hier möglicherweise unser Matchatee-Waffelrezept geklaut hatten und ob er wusste, wie sexy diese Haarsträhne war, die ihm immer in die Augen fiel, und ich würde nicht erzählen, dass ich seine Videos guckte, wenn es *mir* nicht gut ging.

Chriso war wieder ernst geworden, lehnte zufrieden in seinem Sessel und sah mich erwartungsvoll an. Ich holte Luft. Trotz allem, was ich ihn nicht fragen, und allem, was ich ihm auf keinen Fall erzählen würde, hatte ich auch keine Lust, dass er mich zutextete, weil ich schließlich nicht die Hydra war, also musste ich die Initiative ergreifen.

»Also, warum wolltest du unbedingt mit mir reden?«

»Hab' ich doch geschrieben.«

»Wegen der U-Bahn-Sache?«

Er nickte und sah hinaus in das Grau vor dem Fenster. Im Profil wirkte er älter und ... schwer. Als ich gerade zu überlegen begann, ob er noch antworten würde, und wenn, dann was, fragte er mit der leisen Chriso-Stimme, ohne mich anzusehen: »Träumst du auch davon?«

Ich verstand sofort, worüber er sprach, aber ... Bitte was? Er träumte von der U-Bahn? Und als wäre das nicht schon schräg genug, gab es auch noch unumwunden zu? Vor mir? Hatte ich was verpasst?

»Nein, nein«, stammelte ich wahrheitsgemäß. Wenn ich nicht gerade *nicht* schlief, schlief ich wie ein Stein. Es war tagsüber, dass mich die Bilder verfolgten.

»Echt nicht?« Jetzt waren seine hellen Augen ausschließlich auf mich gerichtet. Sein Erstaunen war so ehrlich, sein Blick so ungläubig, dass ich mir vorkam, als würde ich ein rohes Steak essen, während neben mir ein Rind geschlachtet wurde. Gefühlskalt, wieder. Ich erwiderte seinen Blick.

Ja, echt nicht.

»Aber ... wie machst du das? Ich mein': Du hättest beinah dringesessen und ich stand bloß auf der anderen Seite und hab' schon Albträume. Und du hast schließlich auch noch ...«

Ich hätte zu gern gewusst, was er wirklich dachte, als er mich jetzt ansah, verwirrt, als wäre ich ein Kreuzworträtsel und er ein Analphabet, der mich auszufüllen versuchte. Ich wartete auf das Ende des Satzes, es kam nicht. Er schien zu dem Schluss zu kommen, dass ich unlösbar war, und rutschte ein Stück von mir ab. Um einen besseren Überblick zu bekommen? »Macht dir das alles gar nichts aus?«

Ich wollte nicht darüber nachdenken, weil ich nicht darüber nachdenken konnte. Aber wie sollte ich ihm das erklären?

»Ist ja nix passiert«, wiegelte ich ab und begann, meine Finger miteinander zu verschränken.

»Nichts passiert? Du hast ...«, rief er, schlug mit der Hand auf seinen Schenkel, brach ab, sammelte sich, sprach weiter. »Es sind hundertzweiunddreißig Menschen gestorben, Mara. Über hundert liegen immer noch im Krankenhaus!«

Die Mutter mit dem Baby.

»Ich weiß, aber ...« Mein Hals wurde eng, ich knotete die Finger schnell wieder auseinander. »Es nützt doch nichts, sich reinzusteigern«, murmelte ich hilflos. Torsten wäre stolz auf mich. »Ich erinnere mich eigentlich kaum.«

Die Mutter mit dem Baby.

»Du ... erinnerst dich nicht?« Seine Stimme war so weich, ich wünschte, ich könnte sie greifen, anfassen, mich an ihr festhalten.

Die Mutter mit dem –

Energisch schüttelte ich das Bild ab. Meine Hände hielten sich gegenseitig fest, weil sie sonst nichts zu tun hatten.

»Krass. Echt? Also ich ... Bei mir ... es fühlt sich an wie ein Film, als hätte ich es gesehen, aber wär' gar nicht wirklich da gewesen. Hast du das auch?«

Film? Scheiße! Was wollte er von mir? Das klang alles so ... eingeübt. Als würde er ... Misstrauisch betrachtete ich ihn. Er hatte seine Hände um die Tischplatte geschlossen, beide. Wo war sein Handy?

»Nö«, sagte ich vorsichtig. Ich wischte meine schweißigen Hände an der Hose ab, lehnte mich zurück und lugte unauffällig unter den Tisch. Kein Handy. Erst jetzt fiel mir auf, dass der Boden ungefähr genauso klebrig wirkte wie die Karte. Der Schmutz und das Fett und das Bier und all die runtergefallenen Essensreste der letzten fünfzig Jahre hatten sich als solide Schicht über die Dielen gelegt. Wenn ich meinen Fuß bewegte, machte die Sohle ein leicht saugendes Geräusch.

»Hoffentlich ist die Küche sauberer als der Rest des Ladens«, rutschte mir heraus. Leise zwar, aber Chriso hörte es trotzdem.

»Ist sie.« War das Verachtung in seiner Stimme? War er enttäuscht, dass ich ihm keine Story lieferte? Oder weil ihm gerade klar wurde, dass ich ein herzloses Scheusal war? Wenn er mich nicht filmte, was wollte er dann von mir?

Ich hatte mir eingeredet, dass das hier ein Date war, aber gerade fühlte es sich eher nach Selbsthilfetreffen an. Jedenfalls hatte das Schweigen zwischen uns nichts Goldfarbenes mehr.

Mara, ermahnte ich mich. Himmel, Mara! Sag was, sag irgendwas, damit er merkt, dass du sehr wohl Mitgefühl hast.

»Was ... was träumst du denn?«, versuchte ich es unbeholfen und wagte sogar, ihn anzuschauen.

Er umklammerte die Tischplatte so fest, dass die Knöchel ganz weiß wurden, und suchte nach Worten, aber bevor er sie gefunden hatte, kam Superwoman mit einem Tablett an unseren Tisch. »Kakao und Herzchenwaffel für die Kleine, vermute ich?« Ihre Stimme troff vor Spott. Chriso schaltete von Worte-Suchen auf Charme-Strahlen um.

»Genau«, erwiderte er gelassen. »Und die andere Herzchenwaffel und der Flat White sind für *den* Kleinen.«

Sie kicherte, stellte die Getränke und die Teller auf den Tisch, legte das Besteck daneben, wünschte uns allen Ernstes »Piep, piep, piep« und schwebte davon.

»Manchmal ist sie eine echte Bitch«, seufzte er. Und ich wusste gar nicht, was mich mehr überraschte – dass er Herzchenwaffeln mit Nutella aß, dass er Superwoman eine Bitch nannte, dass er träumte oder dass er mir davon erzählte und *nichts* davon filmte. Oder ganz einfach, dass er so was Ähnliches wie nett war, auch wenn ich mich wie eine Soziopathin benahm.

»Das hast *du* gesagt«, stimmte ich grinsend zu. Dann biss ich in die duftende Herzchenwaffel. Das Nutella verlief in meinem Mund und plötzlich war alles Butter und Süße und der Rest spielte keine Rolle mehr. »Wow«, stöhnte ich. »Wow!«

»Oder?« Chrisos Lächeln reichte von hier bis zum Maschteich. Ich griente zurück. Kurz verknoteten sich unsere Blicke und mein Herz tat Dinge, die ein Herz nicht tun sollte. Schnell konzentrierte ich mich wieder auf die Waffel. Als ich sie aufgegessen hatte, schlug mein Herz wieder normal. Ich lehnte mich zurück in den schäbigen Sessel, der gar nicht mehr so schäbig schien, und tastete mich wieder an den Rest des Gespräches heran.

»Hast du deshalb noch kein Vlog dazu hochgeladen? Wegen der Albträume?«

»Auch. Aber vor allem wollte ich erst mit dir drüber reden.

»Warum?«

»Aus Pietät wahrscheinlich.«

Pi-e-tät? Ich glaube, mein Mund stand ein bisschen offen, als ich Chriso anstarrte. Er guckte zurück, aber diesmal verknotete sich nichts. Stattdessen errötete er schon wieder. »Was denn?«

»Ich hätte nicht gedacht, dass du solche Worte kennst.«

»Autsch.«

Ich beobachtete ihn, um abzuschätzen, ob ich ihn ernsthaft gekränkt hatte. Hatte ich nicht. Im Mundwinkel saß ein Lächeln, dass die Hydra niemals zu sehen bekommen würde. Hoffte ich. Das Lächeln sollte dort bleiben, für mich, für immer. Er sollte mich mögen! Ich musste an Nicolaj denken und an seinen Vorwurf, dass ich einen Stein als Herz hätte.

»Ich ... ich bin nicht kaltherzig, echt nicht! Es ist nur ... Ich mach' mir viel mehr Sorgen um Sirîn als um die Menschen, die gestorben sind.«

Als ob mich das wärmer wirken ließ. Wieso war dieses Gespräch eigentlich so schwierig? Mein inneres Ich schlug beschämt die Hände vors Gesicht und Chriso sah aus, als würde er das auch am liebsten tun.

»Ich ...« Er räusperte sich. »Das versteh' ich nicht ganz.« Er sprach plötzlich sehr langsam. Überdeutlich. Und seine Stimme klang vorsichtig. *Wachsam.* Was kam denn jetzt? »Ich meine ... Willst du damit sagen, dass Sirîn ...«

Na toll, eine Fangfrage! Test, Test: Hat Mara ein Herz? Chriso musste nicht zu Ende reden, ich wusste auch so, wie der Satz weiterging, aber für mich gab es auf seine

Frage nur eine einzige Antwort, egal, wie kalt und grausam sie war.

Willst du damit sagen, dass Sirîn dir wichtiger ist als einhundertzweiunddreißig Menschenleben?

»Ja«, platzte ich heraus. Ausgesprochen klang es noch schlimmer. »Also ... nein, natürlich nicht ...«

Zu spät. Er sah aus, als würde er einen Horrorfilm anschauen und wäre gerade bei der Stelle angekommen, in der der Killer (ich) genüsslich sein Opfer zerfetzte.

»Ich ... Ich weiß«, stammelte ich, um es möglichst schnell wiedergutzumachen. »Das klingt jetzt, als würde ich ... Aber ... Sirîn ist meine allerbeste Freundin! Ich meine – das mit der U-Bahn ist natürlich ganz furchtbar, aber ... ihr kann ich wenigstens helfen, verstehst du?« Ich sah ihn bittend an.

»Nee, Mara, ganz ehrlich: Das versteh' ich nicht.« Die warmen Augen waren stumpf geworden.

Ich konnte es ihm nicht verdenken. Schließlich benahm ich mich wie der letzte Psycho. Erst Adyan und meine Eifersucht auf Superwoman, dann verknotete Blicke und Gekicher und jetzt das Geständnis, dass mir meine Freundin wichtiger war als die Leute aus der U-Bahn. Ein Leben gegen einhundertzweiunddreißig. Trotzdem war alles echt. Und Chriso musste glauben, einem Monster gegenüberzusitzen. Sein Gesicht war aschfahl vor Schreck, meines sicher hochrot, es brannte. Ich musste ihn davon überzeugen, dass ich kein Monster war, damit er mich nicht wie all die anderen öffentlich in seinem Vlog ausschlachten würde. Damit er mich mögen würde. Ich wollte so gern, dass Chriso mich mochte!

Also erzählte ich.

Alles.

Wie das Attentat der Auslöser dafür war, dass Sirîns Mittwochabende aufgeflogen waren, davon, dass ihre Eltern unversehens durchdrehten und dass ich sie nicht mehr zu greifen bekam, weil die sie nicht mal ohne Aufsicht ans Handy ließen und dass sie ihr den Laptop abgenommen hatten. Dass ich mir Sorgen um sie machte, weil ihre Eltern Angst hatten und Mam immer sagte, dass Angst zum Auslöser für die allerschlimmsten Dinge werden könne. Ich erzählte vom *Blickwinkelwechsler*, davon, was Sirîns Mutter im Irak erlebt hatte, wie besonders unsere Freundschaft war, und davon, dass wir immer und überall getextet hatten, nonstop quasi. Und jetzt saß sie abgeschnitten von allem in ihrem Zimmer und so richtig begriff ich nicht, warum ihre Eltern ihr – uns – das antaten.

Chriso hatte den Sessel ein bisschen zur Seite gedreht, damit er mich besser im Blick hatte. Er saß mir jetzt fast gegenüber, die Ellenbogen auf die Knie gestützt, und sah mich an, ohne etwas zu sagen, nicht mal »Hm« oder »Echt?« oder »Was?« oder »Krass!«. Er schaute nur, aber sein Blick wurde immer leerer – wie ein Waschbecken, aus dem das Wasser läuft. Und je leerer er wurde, desto mehr goss ich nach, desto mehr und desto schneller erzählte ich von meiner Verwunderung über die Reaktion von Sirîns Eltern, aber auch von ihrem Verständnis für unsere außergewöhnliche Freundschaft, von meinem Entsetzen über die Lebensgeschichte von Sirîns Ma, die vieles, aber nicht alles erklärte. Und von meiner Sorge, dass Sirîns Wunsch nach Freiheit jetzt so fatale Konsequenzen haben könnte. Je länger ich sprach, desto mehr schien es, als würde Chriso alle Farbe verlieren. Selbst seine Augen verblassten.

Als ich gestand, wie unendlich ich den täglichen Kontakt mit Sirîn vermisste, brach mir schließlich die Stimme weg.

Die leise Musik, die im Hintergrund dudelte, vermischte sich mit dem Waffelduft im Café und mit Chrisos Blick, der gleichzeitig aufmerksam und abwesend war.

In meinem Bauch wirbelte Panik. Oh Gott, dachte ich, ich hab' es übertrieben. Ich habe ihn totgequatscht, obwohl ich mir doch vorgenommen hatte, nichts zu sagen oder zu fragen, und eigentlich nur rausfinden wollte, wie er so drauf war. Dafür waren erste Dates schließlich da. Aber war das hier überhaupt ein Date?

Was war das hier?

Ich wollte wegrennen, schon wieder, aber ich verbot es mir. »Hab' ich«, ich räusperte mich, bis meine Stimme wieder stabil klang, trank einen Schluck von dem kalten Kakao. »Hab' ich zu viel geredet?«

»Was? Wieso? Nein!«

Endlich füllte sich Chriso wieder mit Leben. Er holte seinen Blick zurück in die Wirklichkeit, zu mir. Seine Stirn war gerunzelt, die Kiefermuskeln schienen alles weich zu kauen, was ich gesagt hatte. Der Boden unter mir begann zu wackeln, wegen Chrisos Rauchaugen und vor Erleichterung, aber vor allem wegen Chrisos Rauchaugen. Fühlte sich so Verliebtsein an? Oder: Ohnmächtig-werden? Ich wendete den Blick ab, über seine Schulter hinweg zu Superwoman, die über das Display ihres Handys ungeniert zu uns herüberstarrte.

In diesem Moment atmete Chriso aus, lang und laut,

als hätte er eine Entscheidung getroffen, und ich war mir sicher, dass alles gut werden würde. Ich war mir sicher, weil er meine Hand nahm. Endlich hatte ich etwas, wohin ich schauen konnte: auf unsere Hände, seine auf meiner, auf meinem Knie. Sachte drehte ich meine Hand um, bis unsere Handflächen aufeinanderlagen, meine kalt und trocken, seine ein bisschen schwitzig.

»Du bist ... du hast ... Deshalb bist du so auf Adyan losgegangen«, sagte er leise.

»Natürlich!«, erwiderte ich. »Ich mein': das geht doch nicht! Sie ist seine Schwester! Er kann doch nicht zulassen, dass sie ...«

Mein Handy blingte und endlich war die Welt wieder auf meiner Seite.

»Verstehe«, murmelte Chriso. »Verstehe.«

Er verstand mich und Adyan war ein Arsch und Sirîn meldete sich.

»Das muss sie sein!«, rief ich. »Das ist sie!«

»Was?«

Ich zog meine Hand unter Chrisos weg und kramte nach dem Telefon. Seine Hand blieb liegen, wo sie war, und es war gut und warm und vertraut.

Krasse Scheiße.
Die haben unser Rezept geklaut!
#anklage #plagiat #wearegonnaberich

Kann ich vorbeikommen?

Adyan ist sauer.

Okay. Ich komm.

Ich weiß nicht …

Musst du auch nicht.
Ich komm eh.
Und mach gefälligst die
Tür auf!

Ich betrachtete Chrisos Hand mit den abgekauten Nägeln.

Auf. Meinem. Knie.

Ich tat noch ein Weilchen, als wäre ich mit dem Handy beschäftigt, um den Moment nicht zu stören.

Auch wenn er komisch war und manchmal anscheinend eine ganz schön lange Leitung hatte, war er da und hatte zugehört und mich verstanden und seine Hand auf *mein* Knie gelegt und nicht auf das von Superwoman. Leider kannte ich mich gut genug, um zu wissen: Sobald ich die Hand wegschob und wir zur Tür raus waren, würde ich mich für die letzten zehn Minuten zu schämen beginnen. Warum hatte ich nicht auf die Flirtratgeber-Ratschläge gehört und meine eigenen Vorsätze befolgt? Klappe halten, lächeln, zuhören, anhimmeln.

Superwoman sah zu uns herüber, mir direkt in die Augen, lächelte hämisch und drehte die Musik lauter. Ohne den Blickkontakt abzubrechen, begann sie mitzusingen. Natürlich hatte sie auch noch eine gute Stimme.

Ich kannte das Lied nicht, aber ich schauderte unter ihrem Blick, mit jedem der Worte mehr, und mit einem Mal war die Panik wieder da – davor, dass ich vielleicht niemals wieder die leise Chriso-Stimme hören würde, dass er am Montag in der Schule wieder ein blöder, lauter Idiot sein würde, dass ich mir die Nähe zwischen uns nur eingebildet hatte. Dass er doch, heimlich, alles gefilmt hatte. Oder Superwoman für ihn. Schließlich hatte sie ständig mit ihrem Handy rumgemacht ... Dass sie die Köpfe zusammenstecken würden, sobald ich zur Tür raus war, dass er seine Hand auf *ihr* Knie legen würde und ihr ins Ohr flüstern, dass ich total gaga sei und dass er die ganze Zeit, als seine Hand auf *meinem* Knie lag, nur an sie gedacht hätte. Und daran, was für ein Clickbait das Video werden würde. Sie würden sich küssen, lange und mit Zunge, und dann würden sie das Video schneiden, ein paar Emojis und viele herumzischende Fragezeichen und Facepalms darüberlegen und es hochladen. Sich weiterküssen und gemeinsam genüsslich darauf warten, dass mich die anderen in den Kommentaren auseinandernahmen.

»Was ist los?« Chriso holte mich in die Wirklichkeit zurück.

Alles.

»Nichts.«

»Du zitterst.«

»Ich ... Adyan tobt«, presste ich heraus.

»Glaubst du?«

»Glaub' ich nicht, weiß ich.«

Er deutete auf das Handy in meiner Hand, das mit mir mitzitterte.

»Hat er dir etwa geschrieben?«

»Der? Nee, hat Sirîn gesagt.«

»Oh?«

»Ja, sie darf gerade ans Telefon. Ich ... ich muss zu ihr.«

Ich stand auf, bevor das Zittern überhandnahm. Chrisos Hand fiel herab, als ob sie ohne mein Knie nicht wüsste, wohin mit sich. Hastig griff ich nach meiner Jacke.

»Sorry«, sagte ich. »Dass ich so durch den Wind bin und dass ich so schnell losmuss, aber ...«

»Ist okay.« Wieder dieser Blick, tieftieftief in mich hinein. Bevor er ebenfalls seine Jacke von der Sessellehne gestreift hatte, war ich schon am Tresen.

»Bist du auf der Flucht?«, ätzte Superwoman.

Ja!, schrie ich sie im Stillen an. Vor dir und deinem Superman und eurem Superwitz. Wortlos schob ich ihr einen Zehner über den Tresen, wühlte zwei weitere Münzen aus meiner Hosentasche und legte sie dazu.

»Stimmt so.«

Ich ließ ihre Überraschung darüber, dass ich ihn eingeladen hatte, an mir abperlen und stürmte zur Tür. Weg von Chriso, weg vom Zittern.

FÜNF

Ich lief, ohne anzuhalten, am Schützenplatz vorbei und dann den kleinen Pfad am Ihmeufer entlang zur Brücke beim Capitol. Erst oben auf der Brücke blieb ich stehen und kramte nach meinem Kopfhörer. Fand ihn, stöpselte ihn ein, setzte ihn auf und beobachtete das Wasser, das unter mir strudelte. Mein Aufbruch war zu schnell gewesen, zu unvermittelt. Wie hatte ich nur so die Beherrschung verlieren können? Wie hatte ich das Zittern erst so spät bemerken können, das versucht hatte, mich zu warnen – davor, Chriso von mir zu erzählen? Ihm von Sirîn zu erzählen? Sogar von ihrer Mutter zu erzählen! Was zur Hölle, Mara?

Und das nach allem, was ich über ihn wusste. Was nicht viel war, zugegeben – und zugegeben, er war Zucker gewesen, die ganze Zeit seit dem Schottischen Kreuz. Aber Leute wie Chriso waren immer Zucker, wenn sie was wollten! Das wusste ich doch, wie hatte mein Instinkt so versagen können? Wie hatte ich ihm vertrauen können? Ausgerechnet Chriso!

Wäre ich in einem Film, würde ich mir jetzt verzweifelt die Haare raufen, die flachen Hände an meine Schläfen pressen oder meinen Kopf gegen die Wand schlagen, bong, bong, bong, bis ich blutete und mich jemand festhalten müsste, lange festhalten. Leider war niemand hier, um mich zu halten. Immerhin war Sirîns Nachricht genau zum richtigen Zeitpunkt gekommen. Wer weiß, was sonst als Nächstes passiert wäre?

Chrisos Hand auf meinem Bein.

Das Zittern kroch von außen nach innen und ich wusste nicht, ob es was mit Erregung (wegen Chriso) oder mit Aufregung (wegen meiner Leichtgläubigkeit und wegen Sirîn) zu tun hatte. Ich klickte »Mein Mix der Woche« an und setzte mich wieder in Bewegung. Als ob die App wüsste, wie es mir ging und wo ich war und was ich tat, spielte sie einen Song an, der »Ich bring' dich nach Haus« hieß. Hatten die da einen Algorithmus eingebaut, der Gefühle erkannte und den entsprechenden Soundtrack dazu spielte?

Hab keine Angst,
Ich verrat' dich nicht.
Und willst du nichts sagen,
Dann frag' ich nicht,
Wenn du nicht mehr kannst,
dann trag' ich dich –

Weiter, klickte ich. Weiter. Als ich sah, dass der nächste Song »Creep« hieß, wurde mir die App zu unheimlich. Ich schloss den Player und wählte Lyds Nummer. Beim ersten Klingeln sprang die Mailbox an.

Hey, hier ist Lyd. Was gibt's?

Gute Frage. Nichts eigentlich. »Hey. Ich bin's. Ich komm' gerade von dem Treffen mit Chriso und ... ach, stimmt ja! Ihr seid gleich nach der Schule zum Geburtstag von deiner Oma. Voll vergessen, sorry. Ja. Mit Chriso ist es ganz gut gelaufen, glaub' ich ... er ist ...«, ich atmete durch meine Angst hindurch, »... *sweet* irgendwie. Wobei – keine Ahnung, was er eigentlich wollte ... Wahrscheinlich Material sammeln, damit er was hochladen kann und mich zum Honk machen. Ich bin voll drauf reingefallen. Scheiße. Na ja. Süß war er jedenfalls. So viel zum versprochenen Update. Viel Spaß bei deiner Oma, iss ein Stück Kuchen für mich mit. Wir sehn uns Montag!«

Im Gehen zog ich den Kopfhörer wieder vom Kopf und aus dem Handy, rollte das Kabel auf, damit es nicht komplett verknotete. Zu Weihnachten würde ich mir welche mit Bluetooth wünschen, das Gewickel nervte total. Besonders im Spätherbst und mit zittrigen Fingern. Es war halb fünf und kurz vor dunkel. Immerhin, gleich bei Sirîn würde es Tee geben, denn, so viel hatte ich mittlerweile über ihre Kultur gelernt: Ein Gast war ein Gast, und selbst wenn er unerwünscht war, bekam er doch mindestens ein Glas Tee angeboten. Alles andere wäre extrem unhöflich und Unhöflichkeit war ein No-Go für die Dumans. Wenigstens darauf war Verlass. Ich quetschte die kalten Hände in die Taschen meiner Jeans, überquerte die Ampel bei Rot, ohne überfahren zu werden, lief zügig Richtung Lichtenbergplatz und spurtete die letzten hundert Meter die Straße hoch. Als ich vor Sirîns Haustür ankam, hatte ich das Zittern weggelaufen – dafür war ich außer Atem. Ich klingelte.

Die Gegensprechanlage surrte, aber niemand sprach.

»Hallo?«, rief ich. »Ich bin's, Mara!«

Zum Surren gesellte sich ein Knarzen.

»Ich will zu Sirîn.« War da überhaupt jemand auf der anderen Seite? »Wegen ... dem Blog.«

Das war gelogen, aber es wirkte: Der Summer ging.

Erleichtert drückte ich die Tür auf und ging die Treppen nach oben, zwei Stockwerke. Altbau. Das Geländer war früher mal violett gewesen, genau wie die Wohnungstüren. Als ich Sirîn kennengelernt hatte, hatte ich es das »Milka-Haus« getauft, weil es aussah wie eine in die Jahre gekommene Milka-Kuh. Leider hatte die Hausverwaltung es im letzten Jahr neu streichen lassen. Jetzt war das Geländer braun, die Türen waren gelb.

»Milka hat mir besser gefallen«, hatte ich enttäuscht gesagt, als ich das Ergebnis der Renovierung gesehen hatte.

»Mir auch«, hatte Sirîn beigepflichtet. »Es hatte was Heimeliges, oder nicht? Und jetzt ... Welche Hausverwaltung kommt bitte auf die Idee, Kackbraun mit Pissgelb zu kombinieren?«

Seither nannten wir das Treppenhaus »die Kloake« und seither, fand Sirîn, hatte sich auch der Geruch im Treppenhaus verändert. Sie war davon überzeugt, dass die Farbkombination Menschen dazu ermutigen würde, in den Flur zu pinkeln, aber ich glaube, der Geruch war nur in ihrem Kopf, denn abgesehen von der gewöhnungsbedürftigen Farbwahl war das Haus genauso sauber und ordentlich wie immer. Trotzdem schnüffelte ich jedes Mal, wenn ich die Treppe hochlief. Auch jetzt. Es roch vor allem nach Putzmittel.

*

Sirîns Mutter erwartete mich an der Tür. Frau Duman war eine kleine, schmale Frau, die immer eine weite Tunika und einen Hijab trug, sogar wenn sie zu Hause war. Zumindest sobald Gäste da waren, auch wenn es ausschließlich Frauen waren. Oder Mädchen, wie ich. Sirîn, die das Tuch eher als Statement und aus Gewohnheit und Respekt ihren Eltern gegenüber trug und es ablegte, sobald die Haustür zufiel, rasselte deswegen regelmäßig mit ihrer Mutter aneinander.

Manchmal wurde ich Zeugin einer solchen Diskussion, die Sirîn fast immer gewann (behauptete sie, ich verstand natürlich das Kurmancî nicht, das die Familie miteinander sprach). Wenn wir allein waren, verdrehte sie die Augen deswegen und klagte darüber, dass so viele eigentlich liberale Menschen sich verbissen an Glaubenssymbolen festklammerten, sobald sie in einem anderen Land lebten. Zu ihrer Mutter würde sie so was nie sagen; ihre Mutter überzeugte sie. Weil sie in der Koranschule gut aufgepasst hatte, konnte sie fast jedes ihrer Argumente mit einer heiligen Geschichte widerlegen. Meistens gab ihre Mutter am Ende seufzend auf. »Warum streiten?«, sagte sie dann in ihrem sehr gebrochenen Deutsch in meine Richtung und hob die Hände gen Himmel. »Allah ist ein Gott der Liebe und Streit gibt es genug auf der Welt!«

Heute wirkte Frau Duman noch zerbrechlicher als sonst. Unter ihren Augen lagen dunkle Schatten, ihre Haut war blass.

»Mara.« Sie klang überrascht. Offensichtlich funktionierte die Gegensprechanlage tatsächlich nicht. Ich nahm die letzten beiden Treppenstufen mit einem Schritt, bis ich vor ihr stand. Wir waren beinahe gleich groß (oder eher: gleich klein), aber uns trennten Welten. Ich war ein durchschnittlicher Teenager, nicht megahip oder besonders auffällig, aber im Gegensatz zu mir wirkte Sirîns Mutter wie aus der Zeit gefallen.

»Frau Duman.« Ich senkte leicht den Kopf und legte meine rechte Hand auf mein Herz. »Entschuldigen Sie die Störung.« Und dann, weil sie mich so sonderbar ansah: »Ich glaube, Ihre Gegensprechanlage ist kaputt.«

Sie stand in der Tür wie eine der Wächterinnen aus »Black Panther«, aber ungeachtet dessen, wie klein sie war und wie zart sie wirkte: Sie füllte die Tür aus. Ich versuchte, einen Blick an ihr vorbei ins Innere zu erhaschen, aber bis auf die vielen bunt gemusterten Teppiche, die den Boden bedeckten, und den Geruch von Rosenwasser nahm ich nichts wahr.

»Kann ich zu Sirîn?«

Aus dem Hintergrund drang die Stimme ihres Vaters. Er sprach Kurmancî und ich verfluchte, dass ich Sirîns Angebot, mir ihre Sprache beizubringen, nicht angenommen hatte. Aber seit wir nicht nur Englisch, sondern auch noch Spanisch in der Schule hatten, warf mein Kopf ohnedies alles mit dem Deutsch und dem Italienisch durcheinander, mit dem ich aufgewachsen war. Immer wenn ich eine neue Sprache lernte, schien sie die anderen zu überlagern, sodass ich fürchterlich kauderwelschte, wenn ich mich nicht anstrengte.

»Frag mich mal«, hatte Sirîn gegrunzt, als ich zum x-ten Mal über das Sprachengewirr in meinem Kopf gejammert hatte. Sie kokettierte gerne mit ihren drei Muttersprachen und gab damit an, dass sie neben Kurmancî, Deutsch und Arabisch auch noch Englisch und mindestens drei arabische Dialekte sprach. Was ich natürlich nicht nachprüfen konnte. Dummerweise war das Deutsch ihrer Mutter wirklich nur mittelmäßig und gerade schien sie gar nicht sprechen zu wollen. Sie stand einfach nur reglos in der Tür, weshalb ich nach jemand anderem suchte.

»Herr Duman!«, rief ich Richtung Wohnzimmer. »Ich bin's, Mara! Ich möchte zu Sirîn, wegen unserem Blog!«

Etwas fiel herunter, dann vernahm ich einen Ausruf, den ich als Fluch interpretierte, dann ein Schaben, als ob Herr Duman seinen Sessel mit dem altbackenen Blümchenmuster, in dem er immer saß, zurückschob. Schließlich Schlurfen. Er kam zur Tür. Neben seiner Frau wirkte er wie ein müder Riese, obschon er selbst mit viel gutem Willen nur die eins siebzig knackte. In einer dunkelbraunen Anzughose, wie immer, dazu ein beigefarbenes Hemd mit Pullunder. Keine Schuhe, natürlich. Er trug etwas in der rechten Hand. Als er mich erspähte, bedeckte er es hastig mit der linken.

»Du!«, sagte er.

»Ja. Guten Abend, Herr Duman.« Ich lächelte gewinnend. Sirîns Vater hatte mich von Anfang an gemocht, genau wie ihre Mutter. Wenn es nach Sirîn und mir gegangen wäre, hätten wir unsere Familien viel enger verbandelt, aber bisher war es bei dem einen Treffen an unserem Geburtstag vor ein paar Wochen geblieben. Und da hatten wir uns immerhin schon über zwei Jahre gekannt! Aber die Dumans waren extrem zurückhaltend, beinahe schüchtern, schon wegen der Sprache, und Mam und Torsten ... Ehrlich gesagt, waren Lilli und ich die Einzigen in der Familie, die nicht nur davon redeten, sondern tatsächlich Freundinnen aus anderen Kulturen *hatten.* Es war mir ein Rätsel, warum, denn eigentlich waren Mam und Torsten total offen. Trotzdem waren all ihre Freunde ziemlich genau wie sie selbst.

Ich habe mal gelesen, dass man in Freundschaften einen Spiegel sucht. Deshalb sind die eigenen Freunde meistens genau wie man selbst – vom kulturellen Hintergrund her, vom Bildungsniveau, vom Beruf. Wenn man darüber nachdachte, war das ziemlich logisch und ebenso beschränkt, aber ich konnte es Mam und Torsten nicht übel nehmen, denn es war beidseitig: Die Dumans umgaben sich auch nur mit kurdischen Freunden und vor allem mit Familie.

Also würden Sirîn und ich das retten müssen. Und wir hatten dafür die volle Unterstützung unserer Eltern. Meistens zumindest. Gerade sah Sirîns Vater nicht sonderlich begeistert aus, mich zu sehen.

Er schloss die Hände fester um das Etwas, als ob er es beschützen wollte. Seine Knöchel wurden weiß. Was war das?

»Du«, wiederholte er.

»Ja«, wiederholte ich und zwang mich, meine Aufmerksamkeit von seinen Händen zu seinem Gesicht zu verlagern. »Ich will zu –«

»Du ... Wir hätten niemals zulassen dürfen, dass sie sich mit dir ... Euer ... Blog ...« Sein Akzent war schwer, sodass ich mich extrem konzentrieren musste, um ihn zu verstehen. Aber das Wort »Blog« spuckte er aus, klar und deutlich, vor meine Füße, wo es liegen blieb wie ein feuchter grüner Klumpen Schleim.

»Sie war ein braves Mädchen! Immer gut in der Schule und dann ... ging es plötzlich nur noch um das Internet und dich und immer mehr, immer mehr wollte sie ...«

»Was?«, protestierte ich. »Aber ... Sie haben doch gesagt, wie froh Sie sind, dass ich Sirîn zum Lachen bringe.

Wie glücklich sie wirkt, wenn wir zusammen sind! Das haben Sie doch –« Mein Blick fiel erneut auf seine Hände, weil die so deutlich machten, wie heftig er mit sich kämpfte – er kämpfte mit sich und er ließ diesen Kampf an dem Etwas aus, das er in den Handflächen barg.

»Aber zu welchem Preis, zu welchem Preis?« Er griff mit der linken Hand nach dem Arm seiner Frau. Zog sie aus dem Türrahmen fort, schob sie zurück in den Flur, bis sie vollkommen hinter seinem Rücken verschwunden war. Ich erhaschte einen Blick auf das Etwas, das jetzt schutzlos in seiner Rechten lag. Es glitzerte türkisblau. An der Rückseite glänzte der Handyring, und da begriff ich, dass es Sirîns Handy war, an dem er sich festhielt. Ihre Verbindung zur Welt.

Zu mir.

Die Wut, die in mir aufwallte, war kaum zu kontrollieren. Ebenso wenig wie sein Zorn auf mich, offensichtlich. Er stand schnaubend vor mir, direkt an der Türschwelle, auf Zehenspitzen, als müsste er seine Familie vor mir beschützen. Zu meiner Wut gesellten sich Fluchtinstinkte, aber geflohen war ich heute genug. Es ging schließlich um meine beste Freundin! Ich versuchte, nicht an das Handy zu denken, das er Sirîn weggenommen hatte, versuchte, die Wut wegzuatmen, und konzentrierte mich auf seine Strümpfe mit einem total dämlichen Comicmuster drauf, das mich an Sirîns Teddybärensocken erinnerte. Es half. Wie sollte man sich vor jemandem fürchten, der Comicstrümpfe trug?

»Lassen Sie mich rein!«, bat ich gepresst. »Sie hat doch nichts falsch gemacht.«

»Nichts falsch gemacht?«, fauchte er. Seine Hände flogen durch die Luft. Sirîns Handy flog mit und ließ die Bewegung türkisfarben erscheinen. »Sie hat uns belogen! Wir waren dumm, so dumm! Wir hätten sie längst in Sicherheit bringen müssen! Diese Stadt ist viel zu ...«

Dieselbe Leier wie Adyan. Was zum Geier war in die Dumans gefahren? Hannover war Hannover und es mochte eine harte Stadt sein, grau und unfreundlich und von mir aus sogar ein Moloch, aber im Vergleich zu Mossul war es wohl so sicher wie ein Alpendorf. Dennoch hatte Sirîn schon öfter erzählt, dass ihre Verwandten es sonderbar fanden, dass sie (zumindest tagsüber) alleine rausdurfte, dass sie nicht längst verheiratet oder zumindest versprochen war und dass sie aufs Gymnasium gehen durfte. In Mossul, das wusste Sirîn allerdings nur aus den Erzählungen ihrer Eltern und Tanten, wurden Mädchen überallhin begleitet, und sobald man an seinem Ziel angekommen war, schickte man sich eine Nachricht, weil unterwegs schließlich immer etwas passieren konnte.

Ein Angriff, irgendwelche Radikalen, die Polizei, eine Bombe.

Diese Panik mochte in einem Kriegsgebiet angebracht sein, aber in Deutschland? Leider ließ sie sich nicht abstellen, schien es, nicht bei Sirîns Familie. Selbst diejenigen, die nie in Lebensgefahr gewesen waren, gewöhnten sich das ständige Updaten an – und die Angst, die nahmen sie überallhin mit. Sirîns Hinweise auf die Sicherheitsstatistik in Deutschland trafen auf taube Ohren. Also tat sie, was sie am besten konnte: Je kritischer die Verwandtschaft wurde, umso passionierter kochte sie.

Sie verzauberte alle mit ihrem Essen und ihrer Freundlichkeit und war – bis auf die Schule, bis auf das Alleine-Rausdürfen und bis auf den heimlichen Skatepark – die Vorzeigetochter, mit der ihr Vater die kritischen Stimmen im Zaun halten konnte. Das Dumme daran war, dass ihr Perfektsein Sirîn zu einer noch besseren Partie machte. Aber obwohl ihr Vater hinter ihr und seinem eigenen Traum von einer Lehrertochter stand, trotzdem, trotz alledem, stand er jetzt vor mir, mit vor Erregung verzerrtem Gesicht. Mit ihrem Handy in der Hand, einem Zeichen seiner Macht über sie.

Sirîn hatte zwar ein paar Mal von seinen gelegentlichen Ausrastern erzählt, aber um ehrlich zu sein: Bis eben hatte ich mir nicht vorstellen können, dass der freundliche, höfliche Herr Duman und der rotgesichtige Drachen, der diese Tür bewachte, auch nur das Geringste miteinander zu tun haben könnten. Vermutlich war das der perfekte Zeitpunkt, um zu tun, worin ich sonst so gut war: die Klappe halten. Nur dass meine Wut größer war als meine Höflichkeit, meine Furcht, meine Scham, meine Vernunft.

»In Sicherheit bringen!«, entfuhr es mir, wie schon vorhin bei Adyan. »In den Irak, oder was?«

»Dass du es wagst!« Jetzt brüllte Sirîns Vater. »Dass du es wagst!«

Dann knallte er die Tür zu.

Bevor ich darüber nachdenken konnte, schlugen meine Hände gegen die geschlossene Tür, beide. Wumms. Lösten sich, wollten erneut …

Die Menschen in der Bahn sahen erschrocken von ihren Handys auf. Eine Frau legte beschützend die Arme um das Baby, das sie vor ihren Bauch gebunden hatte, und sah wütend in meine Richtung. Neben ihr wedelte ein älterer Mann mit der flachen Hand vor seinem Gesicht herum – das vermutlich internationale Bist-du-bescheuert-Zeichen. Ein Typ, ungefähr so alt wie ich, sprang von innen in Richtung Tür und tat, als würde er ebenfalls gegen die Scheibe schlagen.

Ich stoppte meine Bewegung kurz vor dem Aufprall. Mein Herz raste.

Die Mutter mit dem Baby.

Was war nur in mich gefahren?

»Entschuldigung«, flüsterte ich dem gelb gestrichenen Holz zu, dann noch einmal lauter: »Entschuldigung!« Ich trat einen Schritt zurück, fokussierte den Spion, versuchte ein Lächeln, murmelte zum dritten Mal »Entschuldigung« und hätte mich ohrfeigen können. Stattdessen ging ich die Treppe hinab. Langsam, Stufe für Stufe.

*

Toller Auftritt!
Nicht besonders hilfreich, wenn du mich fragst.

Ich weiß! Sorry. Mich macht das alles einfach total wütend!

War nicht zu überhören.

Dein Vater dreht doch voll hohl!

Was, wenn die dich echt in den Irak schicken?

Kurdistan.
... Beten wir, dass er sich wieder beruhigt.
🤞

Beten.
Hoffentlich hilft das.

Ja, hoffentlich, Schwester.
Muss Schluss machen, meld mich vom Flughafen.

WAS????????

Scherz. 🤣

Nicht witzig! 😠

❤️

❤️

Ich schmiss das Handy aufs Bett. Vor kaum zwei Minuten war ich nach Hause gekommen und geradewegs in mein Zimmer marschiert. Musste ich besorgt oder durfte ich erleichtert sein? Immerhin konnte Sirîn noch Witze machen, das wertete ich als gutes Zeichen. Trotzdem ... Ein Wunder, dass ihre Eltern sie nach meiner Aktion überhaupt ans Handy gelassen hatten. Was hatte ich mir nur dabei gedacht?

Noch immer in meiner Daunenjacke, öffnete ich mein Zimmerfenster und hoffte, dass die Nachbarkatze Gundel aus der Dunkelheit auftauchen würde. Nach diesem Tag, nach Adyan, Chriso und den Dumans, könnte ich ein bisschen kätzische Aufmerksamkeit gut gebrauchen. Eine Katzennase, die meiner einen Stups gab, weiches Fell, das mir um die Hände strich, ein Katzenschwanz, der sich um meinen Arm ringelte. Ich lockte und rief und machte all die blöden Geräusche, die man eben macht, um Katzen anzulocken.

Manchmal hörte Gundel darauf, dann sprang sie purrend auf die Fensterbank oder sie kletterte über den Zaun, posierte im Hof und tat dabei, als ob sie mich nicht sehen würde. Kuscheln wollte sie eigentlich ausschließlich, wenn ich keine Zeit oder Energie hatte, mich mit ihr zu beschäftigen – oder im Frühjahr, wenn sich meine Allergie durch den Heuschnupfen ohnehin schon vertausendfacht hatte.

»Wer Liebe auf Befehl will«, sagte Mam immer, »muss sich einen Hund anschaffen.«

Was mir generell auch recht wäre, aber leider war ich gegen Hunde ebenfalls allergisch. Gundel ließ sich heute jedenfalls nicht blicken. Enttäuscht schloss ich das Fenster und zog meine Jacke aus. Mir war das alles zu kompliziert: die Katzen, die nicht kamen, wenn man sie brauchte, die Welt, in der Menschen für ihre Götter andere töteten, die Erwachsenen, die sich entweder zu wenig oder zu viel um ihre Kinder sorgten, die Liebe, die entweder gar nicht oder zur falschen Zeit oder vom falschen Menschen kam, ach, das ganze Leben an sich. Wobei … Im Gegensatz zu mir war Chriso heute extrem unkompliziert gewesen.

Er hatte zugehört und nachgefragt und war nicht weggerannt, als ich gemonstert hatte, und wer weiß? Vielleicht hatte er mich sogar verstanden. Wenn ich nicht auch den Chriso von den ganzen Videos kennen würde, würde ich jetzt auf dem Bett liegen und mir eine violett verschleierte Zukunft mit ihm erträumen, Küssen inklusive. Leider kannte ich die Vlogs. Und was Vertrauen (generell und zu Chriso) anging, war bei mir viel Luft nach oben. Meine Gedanken störten sich daran nicht – sie bastelten eine lange Girlande aus seinem Namen: Chriso.

Chrisochrisochrisoochrisochriso.

Ich wünschte, ich könnte auf Sirîns Sessel fläzen und ihr von ihm erzählen, von seiner Hand auf meinem Bein und dass mir das alles viel zu schnell ging, aber auch nicht schnell genug. Ich wünschte, sie würde mich beruhigen, mich auslachen, mich ausfragen. Ich könnte ihr von ihm erzählen und dass er gar nicht arrogant gewesen war, und dann, mit jedem Satz und durch Sirîns Augen, würde der Nachmittag realer werden und meine Angst weniger.

Einen Moment lang beneidete ich Leute wie die Hydra oder Annabell oder halt alle, die ihre Freunde online hatten. Die würden ihr Drama einfach posten. Schmollmund, Blick nach schräg links unten, Kamera von schräg rechts oben, Pickel-weg-Filter drüber, dramatisch warm. #erhatmichberührt #eristgarkeinarsch #totalverwirrt #achduliebescheiße #wasmachichdennjetzt #emogate. Und dann auf Likes und gute Ratschläge warten.

Und ich?

Mit lediglich zwei besten Freundinnen und einem halben Nicolaj im echten Leben war man schnell verloren.

Gepaart mit einer Social-Media-Abneigung für alles, was über Essen hinausging, sowieso. Ausgerechnet jetzt musste bei Sirîns Eltern eine Leitung durchbrennen, ausgerechnet jetzt hatte Lyds Oma Geburtstag. Und ausgerechnet jetzt musste Nicolaj mit Annabell anbandeln und mir in den Rücken fallen. Nicht dass er der Richtige gewesen wäre, um über Chriso zu reden, aber generell mit irgendjemandem reden wär' ja auch schon mal was.

Ich nervte mich selbst. Warum benahm ich mich wie eine Elfjährige? Ich wusste doch, worum es bei diesem ganzen Chriso-Ding ging – ich himmelte ihn an, er genoss es und außerdem hatte ich ihm etwas voraus: Ich war näher dran gewesen als er. Weshalb er mich ausquetschen wollte. Und vielleicht, vielleicht wollte er auch mit mir ins Bett. Wo er schon mal dabei war.

Es wäre immerhin nicht mein erstes Mal. Auch wenn das mit Nicolaj eine reine Kopfsache gewesen war, weil wir es beide vor unserem Sechzehnten hinter uns haben wollten – immerhin wusste ich seitdem, worum es ging. Auch wenn ich, ganz ehrlich, den Aufriss darum bis heute nicht verstand. Im Gegensatz zu Nicolaj, für den das alles so aufregend gewesen war, dass er unseren Deal vergessen und sich in mich verliebt hatte, hatte ich den Sex eher ... langweilig gefunden. Was ich Idiotin dann leider auch ausgesprochen hatte, als er es noch mal versuchen wollte, schließlich hatten wir uns Ehrlichkeit versprochen.

Eine Glanzleistung auf meiner Liste beschissener Ideen.

Die Farbe war komplett aus ihm gewichen, man konnte dabei zusehen. Dann hatte er »Irgendwas stimmt nicht mit dir!« gesagt – mit einer anderen Stimme als vorher und vermutlich ohne zu wissen, dass ich schon längst zu dem gleichen Schluss gekommen war.

Über das, was er daraus gefolgert hatte, hatte ich hingegen noch nie nachgedacht: »Dein Problem«, hatte er gesagt, »dein Problem ist, dass du dich selbst nicht magst. Du magst dich nicht und deshalb kannst du dir nicht vorstellen, dass andere dich mögen, so sieht's aus!«

Vielleicht stimmte das ... Vielleicht verwechselte Nicolaj aber auch »mögen« mit »Sex haben« oder er versuchte, seine Ehre zu retten. Zumindest deutete sein nächster Satz verdächtig in die Richtung.

»Wahrscheinlich bist du bloß frigide!«

Die Worte waren Schläge, jedes tat weh. Ich war kurz davor, »Du hast ja recht« zu sagen und »Es tut mir leid«, weil ich mich so schuldig fühlte, dass ich ihm wehgetan hatte, da ging er zu weit. Er behauptete allen Ernstes, dass seine Exfreundinnen ihm noch nachweinten, weil sie es so toll gefunden hätten mit ihm.

Fassungslos hatte ich mich gefragt, ob er tatsächlich vergessen hatte, dass ich ihn seit hundert Jahren kannte und ganz genau wusste, dass es vor mir keine gegeben hatte.

Keine. Einzige.

Ich machte Schluss, bevor ich vollkommen den Respekt vor ihm und den vor mir selbst verlor. Danach sagte er das mit dem Herz aus Stein und ließ mich stehen.

Dann waren zum Glück Sommerferien gewesen und wir hatten beide ausgiebig unsere Wunden geleckt, und als die Schule wieder angefangen hatte, hatten wir versucht, normal zu tun. Gelang mittelmäßig. So wie vorher war es jedenfalls nicht wieder geworden.

Was ich aus der Sache gelernt hatte?

1. Sex wird überbewertet.
2. Ehrlichkeit ist nicht immer eine Lösung.
3. Wenn man keine Lust auf Sex hat: keinen haben.
4. Gefühle sind nicht nur was für Mädchen.
5. Nicolaj hat recht: Ich habe ein Defizit in Selbstliebe.

Was den letzten Punkt anging, wusste ich immer noch nicht, was ich mit der Erkenntnis anfangen sollte. Mein Körper und ich, wir waren schon immer ziemlich weit davon entfernt, Freunde zu sein. Da konnte Sirîn tausendmal beteuern, wie hübsch ich sei ... Ich hatte schließlich einen Spiegel. Aber zumindest war ich schlau und das war, laut Mam, viel wichtiger, als eins achtzig groß zu sein oder wenigstens eine Figur wie eine Kardashian zu haben.

Und das mit dem Sex: Die paar Minuten, die Chrisos Hand auf meinem Bein gelegen hatte, waren aufregender gewesen als das gesamte Programm mit Nicolaj.

Was wollte Chriso von mir? Und was wollte ich von *ihm?*

Er war zwei Jahre älter, er war schön und nach allem, was ich heute mitbekommen hatte, war er nicht halb so blöd, wie ich erwartet hatte. Wollte er mehr Infos über den Anschlag aus mir rauskitzeln? Hatte er mir deshalb seine Hand auf das Knie gelegt? Damit ich weich und unvorsichtig wurde?

Ich war zwar in der Tat keine elf mehr, aber manchmal fühlte sich sechzehn auch noch ganz schön weit weg von erwachsen an. Was würde die tätowierte Superblondine an meiner Stelle tun? Garantiert nicht in ihrem Zimmer sitzen und durch das Fenster in den dunklen Hinterhof starren. Nicht rumjammern, dass ihre Freundinnen nicht da waren. Einfach machen.

Machen war nicht so meins, nie gewesen. Ich war eher die Denkerin. Die unsichtbare, stille Denkerin. Wurde Zeit, dass sich das änderte. Flirtcoachblogs. Aktiv statt passiv und so.

Ich rief Nicolaj an.

»Mara?«

»Hey.«

»Hey.«

»Stör' ich?«

»Nö, ich sitz' vorm Rechner. Was gibt's denn?«

Das Leben, das gab's. Und dass ich nicht von zweieinhalb auf zwei Freunde abrutschen wollte.

»Du fehlst mir.«

»Ich ... Was meinst du?«

Ach du Scheiße. Nicht das! *Das* meinte ich nicht!

»Als Freund, du fehlst mir als Freund.«

Stille.

»Aha.«

»Es tut mir leid, Nico. Wie das alles gelaufen ist mit uns, ich ...«

»Ja. Mir auch. ... Sorry, dass ich gestern nicht zu dir gehalten hab'. Ich konnte ja nicht ahnen ...«

»Schon okay. Bist du echt ... also ... echt verknallt in Anabell?«

Er lachte leise. Es klang ... samtig irgendwie. Nach dunkelbraunem Samt. Ich hatte sein Lachen vermisst. Natürlich dachte er jetzt, dass ich eifersüchtig war, aber ich wollte ihm nur etwas bedeuten. Wenn ich ihm noch immer wichtig war, konnte er von mir aus auch mit Annabell zusammen sein. Egal, wie blöd ich sie fand.

»Rufst du deshalb an?«

»Ich ... nö. Du fehlst mir, unsere Freundschaft fehlt mir.«

»Das hast du schon gesagt, Mara. Wie geht's dir? Also: Wirklich?«

»Ganz okay. Bisschen einsam gerade.«

»Soll ich vorbeikommen?«

»Nee ... Quatsch. ... Ich ... ich wollt' bloß deine Stimme hören.«

»Willst du ... über diese U-Bahn-Sache reden?

»Nee, lass mal. Mam nervt schon die ganze Zeit damit. Und Chriso ...«

»Chriso?«

Shit! Ich wünschte, ich könnte seinen Namen zurückziehen wie eine Nachricht bei WhatsApp, löschen, schnell löschen. Ging nicht, also tat ich unbeteiligt.

»Ja, der hat irgendwie Blut geleckt, glaub' ich.«

Nicolaj lachte wieder, aber dieses Lachen war nicht mehr weich, es war hart und unecht.

»Darauf kannste wetten. Eine bessere Story kann der sich echt nicht wünschen.«

»Hmmm.«

»Der Typ ist ein Arsch, Mara. Lass die Finger von dem, der geht über Leichen für eine Geschichte und außerdem ... der geht allen an die Wäsche, die nicht bei drei ...«

War ja klar! Nicolaj sorgte sich nicht um mich, sondern um sein Ego.

»Und das weißt du woher?« Hart konnte ich auch.

»Mann, ich hab' doch Augen im Kopf! Wie der dich angeguckt hat gestern! Der will bloß mit dir in die Kiste!«

Jetzt lachte ich. Ein trauriges Lachen, weil er wahrscheinlich recht hatte. Noch trauriger, weil ich wünschte, dass er recht damit hätte und Chriso wirklich mit mir in die Kiste wollen könnte. Leider kam mir Nicolajs erste Reaktion schlüssiger vor – dass Chriso nicht an mir, sondern ausschließlich an der Story interessiert war. Und das machte mich schon wieder wütend.

»Weißte, lass es einfach«, raunzte ich durchs Telefon. »Ich hab' echt andere Sorgen gerade. War 'ne Scheißidee, dich anzurufen. Sorry.«

»Mara? Tut mir leid, Mara, ich ...«

Ich legte auf.

Was für ein Arsch! Hatte ich echt erwartet, dass ich mich bei Nicolaj über Chriso ausheulen konnte? Oder über Sirîn? Oder über Mam, Gundel, mich selbst? Lyd sagt, dass man automatisch den Menschen um Rat fragt, bei dem man sicher sein kann, dass man genau das zu hören kriegt, was man hören will. Ich war offensichtlich die Ausnahme von dieser Regel.

Vielleicht war Chriso wirklich einer von denen, die alle flachlegten, um sich selbst toll zu fühlen. Vielleicht aber auch nicht. Wie er mit Superwoman geflirtet hatte, sprach für Nicolajs These, aber wie er mit mir umgegangen war ... Machen, befahl ich mir, nicht denken.

Sorry, dass ich so schnell
abgehauen bin.
...
War schön heute!

Ich wusste schon, dass ich einen Fehler machte, als ich auf Senden klickte. Ich wusste es. Als er nicht sofort reagierte, kamen nämlich die Zweifel. Nach drei Minuten die große Unsicherheit, nach fünf fühlte ich mich gnadenlos bescheuert, nach acht war mir zum Heulen.

Ich unterdrückte meine Rufnummer und rief Sirîn auf dem Festnetz an. Telefonphobie hin oder her, Telefonverbot hin oder her, ich musste wenigstens ihre Stimme hören. Und wenn das Festnetz klingelte und nicht anzeigte, wer anrief, würden ihre Eltern sie vielleicht rangehen lassen. Sirîn ging eigentlich meistens ans Telefon, sie oder Adyan, wegen der Sprache. Es klingelte dreimal, fünfmal, sechsmal.

»Hallo?«

Adyan.

»Adyan, ich bin's, Mara. Ich muss dringend mit Sirîn sprechen, gibst du sie mir bitte?«

Er lachte.

Er lachte!

»Wie krank bist du eigentlich, Mara?«

»Ich ... jetzt sei doch nicht so, ich will doch nur ...«

Er legte auf.

Er. Legte. Auf!

Ich wählte erneut. Ich ließ es durchklingeln, aber er hob nicht mehr ab. Nicht beim zweiten Mal, nicht beim dritten Mal.

Dann eben ihr Handy.

Es klingelte nicht, es klackte.

Hey, hier ist Sirîn. Ich kann gerade nicht rangehen, aber ich ruf' so schnell wie möglich zurück.

Es tat gut, ihre Stimme zu hören. Trotzdem sagte ich nichts. Das, was ich ihr zu sagen hätte, würde jede Mailbox überfordern. Stattdessen wählte ich ihre Nummer erneut, abermals sprang die Mailbox gleich an. Wieder und wieder und wieder sprang die Mailbox an. Mir fiel das Telefon in der Hand ihres Vaters ein.

Oh Mann.

Ich fuhr den Rechner hoch. Nichts Neues auf Insta, nicht mal ein popeliges Abendessensfoto. Schwermütig öffnete ich den *Blickwinkelwechsler.*

Ganz oben stand ein neuer Post: Kutilk mit einer Füllung aus Hühnerhack, Spargel und Pinienkernen. Eins von Sirîns Lieblingsessen, allerdings eins, das eigentlich nichts auf unserem Blog zu suchen hatte. Es klang zwar eingedeutscht, des Spargels wegen, und auch ein bisschen italienisch, wegen der Pinienkerne, aber es war, das hatte sie mir bereits bei unserem zweiten Treffen erzählt, ein ur-, uraltes Familienrezept und ganz typisch für die Region, aus der ihre Familie kam (ich sag' bloß: »einzig echte Kutilk«), aber ein *Blickwinkelwechsler* war es nicht, sondern ein Hausrezept.

Wobei mir das bei näherer Betrachtung ganz schön sonderbar vorkam. Spargel? In einem Rezept aus dem Irak?

> Sag mal ...
> Haste das mit dem Spargel eigentlich erfunden?
> Dachte, den gibt's nur in Deutschland.
> 🤔

Nachdenklich betrachtete ich die Fotos, die sie dazu hochgeladen hatte: ihr schmales Gesicht mit den großen blauen Augen, ihr weißer Lieblingshijab mit den violetten Blumen darauf, mit einem strahlenden und frischen Teint, die rosafarbene Bluse, die sie dazu trug. Sie streckte auffordernd eines der Bulgur-Grießklößchen in die Kamera. Ihre Nägel waren fliederfarben lackiert, ihr Lächeln breit und auffordernd. Das Foto hörte auf Brusthöhe auf, aber ich wusste, dass die Bluse ihr bis runter zur Mitte der Oberschenkel reichte und sie darunter garantiert eine Hose oder einen Rock trug, in dem sich mindestens eine der Farben wiederfand.

Sirîn hatte einen echten Modetick. Sie war eine von denen, die am liebsten bei *Shopping Queen* mitmachen würde und bei der sogar die Unterwäsche farblich zum Outfit passte. Nur bei den Socken, ich musste lächeln, bei den Socken setzte ihr Gespür für Stil aus. Aber die sah man glücklicherweise nicht auf dem Foto. Genauso wenig wie die Flip-Flops, die sie zu Hause immer trug, *über* den Socken wohlgemerkt. Sirîns Sexappeal hörte definitiv an den Knöcheln auf.

Ich suchte in den Fotos nach Anzeichen dafür, wie es Sirîn ging.

Die Detailfotos waren wie immer: der Fleischwolf mit Hühnerbrust darin, die Hände mit ihrem Lieblingsmesser beim Spargelhacken, das Übliche. Auf den ersten Blick wirkte sie selbst ebenfalls normal, aber ihr Lächeln auf den Fotos war einen Tick zu breit, fand ich, und außerdem: Warum postete sie im November ein Frühlingsrezept?

Hausmannskost, rätselte ich, und das auch noch vollkommen jahreszeitenverdreht.

Je länger ich das Foto betrachtete, desto stärker wurde

das Gefühl, dass sie mir etwas mitteilen wollte. Nur was? Konzentrier dich, Mara, schalt ich mich. Jetzt konzentrier dich doch, verdammt noch mal!

Ich kam nicht drauf.

Sie bearbeitete das Blog immer am Rechner, nie am Handy – also hatte sie ihren Laptop offensichtlich zurück, was ja ein gutes Zeichen war. Ob sie auch ihr Telefon zurückbekommen hatte? Ich nahm meins und wählte ihre Nummer noch einmal.

Mailbox.

Mist.

Ich sah in den dunklen, katzenleeren Hinterhof, dann wieder auf Sirîns Foto. Während ich mich fragte, was ich als Nächstes tun sollte, blingte mein Telefon.

Adyan!

> Mara, Klartext: Ruf nicht mehr an!
> Und tauch hier ja nicht noch mal auf!

Als ob du mir irgendwas zu befehlen hättest!, tippte ich. Dann dachte ich an Sirîn und wie es ihr wohl gerade ging und löschte es. Stattdessen schrieb ich:

> Entschuldigung.

> Meine Eltern sind total drüber.
> Glaubst du, dass das irgendwem hilft?

> Nein, hab ich doch
> schon gesagt.
> Entschuldigung.

Sie sagen, dass der Tod an dir klebt.

Nicht dein Ernst!
Weil ich die Bahn verpasst hab?
🤣

Jetzt komm mal runter,
Mensch!

Ihr seid doch völlig irre!
Wenn ihr sie in den Irak schickt,
hol ich die Polizei!

Ich
hol
die
Polizei,
Adyan!

Zwischen jeder meiner Nachrichten ließ ich ein paar Sekunden verstreichen, aber er reagierte nicht mehr.

Genauso wenig wie Chriso übrigens. Dabei hatte er meine Nachricht gelesen. Vor siebzehn Minuten! Warum antwortete er nicht? Waren eigentlich alle Jungs auf dieser Welt derartige Kommunikationshonks?

Ich las Adyans Nachrichten noch einmal. An der dritten blieb ich hängen. Warum sollte bitte schön der Tod an mir kleben? Weil ich das Mädchen war, das überlebt hat? In anderen Zeiten hätte mich das zu einer Heiligen gemacht. Und warum hielt Adyan bei diesem Unsinn nicht gegen? Er kannte mich schließlich, er musste das doch genauso krank finden wie ich! Und im Gegensatz zu seinen Eltern hatte er nicht die Ausrede mit dem Trauma und der Flucht. Adyan war noch keine zwei gewesen, als er nach Deutschland kam, ein Kleinkind! Er konnte unmöglich etwas von dem ganzen Grauen mitbekommen haben, von dem seine Mutter ihre Albträume hatte. Oder doch?

Ich klappte den Rechner auf und suchte Pinks »Beautiful Trauma«, weil mir der Titel durch den Kopf schoss. Der Text passte nicht, und davon abgesehen, was sollte das sein, ein schönes Trauma? Ich sang mit, so falsch, wie ich halt sang, und die Textstellen, die ich nicht kannte, füllte ich mit Lalalas.

These tough times they keep coming
Last night I might have messed it up again
Some days like I'm barely breathing

Vielleicht passt der Text doch, merkte ich.

Ich fing meine Gedanken ein, die schon wieder zu Chriso wollten, und googelte »Trauma« – um mich abzulenken und weil mir, je länger ich darüber nachdachte, klar wurde, dass ich keine Ahnung hatte, was das genau bedeutete. Kam aus dem Griechischen, blabla, ich surfte und surfte und landete auf Seiten, auf denen man nicht landen will und von denen ich nur die Hälfte verstand.

Traumafolgestörungen.

Trauma und PTBS.

Trauma und Wahnvorstellungen.

Wahnvorstellungen! Das war es!

Als Wahnvorstellungen oder Paranoia bezeichnet man es, wenn ein Mensch Bedrohungen wahrnimmt, die in Wirklichkeit nicht existieren.

Volltreffer, dachte ich. Genau das ist es, was bei den Dumans los ist. Sie hatten Angst vor Bedrohungen, die nicht existierten. Wenn das ansteckend war, würde das auch Adyans sonderbares Verhalten erklären.

The pill I keep taking
The nightmare I'm waking
There's nothing, no nothing, nothing but you

Nightmares, genau! Die standen auch bei den Aufzählungen von Traumafolgestörungen. Und Albträume hatte Chriso auch erwähnt. Pink wusste offensichtlich, wovon sie sang. Der Song lief bestimmt schon zum fünften Mal, langsam sickerte der Text in mein Gehirn, aber das Mitsingen war mir vergangen. Fast jede Zeile sprach auch von meinem Leben oder den Menschen in meiner Umgebung. Die ganze dunkle Klebrigkeit, die von all den Websites in mein Zimmer floss, umspülte mich bis zum Kinn.

My beautiful trauma
My love, my love, my drug, oh

Ich hatte keine Lust mehr weiterzusuchen. Es war Zeit, den kürzeren Weg zu nehmen, den geraden: Mam zu fragen.

Sie hatte so viele Psycho-Zusatzausbildungen gemacht, sie wusste bestimmt, ob Traumata ansteckend waren und warum Sirîns Eltern plötzlich paranoid geworden waren. Mam war gut im Erklären, sie hatte mir schon immer alles erklärt, was ich wissen wollte – und auch alles, was ich nicht wissen wollte. Warum mein Onkel Matteo mit dreiundvierzig immer noch nicht schreiben konnte (Sauerstoffunterversorgung bei der Geburt), wie man Warmhaltehäubchen für Frühstückseier häkelt (am besten gar nicht) und wie Computer funktionieren (Nullen und Einsen). Mam hatte auf alles eine Antwort, und wenn sie keine hatte, erfanden wir gemeinsam eine.

There's nothing, no nothing

Ich klickte auf Stopp, klappte den Rechner zu und stand auf.

SECHS

Ich drückte mich in der Küche herum und wartete darauf, dass Mam und Lilli endlich nach Hause kamen. Es dauerte keine fünf Minuten, da hörte ich Lillis Gekicher auf der Straße. Sie war völlig überzuckert, wie immer, wenn sie nach der Schule bei Zoe gewesen war. Ihre Tagesmutter ließ die Kids machen, was sie wollten, umströmte sie mit Liebe und stopfte im Minutentakt die klebrigsten und buntesten Süßigkeiten in ihre Münder. Sie war der Traum jeden Kindes und der Albtraum der dazugehörigen Eltern.

Deshalb freute sich Lilli wie blöde, wenn keiner von uns sie von der Schule abholen konnte, denn bei Zoe gab es andere Kinder, es gab Liebe und es gab Essen.

Von all dem bekam Lilli nie genug, genau wie ich früher, weil man mit sieben von fast nichts jemals genug bekommt, daran erinnerte ich mich noch sehr, sehr gut. Beziehungsweise daran, wie sich Mangel anfühlte. Schließlich hatte ich deshalb zu kochen begonnen. Mam hatte diesen Zusammenhang trotz all ihrer psychologischen Kenntnisse bis heute nicht durchschaut. Wenn also Mam (oder Torsten, manchmal auch ich) sie abends bei Zoe einsammelte, waren Lillis Wangen rosarot, ihre Augen glänzten und sie war hyper. Aber so richtig. Und das war der Nachteil.

Meine Schwester war schon bei ihrer Geburt ein Flummi gewesen, mit unerschöpflichem Elan und unzerstörbar guter Laune, die sie von Mam geerbt hatte. Wenn man sie dann noch mit Zucker vollstopfte, mutierte sie vom Flummi zum Fidget Spinner: Sie drehte und drehte sich, so lange, bis allen um sie herum schwindelig und ihr selbst schlecht wurde.

Heute war so ein Zoe-Tag gewesen, wegen Mams Mitarbeiterschulung und Torstens Dienstreise und meiner überraschenden Schulbefreiung. Als Lillis Geplapper die Treppe vor dem Haus hochhüpfte, brachte ich mich in Position. Kaum hatte Mam die Tür aufgeschlossen, zwängte sich Lilli an ihr vorbei, schoss auf mich zu und sprang geradewegs in meine Arme.

»Mara!«

Sie schlang ihre Beine um mich und ich meine Arme um sie, inklusive des bescheuerten Hello-Kitty-Ranzens, den ihr Torsten-Opa zur Einschulung geschenkt hatte. Ihre Haare dufteten nach Kindershampoo, nach diesigem Herbsttag, Popcorn und guter Laune.

»Mara!«, rief sie noch einmal und ich lächelte in diesen Duft und hielt sie fest, so lange, bis sie zu zappeln begann.

»Ich krieg' keine Luft!«, japste sie. Ich drückte sie kurz noch ein bisschen fester, dann setzte ich sie vorsichtig auf den Boden. Besonders weit bücken musste ich mich dabei nicht mehr. Sie schien schon wieder gewachsen zu sein. Neben ihren letzten Strich auf dem Rahmen der Küchentür (eine nostalgische Idee von Mam, die mich bei jedem Gang in die Küche daran erinnerte, dass ich die eins achtundfünfzig nur auf Zehenspitzen geschafft und nie überschritten hatte) hatte sie stolz 1,26 gekritzelt, genauso wie ich damals an der anderen Seite des Rahmens, als ich noch sicher gewesen war, ein vollkommen durchschnittliches Mädchen zu sein und vollkommen durchschnittliche eins sechsundsechzig groß zu werden. Leider hatten sich Mams italienische Gene gegen die meines norddeutschen Vaters durchgesetzt, zumindest was die Körpergröße anging.

Der Hello-Kitty-Ranzen flog in die Ecke, die Jacke glitt zu Boden, zwischendrin fragte Lilli: »Darf ich spielen?«, und fegte in ihr Zimmer, ohne eine Antwort abzuwarten.

»Schuhe!«, rief Mam ihr hinterher und gehorsam trat sich Lilli die Schuhe von den Füßen und ließ sie, hintereinander, in Schrittstellung, im Flur zurück. Ich sah dem Lilli-Sturm nach und grinste. Mam seufzte, aber hinter dem Seufzen lag ein Lächeln. Einen Moment lang traf sich unsere Freude über Lilli, dann fanden sich unsere Augen und ein Schatten rutschte über Mams Gesicht.

»Hallo, meine Große«, begrüßte sie mich und ich antwortete, wie immer: »Haha.« Ich nahm ihr die Tüte mit dem indischen Essen aus der Hand, doch bevor ich sie abstellen konnte, tat Mam etwas völlig Überraschendes: Sie nahm mich in die Arme, umschlang mich komplett, so wie ich Lilli vor ein paar Minuten, und plötzlich war ich bewegungsunfähig, die Tüte mit dem Essen in der Hand, mein Kinn auf Mams Schulter.

Dazu bin ich zu alt, wehrte sich alles in mir. Viel zu alt. Kurz bevor ich jetzt diejenige war, die »Ich krieg' keine Luft« japste, drehte ich meine Schulter zwischen uns, um Abstand zu schaffen. Um atmen zu können. Aber Mam ließ nicht los. Mit viel Mühe streckte ich meinen Arm so weit wie möglich aus und stellte die Tüte vorsichtig auf dem Stuhl neben der Treppe ab. Atmete, ein, aus, ein, gab auf, legte meine Arme um Mam und begann zu weinen.

*

Ich hatte gerade das erste Stück Rahmkäse aus der Spinatsoße gefischt und mir in den Mund geschoben, da kippte Lilli vor Müdigkeit vom Stuhl. Mam und ich tauschten einen Blick.

»Machst du?«, fragte sie. Ihre Stimme klang so erschöpft, dass ich wortlos meinen Teller zurückschob, mir meine von Aufregung und Zuckerüberfluss ausgeknockte Schwester unter den Arm klemmte und sie ins Bad schleifte. Obwohl sie ständig gähnen musste und sich weigerte, ihre Augen aufzumachen, gelang es uns gemeinsam, ihre Zähne zu putzen. Ich half ihr in den geliebten Ringelschlafanzug und unter die Bettdecke. Dann sang ich ihr dreimal hintereinander »Der Mond ist aufgegangen« vor. Ich konnte nur die erste Strophe, aber darum ging es nicht: Lilli liebte das Lied. Am Anfang sang sie noch mit, die Augen geschlossen und mit heller Kinderstimme, aber als wir zum zweiten Mal bei »Der Wald steht schwarz und schweiget« angekommen waren, rutschte ihre Stimme weg und sie schlief ein. Wie eine Katze, dachte ich. Umfallen, schlafen. Sicherheitshalber sang ich noch einen Durchgang.

Und aus den Wiesen steiget
Der weiße Nebel wunderbar.

Ich hörte meiner eigenen Stimme beim Verklingen zu und betrachtete meine kleine Schwester, ihre langen dunklen Haare, die Haut, die genauso hell war wie meine, und die Adern, die sich darunter abzeichneten. Alles in mir war weit und warm und wund. Ich schlich zur Tür, knipste das Licht aus und sah einen Augenblick lang ihrem Nachtlicht dabei zu, wie es den Sternenhimmel an die Zimmerdecke malte. Dann schloss ich leise die Tür.

*

Mam hatte aus Solidarität und Dankbarkeit mit dem Essen gewartet, mit dem Ergebnis, dass sowohl ihr Huhn in Mangocurrysoße als auch mein Spinatkäse kalt geworden waren. Immerhin der Tee war warm. Ich erhob keinen Einspruch, als Mam die Teller nacheinander in die Mikrowelle schob (ich hasste Mikrowellen!) und nach ein paar Minuten dampfte alles wieder. Mein Lieblingsessen von meinem Lieblingsinder schmeckte heute nach nichts.

Mam stocherte ebenfalls.

»Sag mal«, fragte ich. »Wächst im Irak Spargel?«

Überrascht sah sie auf. »Keine Ahnung. Scheint mir untypisch, aber wer weiß?« Ich nickte und schob mir einen Bissen in den Mund. Ihr Blick blieb bei mir. »Wie kommst du darauf?«

»Na, das ist ein Rezept von Sirîn. Kutilk mit Spargel und Pinienkernen. Fand ich komisch.«

»Hast du schon mal gegoogelt?«

»Noch nicht.« Ich nahm das Naan, riss ein Stück ab und reichte Mam das Brot über den Tisch. »Ich dachte, ich frag' sie, wenn sie endlich wieder reden darf.«

Mam hatte anscheinend nicht hingesehen und griff daneben. Das Brot platschte in ihr Essen. Die Mangocurrysoße schwappte über den Rand ihres Tellers auf den Tisch. Sie bildete einen kleinen See, der zum Tischrand lief und dort, auf der Höhe von Mams Magen, von ihrer Bluse aufgesogen wurde. Ein schmaler orangegelber Streifen auf hellblauem Stoff. Es sah schön aus.

Zeitverzögert, wie auf Knopfdruck, erwachten wir beide. Ich sprang auf und lief zur Spüle, um einen Lappen zu holen, Mam rutschte auf ihrem Stuhl zurück, mit dem Effekt, dass der Soßensee nun auf ihre Jeans tropfte. Sie nestelte ein benutztes Taschentuch aus der Hosentasche und begann hektisch, an sich herumzutupfen.

»Vergiss es«, sagte ich. »Curry. Das kriegst du nie wieder raus.«

Woraufhin sie das Getupfe bleiben ließ, ihre Bluse über den Kopf zog und mir im Unterhemd reglos dabei zusah, wie ich den Tisch sauber wischte und den Tellerrand gleich mit.

Weil ich ohnehin schon stand, nahm ich ihr die Bluse aus der Hand. Sie hatte etwas von Lilli in ihrer Ungeschicktheit und auch mit der Selbstverständlichkeit, mit der sie mich ihr Chaos aufräumen ließ. Mit dem Unterschied, dass Lilli sieben und Mam dieses Jahr fünfundvierzig geworden war. Unvermittelt packte mich der Zorn – schließlich war Lilli nicht mein Kind und Mam ... Mam war *kein* Kind mehr.

»Du könntest ruhig helfen!«, fuhr ich sie an und pfefferte die Bluse ins Spülbecken. Die Heftigkeit meiner Wut überraschte mich. Mam offensichtlich auch.

»Ach du je«, stammelte sie. »Hast ja recht.« Und dann: »Sorry.«

Ich glaubte ihr, dass sie es ernst meinte, das war ja das Problem. Mam war so verpeilt, sie merkte nicht mal, dass ich den Haushalt schmiss, und wenn es ihr in einem lichten Moment doch einmal auffiel, war es ihr megapeinlich. Dann gelobte sie Besserung und schenkte mir Guthaben für Musik oder brachte mir was zum Anziehen mit und manchmal gelang es ihr sogar, eine Woche lang mitzudenken. Länger nie.

Richtig übel nehmen konnte ich ihr das nicht, weil sie eine andere Fähigkeit besaß, die wichtiger war als Kochen und Haushaltskram: Sie spürte sofort, wenn mit mir was nicht stimmte, und dann war sie da und half und löste. Immer. Das war manchmal nervig, aber manchmal auch total toll. Gerade schien ihr Große-Tochter-Radar erstaunlicherweise nicht besonders gut zu funktionieren.

»Sorry«, wiederholte sie. »Ich stehe ein bisschen neben mir heute, glaube ich. Dabei wollte ich dich entlasten mit dem Essenholen, du machst eh immer schon so viel und ich ...« Sie begann, an ihrem Fingernagel zu kauen. Meine Mutter kaute an ihrem Fingernagel! Es hatte was Rührendes, das zu sehen. Mein Ärger verflog so unvermittelt, wie er gekommen war. Ich setzte mich wieder, schob den Teller von mir weg und zog die Teetasse zu mir heran.

Mam nahm den Finger aus dem Mund und fischte das durchgeweichte Brot aus ihrem Essen. Sie betrachtete es geistesabwesend, dann legte sie es auf dem Tellerrand ab, nahm ihre Gabel und begann wieder zu stochern.

»Hast du das Buch gesehen, das ich dir hingelegt habe?«, fragte sie, während sie ein Stück Hühnerfleisch aufspießte. Sorgenvoll beobachtete ich die Gabel auf ihrem Weg zu Mams Mund, und erst als der Bissen dort sicher gelandet war, wagte ich eine Antwort.

»Gesehen schon«, sagte ich. »Aber du übertreibst, wirklich. Mir geht's gut.« Sie kaute und sah mich an, den Kopf leicht zur rechten Seite geneigt. »Ehrlich!«, beteuerte ich. »Alles easy.« Ich wollte sie so sehr überzeugen, dass sie sich um mich keine Sorgen machen musste, dass ich unüberlegt weiterplapperte. »Ich weiß, dass ihr das alle seltsam findet, hat Chriso auch schon gesagt, als ich heute mit ihm ...«

»Chriso?«, unterbrach sie mich. »*Der* Chriso?«

Verdammt! Warum rutschte mir sein Name ständig raus? War doch klar, dass Mam sich genauso darauf stürzen würde wie Nicolaj vorhin.

»Was soll denn das heißen, *der* Chriso?«

»Na, ich dachte, das wär' der, den du gut findest.«

Bitte was? Woher wusste sie das jetzt wieder? Erinnerte sie sich etwa noch an ihre Prognose von vor fast anderthalb Jahren? Unschuldige Schwärmerei und so? Oder hatte sie eine meiner aktuelleren Schwärmattacken mitgekriegt, mit denen ich Sirîn regelmäßig zuballerte? War das etwa wieder so ein Mütter-merken-alles-selbst-wenn-man-kein-Wort-sagt-Ding? Ich errötete und vermutlich huschte dabei auch ein bisschen Violett über meine Augen.

Ich dachte an Superwoman aus dem Waffelhaus. Wie würde die reagieren? Nicht rot werden jedenfalls, eher beiläufig klingen. War schließlich ganz normal, dass Chriso mit mir sprechen wollte. Ganz normal. Ich muss es mir nur lange genug einreden, beschwor ich mich, selbsthypnosemäßig, dann würde ich auch wie Superwoman sein.

»Ja, der ist schon okay.« Ich versuchte, meine Stimme

fest klingen zu lassen. »Er hat irgendwie rausgekriegt, dass ich am Kröpcke war, und wollte mit mir reden, weil er zur selben Zeit auch da war, sagt er. Und dass er seitdem Albträume hat und nicht mehr schlafen kann … Weil er zufällig am Bahnsteig gegenüber stand! Schräg, oder?«

Ich checkte Mams Gesichtsausdruck. Wenn ich es schaffte, Mam zu täuschen, könnte ich jeden täuschen. Glaubte sie mir, dass ich vollkommen gechillt blieb, wenn mich der populärste Junge der Schule ansprach? Sie sah mich aufmerksam an, ihr Blick blätterte mich auf, Schicht für Schicht. Richtig überzeugend schien meine Lässigkeit nicht rüberzukommen.

»Jedenfalls«, schob ich schnell hinterher, »jedenfalls wollte er wissen, ob es mir genauso geht.« Pause. Ich trank einen Schluck Tee und dachte an die Herzchenwaffel mit Nutella. »Er nennt mich ›Das Mädchen, das überlebt hat‹, wie krank ist das denn?«

Mam hatte die Gabel weggelegt und war jetzt in meinem Innersten angekommen mit ihrem Laserblick. Normalerweise würde man erwarten, dass jemand, der in so einem Psycho-Angehörigen-Betreuungsjob wie sie arbeitete, sich mit der Zeit ein Pokerface zugelegt hätte. Hatte sie nicht. Im Gegenteil. Mam wühlte mit all ihrer Empathie in ihrem Gegenüber herum und jedes Gefühl, das sie erspürte, spiegelte sich in ihrem Gesicht. In meinem Fall: Unglauben, Verwirrung, Unsicherheit. Vor allem Verwirrung.

»Und?«, fragte sie schließlich.

»Und was?«

»Geht dir das genauso?«

»Mit den Albträumen?«

»Ja.«

Ich dachte an die beiden Nächte, die seit dem Attentat vergangen waren – die erste, in der ich wie tot geschlafen, und die zweite schlaflose, die ich durchgekocht hatte. Kein Albtraum in Sicht.

»Nö ... Na ja ... manchmal denk' ich schon dran.«

»Woran genau?«

Die Mutter mit dem Baby.

Die Jungs.

Der Bist-du-bescheuert-Mann.

Die Küche verschwamm.

Und aus den Wiesen steiget ...

Ich blinzelte den Nebel weg.

»Vor allem«, sagte ich leise, »vor allem an die Frau mit dem Baby.«

Mam nickte langsam. »Magst du drüber –?«

Ich schüttelte bestimmt den Kopf und sie verkniff sich den Rest der Frage.

»Okay«, sagte sie und nickte. »Okay.« Und dann, mit ihrer Therapeutinnenstimme, die klang, als würde sie über Katzenbabys laufen: »Das dauert, bis man so was verarbeitet – ist ja auch erst zwei Tage her. So was dauert.«

»Glaubst du? Auch bei Chriso? Also ich find' das ein bisschen übertrieben, dass der so abdreht.«

Mam lehnte sich über den Tisch und fischte mit den Fingern ein Stück kalten Rahmkäse von meinem Teller. Sie schien zu überlegen, während sie kaute. »Jeder hat eine andere Art, mit solchen Stresssituationen umzugehen«, sagte sie schließlich vorsichtig. Katzenbabys.

»Manche reden ununterbrochen drüber, andere nie, manche schlafen gar nicht, andere haben Albträume oder werden depressiv. Kommt ein bisschen drauf an, wie man generell gestrickt ist. Chrisos Reaktion klingt für mich also ziemlich normal und ...«, endlich schaltete sie wieder von der Therapeutinnenstimme in die Mutterstimme um, »dass er mit dir drüber reden will, find' ich nicht nur klug, sondern vor allem total nett.«

»Ich weiß nicht. Vielleicht ...«, ich zögerte, »vielleicht will er mich auch nur für sein Vlog benutzen und seine Klicks hochtreiben.«

»Glaubst du?« Jetzt schaufelte sie sich gleich einen ganzen Löffel meiner Spinatsoße auf ihr eigenes, angematschtes Mangocurrysoßenbrot und biss ab. Mein Essen schien ihr besser zu schmecken als ihr eigenes. Ich stippte meinen Finger in ihre Soße und leckte ihn prüfend ab. Schmeckte auch nach nichts. Nach süßem Nichts allerdings. Mam war für einen Moment mit Essen beschäftigt und ich konnte zum ersten Mal in Ruhe darüber nachdenken.

Tja ... Glaubte ich das? Tief in mir drinnen und ganz ehrlich: nein. Aber darüber gab es einen Chor der Zweifler, der laut »Jajajajajaaaa!« brüllte und »Was-denn-sonst!«, und zwar aus jeder Ecke. Seit dem Telefonat mit Nicolaj hatte der Chor ein Megafon, und dass Chriso nicht antwortete, war meinem Vertrauen auch nicht gerade dienlich. Ich war innerlich vollkommen zerrissen. Mam hörte auf zu kauen und sah mich an, als ob sie wirklich, wirklich wissen wollte, was in mir vorging. Ihre Aufmerksamkeit tat gut. Also raus damit.

»Ich weiß nicht. Eigentlich nicht ... aber dass es so sein

könnte, macht mir krass Angst.« In dem Moment, in dem ich es aussprach, merkte ich, dass es stimmte.

»Versteh' ich.« Wahrscheinlich spürte Mam meine Angst auch, empathiemäßig. Fühlte sie auch diesen Kloß im Hals? Das Kribbeln in der Nase?

»Es ist so gemein, dass ich gerade jetzt nicht mit Sirîn reden kann.« Das Kribbeln wurde zu Tränen. Warum heulte ich schon wieder? »Gerade jetzt«, schluchzte ich los, »wo ich sie brauche, mit dem ganzen Scheiß, mit der Frau mit dem Baby, mit Chriso, gerade jetzt ist sie nicht da! Das ist so ungerecht!«

Durch meine Tränen beobachtete ich, dass Mam sich die Augen wischte. »Ich weiß«, sagte sie. Es klang knitterig. »Ich weiß, mein Schatz, ich weiß.«

Sie lief um den Tisch rum, stellte sich vor mich und legte ihre Hände auf meine Wangen. Eine rechts, eine links und mein Gesicht geborgen dazwischen. Die Daumen streichelten über meine Wangenknochen wie Scheibenwischer, regelmäßig, beruhigend. Das hatte sie schon getan, als ich ein Kind war, und wie damals liefen meine Tränen um die Hindernisse herum, unter ihnen hindurch, über sie drüber.

»Ich brauch' sie doch, Mam«, schniefte ich. »Warum drehen denn ihre Eltern gerade jetzt durch?«

Die Scheibenwischer stoppten, Mam wollte etwas sagen, schluchzte stattdessen auf und ich gleich mit, dann drückte Mam mich an sich. Ihre Stirn an meiner, der ganze Abend war eine Abfolge sich wiederholender Szenen.

»Mein armes Kind«, flüsterte Mam, »mein armes, armes Kind.«

*

Der Duft von frischem Kamillentee umwaberte uns. Wir waren auf das Sofa umgezogen. Mam hatte sich einen sauberen Pullover geholt, die Vorhänge zugezogen und eine Kerze angezündet. Als Nachtisch und »für die Seele« hatte sie eine Riesentafel Schokolade in Stückchen gebrochen und vor uns aufgetürmt. Dunkle mit Nuss. Ich stopfte fünf Stücke zugleich in den Mund, lutschte die Haselnüsse heraus und sammelte sie in meiner Backentasche. Mam hatte mir eine Wärmflasche gemacht und mich in eine Decke gewickelt. Als die Wärme zu mir durchgedrungen war, fiel mir wieder ein, was ich eigentlich mit ihr hatte besprechen wollen.

»Du …?«, begann ich. Mam goss uns beiden Tee nach, meine Tasse wurde hellgrün und zu warm zum Umklammern. Ich bugsierte sie auf den Couchtisch. »Sirîn hat immer gesagt, dass ihre Mutter traumatisiert ist. Wegen Berîn und so. Aber was genau passiert ist, bevor sie geflohen sind aus dem Irak, also …«, ich dachte an Sirîn und verbesserte mich, »also aus Kurdistan, weiß eigentlich keiner, sagt sie. Weil ihre Mutter nicht drüber redet.« Ich fischte mit der Zunge eine der Haselnüsse aus meiner Backentasche und zerbiss sie. »Auch wenn du sagst, dass es verschiedene Arten gibt, mit so was umzugehen – wie kann es sein, dass ihre Eltern wegen etwas, das über sechzehn Jahre her ist, jetzt Panik kriegen? Bloß weil hier, in einem total anderen Leben, in einem anderen Land, eine Bombe hochgeht?«

»Na ja, *bloß* …« Mam zog die Füße auf die Couch und pustete in ihren Tee. »Je nachdem, was da passiert ist …«

Ihre Stimme entglitt mir, weil alles so wohlig war. Innen wie außen. Ich überlegte, wie lange es her war, dass wir hier so gesessen hatten, nur wir beide, und uns unterhalten hatten. Wahrscheinlich bei dem Mutter-Tochter-Gespräch, das Mam mir mit zwölf aufgedrückt hatte, um mir das Menstruationsding zu erklären. Damals hatte ich rumgezappelt, weil mir alles irre peinlich gewesen war, heute saß ich ruhig da und zerbiss Nüsse. Aber heute ging es ja auch nicht um mich.

»Noch mal«, sagte ich. »Entschuldigung, noch mal. Ich war gerade woanders.«

Mam sah mich an, als hätte sie Angst, dass ich wieder in Tränen ausbrechen würde. »Sicher, dass du das wissen willst?«, fragte sie.

»Absolut! Ich muss doch verstehen, was bei denen los ist!«

Mam runzelte die Stirn, dann nahm sie auch ein Stück Schokolade. »Also, es kommt drauf an, was da passiert ist, hab' ich gesagt. Es gibt Monotraumata, die Multitraumata wieder aufbrechen lassen können. Das Monotrauma musst du dir vorstellen wie ein Licht, das auf Spiegelscherben fällt und die Spiegelscheiben.«

Ich driftete schon wieder weg, meine Konzentration reichte heute nicht mehr für psychologische Theorien, selbst wenn sie was mit Sirîns Mutter und Spiegelscherben zu tun hatten.

»Aber ... ist das ansteckend?«, platzte ich heraus. »Ich mein': Warum macht Adyan da mit? *Er* ist doch nicht traumatisiert und trotzdem benimmt er sich so! Dabei hat das doch alles gar nichts mit ihm zu tun!«

»Natürlich hat es was mit ihm zu tun«, widersprach

Mam. »Sirîn …« Sie stockte, schaute mich prüfend an, nahm einen Schluck Tee und setzte erneut an. »Selbst wenn man das von der Sache mit Sirîn abkoppelt, also ganz generell: Traumata können weitergegeben werden, von Generation zu Generation. Das kommt bei Holocaust-Überlebenden vor, aber auch bei Überlebenden von Terroranschlägen und …«

Ich zerbiss drei Nüsse auf einmal. Es krachte in Mams Worte hinein. Sie verstummte und rieb sich die Schläfen.

»Schatz, du musst dich damit nicht belasten, echt nicht. Du siehst müde aus.« Sie strich mir über das Bein. »Es findet sich alles, ganz bestimmt.«

»Nee, mach weiter, bitte! Es interessiert mich, Mam, wirklich.« Mein anschließendes Gähnen strafte mich Lügen. Sie stellte ihren Tee ab, nahm einen meiner Füße in die Hände und begann, ihn zu kneten.

»Okay, Kurzversion. Je weniger man drüber redet, desto größer wird die Gefahr, dass man seine Kinder, also die nächste Generation, mittraumatisiert. Kann also durchaus sein, dass Adyan einen Schlag weggekriegt hat.«

»Und Sirîn.«

»Wahrscheinlich.«

»Stehst du deshalb so auf Reden? Damit ich keinen Schlag wegkriege?«

Mam stupste mit dem Zeigefinger gegen meine Nase, dann bearbeitete sie meinen Fuß weiter.

»Ich glaube einfach an Kommunikation.«

»Aber über Papas Tod redest du fast nie.« Ein Stromstoß fuhr von ihren Händen in meine Fußsohle, kurz nur, und bevor ich »Au« denken konnte, machte sie weiter, als säße der Tod meines Vaters nicht genauso tief in ihr wie der von Berîn in Sirîns Eltern. Alles, was ich über Papa wusste, hatte ich mir im Laufe der Jahre mühsam erbohren müssen, nicht weil Mam nicht reden wollte, sondern weil sie nicht konnte. Sagte sie. Auch wenn sie jetzt das Gegenteil behauptete.

»Ich rede nicht gern drüber, weil die Erinnerung wehtut. Aber dein Vater war ein erwachsener Mann und ich habe nach seinem Tod massenhaft Hilfe bekommen. Frau Duman nicht. Sieht aus, als hätte sie das alles nicht verarbeitet – dann hat das, was da in der U-Bahn passiert ist, halt alles wieder aufgebrochen.« Sie seufzte. »Ich hatte eine heftige Zeit damals, aber ich bin nicht traumatisiert, Mara. Und Chriso auch nicht, auch wenn es ihn beschäftigt. Aber Frau Duman offensichtlich schon.«

»Versteh' ich ja.« Jetzt war eigentlich nur noch eine Frage offen. »Aber du musst zugeben, dass es ungerecht ist, wie sie Sirîn behandeln. Dass die sie einsperren, ihr den Computer wegnehmen, sogar das Handy!«

Mam nickte und ihr Blick glitt weg. Das kannte ich schon. Es passierte immer, wenn wir über Papa redeten. Ich gab ihr einen Moment, um sich zu sammeln. Es half. Sie schüttelte sich zurück zu mir.

»Das mit dem Handy … das habe ich mich eh schon gefragt: Du sagst ja, sie schreibt dir, aber wie … wie macht sie das, wenn sie ihr das Handy … abgenommen haben?«

»Sie klaut es sich von ihrem Vater.«

»Sie klaut es? Aber wird der dann nicht …? Ich meine: Wie oft schafft sie das denn, ohne dass es auffliegt?«

Ich streckte mich und hangelte nach meiner Teetasse.

Jetzt war die Temperatur perfekt. »Zu selten natürlich. Deshalb vermiss' ich sie doch so! Und klar würde ihr Vater ausrasten, wenn er sie erwischt. Das meine ich eben: Es ergibt null Sinn! Sie bestrafen sie, weil sie sie belogen hat, und sorgen dadurch dafür, dass sie noch mehr lügen muss. Das ist total gestört! Sirîn kann überhaupt nichts dafür!«

»Nein. Sirîn kann überhaupt nichts dafür.« Mam presste ihren Finger zwischen meinen großen und den zweiten Zeh. Es tat weh, aber auf eine gute Art. Der Fuß, das Reden, das Heulen vorhin. So war das immer mit Mam: Gespräche mit ihr hatten was von Frühjahrsputz – am Ende war alles klarer, aber man selbst fühlte sich wie ein ausgewrungener, dreckiger Putzlappen. Ich brauchte eine Dusche. Dringend. Und danach musste ich Sirîn vor dem Traumascheiß retten, den ihre Mutter aus Mossul mitgebracht hatte.

Ich würde Frau Duman erklären, was sie ihren Kindern antat, mit dem Schweigen, mit dem Einsperren, mit dem, von dem sie glaubte, dass es Beschützen war. Ich würde ihr und ihrem Mann in aller Ruhe erklären, dass Reden die einzige Lösung war. Aber erst ...

»Komm«, schlug ich vor und zog meinen Fuß zu mir zurück. »Lass uns Spargelanbaugebiete googeln.«

»Gute Idee«, sagte Mam.

*

Wo war dieses verdammte Handy? Ich suchte, seit Mam gähnend im Bad verschwunden war, suchte durch das Gesurre ihrer Zahnbürste hindurch und während sie mir einen Gutenachtkuss gab. Warum war es nicht, wo es hingehörte: in meiner Hosentasche? Wo hatte ich es zuletzt gehabt? Und wie konnte ich es ausgerechnet jetzt auch nur eine Sekunde aus den Augen lassen? Ich suchte, bis das Haus still wurde. Dann hielt ich inne. Strategisch, dachte ich. Noch mal strategisch. Das sagte Sirîn immer – wenn man etwas sucht, muss man alle Schritte rückwärtsgehen. Also ging ich rückwärts.

Die letzte Station war das Wohnzimmer gewesen.

Sofa: nix.

Sofaritze: nix.

Tisch nix, Boden nix, überall: nix.

Davor: Abendessen. Hatte ich es da noch? Normalerweise lag es immer unter meinem Oberschenkel, wenn wir aßen. Da legte ich es hin, nachdem ich das Essen fotografiert hatte, weil es nicht auf den Tisch durfte. Erzieherische Maßnahme von Torsten. Ich durchsuchte die Küche, durchwühlte jede einzelne verdammte Schublade (als würde ich mein Handy je in eine Küchenschublade legen!), sah sogar in die Mikrowelle (!). Nichts.

In Lillis Zimmer würde ich bei der Dunkelheit und dem Chaos nichts finden, das würde ich nur im allergrößten Notfall machen. Also fahndete ich erst im Bad und dann im Flur. War es runtergefallen, als Lilli mich angesprungen hatte? Ich kniete mich auf den Boden, schob die Schuhe im Schuhregal herum und fand dahinter meinen alten Kopfhörer, den mit dem gebrochenen Kabel, und meinen verlorenen Strickhandschuh, der Wolken von Staubflusen um sich geschart hatte. Kein Handy.

Ich trottete in mein Zimmer, dachte rückwärts, an

Adyan. An Chriso. An Gundel. Ging zum Schreibtisch, klappte meinen Rechner auf, setzte mich hin. Sah auf den Stapel Schmierpapier, auf das ich lauter Trauma-Infos gekritzelt hatte. Natürlich!

Hastig schob ich die Papiere auseinander und da, genau auf »PTBS« und »Belastungsstörung« lag es. Leblos, als könnte es nicht begreifen, dass ich es aus den Händen gelegt hatte, dass ich sein eifriges Piepen nicht gehört hatte. Neun Mal nicht!

Viermal Sirîn, einmal Lyd, zweimal Nicolaj, fünfmal Chriso.

Fünf Mal Chriso!

Du lieber Himmel. Mein Magen fiel nach unten, mein Herz schlug im Hals, meine Mitte war leer. Ich hielt mich an Sirîns Namen fest. Chriso hatte Zeit, Sirîn nur ein Zeitfenster. Ich überflog meine letzte Nachricht, dann ihre Antwort.

> Sag mal –
> Haste das mit dem Spargel eigentlich erfunden?
> Ich dacht, den gibt's nur in Deutschland.

> Du und dein Nabel-der-Welt-Ding.
> Spargel wächst fast überall.

Das hatten Mam und ich mittlerweile auch rausgefunden. Im Nordirak nicht so viel, aber der Iran, gleich nebenan, war der zehntgrößte Spargelproduzent der

Welt. Behauptete zumindest Wiki. Mam war darüber genauso erstaunt gewesen wie ich. Vielleicht hatte Sirîn recht mit dem Nabel-der-Welt-Ding, zumindest sagte sie es häufig über uns Deutsche. Na, eigentlich über alle Europäer. Und die Amerikaner, über die auch. Dass sie selbst auch Deutsche war, vergaß sie in solchen Momenten immer, weil sie sich gern multikulturell fühlen wollte. War sie ja auch. Und eine Besserwisserin. Ich las weiter.

> Hast du das Rezept ausprobiert?
> Wie findest du es?
> Lecker, oder? 😜

> Mara! Wo steckst du?

Ich könnte mich ohrfeigen. So richtig feste. Meine Kontaktlinsen kratzten vor Müdigkeit und all dem Geheule. Ich kniff die Augen zusammen. Wann hatte sie das geschrieben? Wahrscheinlich, als ich gerade die Küche durchwühlt hatte. Verdammt.

> Sorry, Handy verloren ☹️
> Bist du noch da?

> Shit. 😖

> Hatte gerade ein Mutter-
> Tochter-Gespräch.
> Ich hab ne Idee,
> wie ich dich da rauskrieg.

Meld dich, wenn du kannst!
Handy ist immer an und
immer bei mir.
Ich schwör.

❤️

Wie blöd von mir. Den ganzen Abend war es um Sirîn gegangen. Gut, und um Chriso. Aber vor allem um Sirîn. Wie konnte ich nur so bescheuert sein, das Handy aus den Augen zu lassen, meine einzige Verbindung zu ihr?

Zur Strafe sollte ich Chrisos Nachrichten ungelesen löschen.

Sollte ich.

Vielleicht.

Allerdings würde mich Sirîn dann bei lebendigem Leib grillen, so neugierig, wie sie war. Und ich würde nie mehr aufhören zu zittern, wie jetzt gerade, vor Aufregung, vor Chriso. Die Frage war also eher: Was, wenn ich mich vollkommen in ihm getäuscht hatte? Wenn er doch keine vollständigen Sätze schreiben konnte, wenn er doch so ein unterkühltes Arschloch war wie in seinen Vlogs, wenn er nichts als Phrasen dreschen würde? Wenn der Herzchenwaffel-Chriso nur eine Maske gewesen war? Was dann?

War ich bereit für eine Runde Mackertum? War ich bereit für *Hey there?* Für »Ja, ich fand's auch nett, aber du bist mir echt zu durchgeknallt und zu klein und schönes Leben noch«?

Für »Ich hab' dich angelogen, Superwoman ist gar nicht meine Schwester, sondern meine Freundin, aber wir sind ganz cool, alles easy, Freundschaft plus, weißt schon. Willste trotzdem? 🍆«?

Für »Danke für das Gespräch, hab's übrigens gefilmt, kannste morgen auf meinem Kanal sehen. #dasmädchendasüberlebthat #wiepsychokannmansein #mitherzchenwaffelnkriegstdujede #mädchenspinnen #maradrehtdurch«?

Nein.

War ich nicht. Da konnte mein Körper noch so zittern und alles violett einfärben.

Also Nicolaj. Er entschuldigte sich zeilenlang dafür, dass er offensichtlich irgendwas falsch gemacht hatte, aber nicht wusste, was, und dass er sich mega über meinen Anruf gefreut hätte und dass ich ihn immer anrufen könne. Ich musste zweimal scrollen, bevor ich die ganze Blase gelesen hatte. Seine zweite Nachricht war kurz. »Immer!« Nicolaj war wirklich süß, der halbe Freund war mir sicher und vielleicht würde ja sogar wieder ein ganzer daraus werden. Aber er konnte sich nicht kurzfassen und ich war zu müde für langes Hin- und Hergetexte und ein bisschen sauer war ich auch noch.

Lyd hatte eine Sprachnachricht geschickt. Ihre Stimme war tief und leise und vorsichtig. Sie tat gut.

»Mara, Süße, wie geht's dir? Kommst du auf die Füße? Muss krass heftig sein für dich gerade ... Oh Mann, und ich bin hier mitten im Nirgendwo, hier gibt's nix außer Funklöchern. Internet also nur, wenn ich hier drinnen bin, dass du Bescheid weißt. Oh Mann. Ich würd' dir lieber beistehen als hier sein, kannste glauben.« Sie senkte die Stimme und sagte verschwörerisch. »Nur alte Leute hier und meine drei kleinen Cousins, die sind echt zum

Weglaufen. Also am Anfang süß, aber dann zum Weglaufen. Echt, Kinder sind ja generell schon anstrengend, aber Drillinge! Augen auf bei der künstlichen Befruchtung, sag' ich nur.« Sie kicherte, wurde aber schlagartig wieder ernst, als im Hintergrund Stimmen zu hören waren. »Anyway. Ist ja nur noch bis Sonntag. Morgen ist hier ein Riesenfest, das halbe Dorf kommt, würg.« Ihre letzten beiden Sätze tasteten sich durch das Stimmengewirr zu mir. »Montag sehn wir uns, ja? Bis dahin: Halt durch!«

Lyd war ein Schatz, echt. Ich hatte vielleicht nicht viele Freundinnen, aber die, die ich hatte, waren toll, toll, toll. Und besser als Hashtags und Likes waren sie auch. Na ja, meistens.

Ich sah auf das Display, auf die fünf ungelesenen Nachrichten und Chrisos Namen und wusste, wenn ich die jetzt lesen würde, würde ich die ganze Nacht kein Auge zumachen. Wenn ich sie nicht lesen würde, auch nicht. Ich verschob die Entscheidung, stellte das Handy auf maximale Lautstärke und nahm es mit zum Zähneputzen.

SIEBEN

Natürlich schlief ich nicht. Ich wälzte mich, bis die Matratze begann, sich in ein Fakirbrett zu verwandeln, dann gab ich auf. Träge tastete ich nach dem Handy auf meinem Nachttisch und zog es unter die Bettdecke. Ich kniff die Augen zu, weil das Licht so grell und blau war. Nach fünf Sekunden öffnete ich das linke Auge vorsichtig. Eins nur, weil ich keine Lust hatte, meine Brille aufzusetzen, und deshalb das Display so nah vor die Nase halten musste, dass es unmöglich war, nicht zu schielen, wenn man beide Augen aufhatte.

Einäugig las ich Chrisos Nachrichten. Alle fünf. So schnell, wie man Regenwürmer runterwürgen würde.

> Ich fand es auch schön, Mara.

> Sorry, dass ich so daneben war,
> die Situation hat mich ein bisschen …
> überfordert.

> Du warst jedenfalls viel zu schnell weg.

> Danke für die Einladung,
> die nächste Runde geht auf mich.
> (Es gibt keine Waffel-Emojis.)

Und dann, eine Viertelstunde später, hatte er nachgeschoben:

Bist du okay?

Keine Regenwürmer. Wärme! Wärme von Chriso. Wer hätte das gedacht? Ich überflog sie gleich noch einmal. Dann sah ich auf die Uhr.

1:24

Es war Freitagnacht, er war bestimmt unterwegs. Mit seinen Jungs, in einem hippen Club, in den man erst ab achtzehn kam. In dem seine Schwester aka Freundin aka Superwoman tanzte und ihr der Rest der Stadt dabei zusah. Chriso inklusive. Sabbernd. Oder ... Vielleicht war er ja auch zu Hause, in seinem Zimmer ... Ich versuchte, mir vorzustellen, wie es da aussah, aber es gelang mir nicht. Gestern hätte ich noch gewettet, dass es eine YouTuber-Höhle war, in der in jeder Ecke Stative mit Kameras darauf standen, Beleuchtungselemente, Spiegel. Seine Vlogs nahm er immer an derselben Stelle auf: vor einer Raufasertapete, weiß, in einer Ecke eines (seines?) Zimmers, mehr war eigentlich nicht zu sehen. Er füllte den nichtssagenden Hintergrund später digital – mit großen Schriftzügen und durchs Bild jagenden Emojis, wie das alle taten .... Gestern hatte ich gedacht, ich wüsste viel über ihn, aber nach dem Tag heute, nach den Herzchenwaffeln und seiner Für-mich-alleine-Stimme war mir klar, dass ich mich getäuscht hatte. Bis auf die Raufaser, seinen Hang zum Posen und seinen gelegentlich unterirdischen Humor wusste ich nichts von ihm. Was seinen Charakter anging, wartete meine Fantasie ausschließlich mit Horrorvorstellungen auf. Was den Rest anging, hatte ich ganz offensichtlich keine Ahnung.

Ich wusste nicht, ob er nicht vielleicht doch links des Kameraausschnitts ein Regal voller Bücher versteckt hatte, ob Bilder an den Wänden hingen oder Poster oder Fotos seiner Familie. Oder von Superwoman.

Vielleicht schlief er in Hannover-96-Bettwäsche (ich hoffte, nicht) oder es stapelten sich Socken und Trash-Zeitschriften neben seinem Bett (auch lieber nicht).

Es hieß immer, das Internet würde die Menschen durchsichtig machen, aber trotz aller Infos, die ich in den letzten sechzehn Monaten über ihn gesammelt hatte, war mein Bild von ihm ganz schön grob gepixelt.

Ob er in Boxershorts schlief? In so gruseligen, weiten, mit Batman drauf oder in welchen mit Karos? Oder doch in engen, einfarbigen aus weicher Baumwolle? Trug er Pyjamahosen? Wie sahen coole Jungs nachts aus?

Ich spürte, wie das Violett nicht nur meine Augen durchzog, sondern gleich meinen ganzen Körper. Es fühlte sich komisch an und ich war mir nicht sicher, ob es mir gefiel.

Ich sollte nicht über Chrisos Boxershorts nachdenken, sollte ich echt nicht.

1:27

Vielleicht albträumte er auch wieder. Wie er wohl aussah, wenn er aus einem solchen Traum aufwachte? Wie er wohl aussah, wenn er aufwachte?

... Ohohoh ...

Ich las seine Nachrichten erneut, eine nach der anderen, und diesmal nicht wie Regenwürmer – diesmal las ich sie als das, was sie waren: Schokolade.

Auf Regenwürmer kann man, auf Schokolade sollte man antworten. Auch nachts um halb zwei.

Ja, alles gut.
Hatte das Handy nicht dabei.

Und jetzt? Was sollte ich machen, solange ... Vielleicht war er wirklich mit seinen Freunden unterwegs, vielleicht zeigte er das Handy rum, vielleicht ... Bling.

Wieso schläfst du noch nicht?

Bitte was? Das klang eher nach Torsten46 als nach Chriso18. Abgesehen davon, dass Torsten46 das sogar fragen dürfte, aber Chriso18 ging es einen Dreck an, wann ich ins Bett ging oder was ich nachts machte. Der sollte sich bloß nichts einbilden.

Ernsthaft?

Ach du lieber Himmel, NEIN!
So hab ich das nicht ... Sorry.
Sorry!

Na gut. Offensichtlich brauchte Chriso Konter, vermutlich war er das von Superwoman gewöhnt. Am Anfang, warnte Lyd immer, setzt man den Ton einer Beziehung. Nicht dass sie jemals eine gehabt hätte, die länger als vier Wochen gedauert hatte. Aber Lyd las noch mehr Ratgeberblogs als ich, was sie eben doch zu einer Expertin machte.

Die Frage war also: Welchen Ton wollte ich »setzen«? Oder hatte ich den Zeitpunkt sogar schon verpasst? Wer wollte ich sein? Ganz sicher keine Sechzehnjährige, die nach einem Freitagabend mit ihrer kleinen Schwester und ihrer Mitfühl-Mutter im Pünktchenpyjama (den mir Sirîn geschenkt hatte – immerhin waren keine Teddybären drauf) nachts unter der Bettdecke lag und einäugig auf dem Handy rumtippte. Ich wollte ein bisschen unnahbar sein, schlagfertig, witzig, schön und begehrenswert und ganz vielleicht in irgendeiner Zukunft die Foodblogger-Freundin von einem ein bisschen blöden, aber sehr attraktiven und erfolgreichen Lifestyle-Blogger – eben alles, womit ich nicht dienen konnte. Dummerweise hatte ich keine Ahnung, wie man jemand anders als man selbst war. Was würde Superwoman schreiben?

Vielleicht weil
Freitagabend ist?!

Bist du unterwegs?

Statt mir eine Lüge auszudenken, gab ich nach. Ich war nicht schön und cool war ich auch nicht. Nützte ja nichts.

Nee. Zu Hause.
Hatte
Familienkonferenz.
☹
Du?

Nee.

Wieso schläfst du noch
nicht? 😏

Kann nicht.

Dann sind wir schon zwei. 🙌

🙌
Wegen Sirîn?

Unter anderem.
Und bei dir?

Auch.

Auch? Jetzt übertrieb er aber! Schlaflosigkeit wegen seinem eigenen Ich-wär-fast-gestorben-Ding war eine Sache, wenn auch zweifelhaft, aber wegen Sirîn? Was sollte das denn? Wenn er schon schlaflos sein wollte, dann bitte wegen mir. Gefälligst.

Die Schokoladen-Antwort wäre »Wegen dir« gewesen, schrieb ich.

Löschte ich.

Warum fragte er nicht, was ich mit »Unter anderem« meinte. (Ihn.) Oder musste er nicht fragen, weil er es eh wusste? Weil schließlich alle Mädchen schlaflose Nächte hatten, wenn er ihnen die Hand auf das Knie …

Mara?

Hm?

Sollen wir morgen zusammen zu Sirîns Eltern gehen?

Mir fiel das Handy aus der Hand. Hektisch tastete ich alles um mich herum ab, dann entdeckte ich das leuchtende Display. Es war Richtung der Kuhle in der Matratze gerutscht, da, wo ich am schwersten war, da, wo mein Bauch war. Chriso und ich zusammen zu Sirîn? Warum? Ich fand das Handy und hielt es fest in der Hand, bis das Display sich verdunkelte. Ich dachte an Sirîns breites Lächeln, ihre aufrechte Haltung, ihre strahlenden Augen, ihre wunderschönen Haare (von denen er nichts wissen konnte), ihren Humor. Ich konnte mir nicht vorstellen, dass es einen Jungen auf der Welt gab, der ihr widerstehen könnte. Auch keinen Chriso.

In mir nagte ein scharfes Paar Zähne an einer bestimmten Stelle, immer derselben, nagte, nagte ... Ich hob das Telefon vors Gesicht und schloss zur Abwechslung mein anderes Auge. Was, wenn es gar nicht um mich ging? Was, wenn Chriso nur an Sirîn rankommen wollte? Was, wenn ...

Kennst du sie überhaupt?

Nicht wirklich. Nur Adyan.

Was willst du dann da?

Die Zähne. Es klang unfreundlich, das merkte ich selbst. Nag, nag, nag. Ich tippte und klickte auf Senden, bevor ich denken konnte.

Bist du etwa verknallt in sie?

Autsch. Hatte ich das wirklich geschrieben? Meine Hände wurden feucht. Hektisch tippte ich auf die Nachricht. Löschen, klickte ich. *Bei dir löschen?,* fragte die App. Bei allen löschen, klickte ich. Ich war zu langsam. Chriso hatte es schon gelesen.

Ø Du hast diese Nachricht gelöscht.

Was? Ich? Nein!!!

Nein, Mara!

Warum willste dann mit mir zu ihr?

Na, es muss doch heftig für dich sein, da allein hinzugehen. Ich dachte, vielleicht kann ich mal mit Adyan reden.

Sehr überzeugend. Sehr, sehr überzeugend. Wahrscheinlich mit seiner Kamera im Schlepptau. Was tat ich hier? Was um alles in der Welt *tat* ich hier? Ich kratzte den letzten Rest meiner Würde zusammen und meinen Zynismus.

Gute Idee.
Warum rufst du ihn nicht einfach an?

Er tippte, löschte, tippte. Aha, so einfach war die Antwort für ihn wohl auch nicht. Suchte er nach den richtigen Worten, mit denen er mich einlullen konnte? Hatte er vielleicht doch einen Plan B (Watch now: #maragoescrazy), den er hinter Plan A (#verständnisvollesboyfriendmaterial #imhereforyou) versteckte?

Warum war niemand da, den ich um Rat hätte fragen können? Verdammt, wie ich mich hasste für meine Unsicherheit! Und ihn hasste ich für seine Selbstsicherheit, die er anknipste, sobald andere um ihn herum waren. Aber vor allem hasste ich mich.

Er löschte und tippte so lange, dass mich die Kürze seiner Nachricht erstaunte, als es endlich blingte.

Schon gut.

Bist du sicher, dass du nicht
in sie verknallt bist? 👀

Alter! 😤
Ich hab sie ein einziges Mal gesehen!

Miiiep. 📢
Falsche Antwort.

Hey, wenn du nicht willst –
war bloß ne Idee.

Ich schwieg. Weil ich mich nicht traute, ihm zu vertrauen und Nicolaj in meinem Kopf gegen ihn ätzte.

Chriso schwieg auch. Wegen Plan A oder Plan B oder wegen was ganz anderem, keine Ahnung, ich verstand ihn einfach nicht.

Ich versuchte krampfhaft, das Bild von dem Kümmer-Chriso und das von dem Vollidiot-Vlogger zusammenzubringen, aber es gelang mir nicht. Nach ein paar Minuten hatten meine Freundinnen genug. Sie übernahmen die Kontrolle. Erst knebelten sie den gehässigen Nicolaj, dann donnerte Lyd mir imaginär einen Ast über den Kopf und Sirîn trat mir von hinten in die Kniekehlen. Ich knickte ein.

Sorry.

Is okay.

Morgen dann?

Wenn du mich dabeihaben willst.

Gern.

👍
Wir kriegen das schon hin.

Ganz sicher.
Ich hab nämlich einen Plan.
🧐

😏

Erzähl ich dir morgen.
😬

Okay. Schlaf schön.

Du auch.

Das klingt in dem Zusammenhang ein
bisschen blöd, aber ...
Ich freu mich.

Klingt nicht blöd. 🙂
Ich mich auch.

Gute Nacht.

Gute Nacht.

Violett. Überall. Ich konnte es nicht erwarten, Sirîn davon zu erzählen. *Morgen,* sang alles in mir, *morgen seh' ich Chriso und ich seh' Sirîn und alles wird schön, schön, schön.* Dann schlief ich endlich ein.

*

Es lag auf der Hand, uns bei mir zu Hause zu verabreden, schließlich wohnte Sirîn gleich um die Ecke, aber das war mir zu intim. Meine Straße, mein Schulweg, mein Weg zu Sirîn. So weit waren wir noch lange nicht, Chriso und ich – falls es je ein »Chriso und ich« geben würde. Und außerdem: Die Gefahr bestand, dass Mam ihm die Tür öffnete, Lilli ihn ins Haus zog oder beide uns zumindest aus dem Wohnzimmerfenster beobachteten. Dass Chriso meine MILF-Mutter und meine Herzensbrecher-Schwester sehen und sie am Ende noch mögen könnte ... Nein.

Wir trafen uns wie gestern am Schottischen Kreuz. Es war ein Megaumweg, aber es fühlte sich besser an, sicherer. Keine Mam, keine Lilli, keine Superwoman. Nur ein paar alte Männer, die Boccia spielten.

Ich war wieder als Erste da, positionierte mich bei den Büschen, die mir gestern schon Deckung gegeben hatten, und sah in Richtung des Weges, den Chriso kommen müsste. Falls er wieder von unserer Schule kommen würde – wie gestern. Falls er jedoch nördlich des Parkes wohnte (wo wohnte er?), würde er mich mit etwas Pech erspähen, ehe ich ihn ausmachen könnte ...

Die Novemberluft kroch auf Kniehöhe in den Riss meiner Jeans und auf Hüfthöhe unter meine Jacke. Immerhin hatte ich den Kopfhörer auf und es interessierte mich nicht, dass ich damit aussah wie ein mintgrüner Koala, weil nur wichtig war, dass die Welt draußen blieb. Und – Koala hin oder her: Er hielt warm. Ich bereute, nicht meine gefütterten Stiefel angezogen zu haben, aber während der Kopfhörer mit viel gutem Willen noch als stylish durchgehen konnte, kamen die Stiefel Sirîns Teddysocken bedrohlich nah, was den Sexappeal anging.

One foot in front of the other, babe
One breath leads to another, yeah
Just keep moving, oh

Ich bewegte meine Zehen im Takt und hoffte, sie so aufzutauen. Zum Refrain setzte Sirîns Stimme mit ein, zumindest in meinem Kopf. Was hatten wir dieses Lied gefeiert! In ihrem Zimmer, in der U-Bahn, im Sommer auf dem Weg zum Maschseefest, jede einen Stecker im Ohr. Beim Refrain hatten wir die Eistüten in die Luft gestreckt und *»Go, go, go!«* gebrüllt und die Leute hatten uns angeguckt, als wären wir komplett durchgeknallt. Was wir vermutlich auch waren.

Go, go, go
Figure it out, figure it out, but don't stop moving
Go, go, go
Figure it out, figure it out, you can do this

Ich dachte an den Sommer, der noch nicht allzu lange vorbei war, und den Winter, der vor mir lag, und an Sirîn und Lilli und Gundel, wackelte mit den Zehen und wartete auf Chriso.

»*Go, go, go*«, summte ich.

In mir war alles warm.

Als sich eine Hand auf meine Schulter legte, zuckte ich so heftig zusammen, als wäre hinter mir eine Bombe explodiert – oder, okay, ein Silvesterböller. Unverhältnismäßig jedenfalls. Es dauerte einen Augenblick, bis meine Knie mich wieder trugen und ich aufrecht stehen konnte. Ich drehte mich langsam um und sah in Chrisos Gesicht, der mindestens genauso erschrocken dreinblickte wie ich. Er war also tatsächlich von Norden gekommen. Mist!

In meinen Ohren dröhnte es:

Go, go, go
Figure it out, figure it out, you can do this

Er deutete auf meine Kopfhörer und ich zog sie mir wie in Zeitlupe vom Kopf.

»Sorry«, sagte er. »Ich wollt' dich nicht erschrecken.«

»Ist schon …«, meine Stimme war flach, »… ist schon okay. Ich hatte die Musik …«

Sias Stimme drang aus den Kopfhörern um meinen Hals und Chriso beugte seinen Kopf zu mir runter und lauschte, bis es mir im vierten Anlauf gelang, das Handy aus der Tasche zu ziehen und den Player abzustellen. Nicht dass ich gezittert hätte! Meine Finger waren bloß zu kalt, es war längst Handschuhzeit, aber Handschuhe und Dates passten nicht zusammen, fand ich.

»Ist das Sia?«, wollte er wissen.

Ich nickte erstaunt.

»Welcher Song?«

»Flames.«

Seine Augen wechselten von Kaltgrau zu Warmgrau. Meine waren vermutlich längst violett.

»Love it!«, rief er begeistert. *»Go, go, go …«* Er klang wie Lilli, wenn sie bei Zoe gewesen war: total hyper. Und er war sich nicht zu blöd, dazu mit den Händen in die Luft zu malen. Vielleicht, schwärmte mein durch und durch violettes Ich, ist es das, was ihn cool macht. Dass er sich für nichts zu dämlich ist.

Er plapperte munter weiter, mit noch immer flatternden Händen. »Ist dir mal aufgefallen, dass das auch in dem anderen Song, den sie mit Guetta und Rihanna gemacht hat …?«

»Ja«, unterbrach ich. Dieser Typ konnte unmöglich echt sein.

Un-mög-lich.

Er meinte den Refrain.

Beautiful people say go, go, go

Sirîn hatte behauptet, dass diese Parallele David Guettas Einfluss sein musste, und nannte ihn seither Go-go-go-Guetta. Dass Chriso den Song kannte, geschenkt, schließlich lief er überall rauf und runter, aber dass er den Go-go-go-Zusammenhang erfasst hatte ... Ich starrte ihn an und er starrte zurück und dann räusperte er sich und nuschelte so was wie »Wartest du schon lange?«, ich hörte es nicht wirklich, weil ich so sehr mit mir und meinem Körper beschäftigt war, der Dinge tat, die ich nicht gewohnt war. Auf gut Glück schüttelte ich den Kopf und hoffte inständig, dass ich mich nicht verhört hatte und er gar nicht »Wartest du schon lange?«, sondern »Darf ich dich für immer lieben?« gefragt hatte. Aber ich schien richtig geraten zu haben. (Leider.)

»Gut«, sagte er nämlich, »gut.«

Und dann: »Schön, dich zu sehen.«

Konnte es sein, dass seine Stimme über Nacht ein paar Töne nach unten gesackt war? Und konnte es sein, dass ich gerade total durchknallte?

»Auch«, antwortete ich. Meine Stimme war, im Gegensatz zu seiner, überraschend sopranig. »Also: dich zu sehen.«

Er deutete auf das Loch in meiner Jeans und dann auf seine eigene, die ebenfalls einen Riss hatte, allerdings am Oberschenkel. »Was für ein Scheißtrend für den Winter.« Sein Grinsen. Sein Grinsen!

Sirîn würde bestimmt zurückgrinsen und schnell weggucken und sich selbst daran erinnern, dass sie ein Mädchen war, das keine Jungs angrinsen durfte. Dann würde sie wieder gucken und wieder grinsen. Und ich? Ich dachte an Hände auf Knien und Finger, die durch Löcher in Jeans Haut berühren konnten, und dann zählte ich schnell die Streifen auf meinen Schuhen, drei innen, drei außen auf jedem Schuh, zwölf insgesamt. Im Logo müssten auch noch Streifen sein, rätselte ich, mindestens drei weitere pro Schuh, machte achtzehn und auf der Sohle vielleicht und auf der Zunge und wieso hieß eine Zunge im Schuh eigentlich Zunge? Ich zwang mich hochzusehen, ihn anzusehen und, jaja, ebenfalls zu grinsen.

»Stimmt«, sagte ich. »Scheißtrend. Wollen wir gleich los?«

»Gern.«

Wir liefen ein Stück, ehe ich mich wieder einigermaßen im Griff hatte. Genug, um meine Betäubung zu streifen, genug, um ein Verhör zu starten.

»Lyd hat mir erzählt, dass du mich ›Das Mädchen, das überlebt hat‹ nennst.«

»Quatsch.« Er schien nicht im Mindesten erstaunt. »Das hab' ich bloß ein einziges Mal gesagt.«

»Hat offensichtlich gereicht. Lyd behauptet, jetzt sagen es alle.«

»Bin halt ein ... Influencer.« Diese minikleine Pause vor dem Wort *Influencer* – war das Selbstironie? Sein Seufzen sprach dafür. »Die sind Piranhas, echt.«

»Dann füttere sie halt nicht.«

»Es ist zu einfach«, murmelte er. »Es ist viel zu einfach.«

Ein paar Schritte gingen wir schweigend, ich spürte dem Luftzug nach, der in meine Jeans drang, und fragte mich, ob sein Bein auch so kalt war. Wandte mich schnell ab von dem Gedanken und wieder meinem Verhör zu.

»Ja, einfach und billig, ihnen andere Leute zum Fraß vorzuwerfen.«

Er blieb unvermittelt stehen.

»Aber das mach' ich doch gar nicht!«

»Na klar«, widersprach ich. »Machst du.«

»Nein«, betonte er. »Mach' ich nicht. Es sind die anderen, die lästern, und die anderen, die gemeine Dinge sagen. Dadurch, dass ich es filme, mache ich es nur sichtbar. Es ist als ... Kritik gedacht.«

»Als Kritik?« Meinte der das ernst? Seinem Gesichtsausdruck nach zu urteilen: ja. Sehr sogar.

»Ja, als Kritik. Aber ...« Okay. Ein Aber. War ja klar. »... manchmal ist es zum Totlachen, wie sie ablästern, wenn sie sich unbeobachtet fühlen. Besonders wenn sie recht haben – es ist auch witzig! Musste zugeben.«

Ich überlegte, ob ich jemals über eines von Chrisos Videos gelacht hatte. Ich konnte mich nicht erinnern.

»Na, die Kritik kommt nicht so richtig an, das kann ich dir garantieren«, sagte ich leise. Zu leise? »Aber das, was sie sagen, wenn sie lästern, über ›die anderen‹, das kommt an.«

Und es blieb haften.

»Das Mädchen, das überlebt hat« war glücklicherweise zu lang für einen klebenden Spitznamen, aber ich dachte an Marlon aus der Sechsten, der seit dem »Nacktmull«-Video von Chriso mindestens zehn Kilo zusätzlich auf den Rippen hatte und beim Reden immer die Hand vor den Mund hielt. Und Miri aus der Achten, die fast gar nicht mehr sprach, seit Chriso ein Video hochgeladen hatte, in dem drei Paar Füße, von denen alle annahmen, dass sie der Hydra gehörten, sich über ihr Lispeln lustig gemacht hatten. Wie konnte er das nicht wissen? Wie konnte er denken, er könnte fast 10.000 Follower haben, weil er »Witze« machte? Wie konnte er so ignorant sein?

Und wie konnte ich in ihn verknallt sein? In einen Deppen, auf dessen Kosten noch nie jemand einen blöden Witz gemacht hatte. Der keine Ahnung hatte, wie sich Anderssein anfühlte. Der leider extrem sexy war und sehr sweet und aufmerksam – zumindest solange keine Kamera in der Nähe war.

Es war nicht mehr wichtig, wohin wir wollten und was um uns herum passierte, weil Chriso jetzt meine Hand nahm. Und die Erde aufhörte, sich zu drehen.

Eine Sekunde nur, dann lief sie ruckartig wieder an, stotternd erst, dann schnell, zu schnell, als wollte sie die verlorene Zeit aufholen. Mir wurde schwindelig. Die Erde eiert, schoss es mir durch den Kopf.

»Ich wollte dich nicht bloßstellen, wirklich nicht!«

Seine Beteuerung drang kaum zu mir durch, aber es reichte, um mich an meinen Ärger über sein Gelaber zu erinnern. Bremsen!, flehte ich. Zurück auf Anfang, bitte! Die Erde tat mir den Gefallen und stückchenweise lief auch mein Verstand wieder rund. Leider hatte sich mein Ich inzwischen dreigeteilt.

Aber die anderen schon?, zickte mein abweisendes Ich.

Ich wünschte, das wär' wahr, träumte mein verknalltes Ich.

Wie soll ich dir jemals vertrauen?, fragte mein zweifelndes Ich.

»Schritt für Schritt«, hörte ich Mam sagen.

Ich schaute auf meine Hand in seiner. »Warum sagst du dann solche Sachen wie neulich in der Schule?«

»Ich bin einfach fürchterlich erschrocken, als ich begriffen hab', was da in der U-Bahn …« Er stockte.

»Wolltest du mich deshalb treffen? Weil ich *fast* in der Bahn gesessen hätte? Damit du ein Video über mich machen kannst? Kickt dich das irgendwie?« Was ich sagte, war hart. Aber ich sagte es so zaghaft, dass er nicht zurückschrak.

»Ja. Nein. Aber weißt du … Manchmal wird einem erst klar, wie sehr man an etwas hängt, wenn man es fast verloren hätte.«

Der letzte Teil klang wie ein geklauter Spruch. Schön war es trotzdem.

»Kein Video?«, fragte ich seine Hand. Die Haut am Nagelbett seines Daumens war noch abgekauter als gestern.

Er streichelt meinen Handrücken. »Kein Video.«

»Versprochen?«

Sein Nicken lief vom Kopf über den Arm in seine Hand, von da aus in meine und endlich traute ich mich, ihn anzusehen. Er lächelte nicht, er wich meinem Blick nicht aus.

»Ich schwöre.«

Wir standen auf der Robert-Enke-Straße, die nach einem Fußballer benannt war, der Depressionen gehabt und deshalb Selbstmord begangen hatte. Hinter uns der Platz, auf dem jedes Jahr das größte Schützenfest der Welt stattfand. Ging es noch zynischer?

Ausgerechnet vor dieser Kulisse leistete Chriso seinen Schwur. Ich wusste: Mehr würde ich nicht kriegen. Nicht mehr Ehrlichkeit, nicht mehr Nähe, nicht mehr Vertrauen. Jetzt oder nie, Mara.

»Und du bist echt nicht in Sirîn verknallt?«

Kopfschütteln, langsam, noch immer kein Lächeln. Meine Hand in seiner, seine in meiner.

»Du?«

Bitte *was?*

Jetzt war er es, der auf unsere Hände sah, oder sah er auf den Boden? Hatte er wirklich geglaubt, dass Sirîn und ich ...? Mein Kopf drehte sich. Sirîn und ich? Auf die Idee war ich noch nie gekommen. Was sagte das über ihn? Über mich? Ich dachte an ihre Teddysocken und lachte leise.

»Nee.«

Seine Anspannung zerplatzte neben unseren Füßen auf dem Asphalt.

»Uff«, machte er.

Ich sah ihn an, seinen gesenkten Kopf, das Lächeln, das ich schwach erahnen konnte, die verwuschelten Haare, die langen Wimpern, eine Stelle neben dem Ohr, die er nicht ordentlich rasiert hatte. Eine Gehirnzelle nach der anderen schaltete sich aus, klick, klick, klick, bis ich so violett war, dass ich nicht mehr klar sehen konnte. Einen Millimoment, ehe mein Hirn mich komplett außer Gefecht gesetzt hatte, ehe ich mich ihm an den Hals werfen würde, entzog ich ihm meine Hand, quetschte sie in die Hosentasche und marschierte wieder los, Richtung Sirîn, Richtung Zuhause. Auch Chriso setzte sich wieder in Bewegung.

»Sag mal«, fragte er, als er mich wieder eingeholt hatte. »Wann weihst du mich eigentlich in deinen Plan ein?«

Wir liefen langsam nebeneinanderher, ohne uns zu berühren. Völlig verschwunden waren meine Zweifel nicht, aber immerhin waren sie weit genug in den Hintergrund gerückt, um zu erzählen, was ich vorhatte. Anfangs war es mühsam, ihm alles zu erklären, ohne Dinge zu verraten, die ich nicht verraten durfte, weil sie geheim waren. Also begann ich mit Mams Theorie, was die Traumasache anging. Und dass man reden musste, weil sonst die Kinder auch traumatisiert werden. Dass Einsperren und Schweigen keine Lösungen waren. Zuerst hmhmmmte Chriso noch und manchmal fragte er »Echt?« oder sagte »Wow«, aber je mehr ich sprach, desto stiller wurde er. Als ich ihm die Rede vortrug, die ich für Sirîns Eltern vorbereitet hatte, unterbrach er mich.

»Hast du eigentlich gestern noch mal mit ihr gesprochen?«

Was war denn das für eine Frage? War er etwa ... eifersüchtig? Hatte ich zu viel über sie geredet?

»Nee. Aber geschrieben. Seitdem bin ich noch viel froher, dass du mitgehst. Weil, weißt du: Ich glaub', wir haben nicht mehr viel Zeit. Sie hat gestern Abend blöde Jokes gemacht, dass sie sich vom Flughafen aus melden würde, wenn ihre Eltern sie zurück in den Irak schicken.«

Chriso schnappte nach Luft. »Echt wahr?«

In diesem Moment wusste ich, dass er nicht eifersüchtig und vor allem kein 24/7-Arsch war. Er machte sich ernsthaft Sorgen, genau wie ich! Und er konnte sich in mich einfühlen und verstand, endlich, warum ich solche Angst um sie hatte. Ich nickte mehrmals hintereinander. »Ich habe schon die ganze Zeit ein ungutes Gefühl. Hast ja gehört, was Adyan gestern gesagt hat, von wegen, dass die sie längst in Sicherheit hätten bringen sollen und so. Da hat sie am meisten Angst vor, immer schon ... warte ...« Ich grabbelte wieder mein Handy hervor und stoppte so abrupt, dass Chriso noch zwei leere Schritte ohne mich weiterlief, ehe er ebenfalls anhielt. Er drehte sich zu mir. Ich scrollte und las: *»›Ich hab beim Einschlafen Angst, an einem anderen Ort wach zu werden. Bavo ist megaschräg drauf ...‹«*

Chrisos Blick erinnerte mich an ein vernebeltes Alpental. »Bavo heißt Papa«, erklärte ich.

»Ach so«, sagte er.

»Heftig, oder?«

Er schwieg so laut, dass ich das Gefühl hatte, dass es etwas gab, was er mir nicht sagte. Wusste er mehr, als er zugab? Hatte er vielleicht schon mit Adyan ...?

»Was ist?«

»Nee, nichts, krass.«

Oh Mann! Seine ungesagten Andeutungen halfen nicht wirklich dabei, mich zu entspannen. Ich steckte das Handy ein und setzte mich wieder in Bewegung. Chriso, das Kinn in seinem Schal vergraben, blieb einen halben Meter hinter mir. Er wirkte nachdenklich. Ich testete ihn ein paar Mal, kreuzte unnötigerweise die Straße, lief über zwei überflüssige Ampeln und nahm einen kleinen Umweg durch die Tankstelle. Er dackelte hinterher, ohne zu stutzen oder zu zögern. Entweder er kannte sich hier nicht aus oder er vertraute mir blind.

Ich schaute gelegentlich über die Schulter, um herauszufinden, was von beidem es war, aber immer, wenn ich hinsah, war sein Blick woanders. Seit unserem zweiten Stopp, seit ich ihm Sirîns Nachricht vorgelesen hatte, wirkte er komplett abwesend.

Es waren noch etwa fünf Minuten bis zu Sirîns Haus, als mir das Schweigen zu viel wurde. »Warst du schon mal bei den Dumans?«, fragte ich, ohne das Tempo zu verringern.

»Nicht wirklich.«

»Echt? Ich dachte, Adyan und du, ihr wärt ... *Brooos?«* Jedes Mal wenn ich das aussprach, klang es ironisch, ich weiß gar nicht, warum ich den Ausdruck so bescheuert fand. Sirîn nannte mich auch »Schwester«, aber das war wenigstens deutsch und nicht so pseudocool. »Aber du warst nie bei ihm zu Hause?«

»Wir sind nicht diese Art von *Brooos.«* Chriso imitierte meine Ironie eins-zu-eins. Er war leicht außer Atem, obwohl er längere Beine hatte als ich (wer hatte die nicht?) und obwohl wir zusammen schon zehn Minuten länger unterwegs waren, als ich alleine gebraucht hätte. Ich lief etwas langsamer. »Wir hängen eigentlich bloß in der Schule ab.«

»Ich mag Adyan«, sagte ich. »Meistens.«

»Manchmal ist er eine Bitch.« Chriso lachte über sich selbst und ich dachte daran, dass er das Gleiche über Superwoman gesagt hatte, und lachte mit. Es fühlte sich gut an, nicht alleine zu sein. Und noch besser war, dass ich Sirîn gleich umarmen könnte und vielleicht die Chance hatte, ein ernstes Wort mit ihrem Vater zu reden, während Chriso Adyan ablenkte.

Genau in dem Moment, in dem wir vor Sirîns Haus angekommen waren, begann es zu nieseln. Ich sah an der Fassade hoch, suchte das Wohnzimmerfenster mit dem blauen Licht, das durch die weißen Gardinen schien, wenn der Fernseher lief. Also eigentlich immer, wenn jemand zu Hause war. Das Fenster war da, natürlich, aber der Fernseher war aus. Zumindest war das Licht normal gelb.

Chrisos Blick war meinem gefolgt. »Wohnt sie da?«

Betonte er das »da« komisch oder bildete ich mir das ein? Zum ersten Mal fiel mir auf, dass sich an der ehemals cremefarbenen Wand lange graubraune Streifen herabzogen. Dass der Verputz Blasen warf und sich an manchen Stellen löste. Ich sah die Graffiti an der Hauswand und die zerbrochene Glasscheibe in der Tür. Die Blumenkübel, die sich auf dem kleinen Balkon im ersten Stock stapelten, zeigten keine Spur von Blume, sondern nur braunes, nass geregnetes Gestrüpp. Plötzlich schämte ich mich für den Zustand dieses Ortes, auch wenn das Haus, in dem ich wohnte, nicht wesentlich anders aussah. »Ihr Zimmer geht nach hinten raus«, erwiderte ich schließlich. Keine Ahnung, was ich damit sagen wollte.

Chriso nickte und ich kämpfte gegen meine Scham an. Es dauerte eine Weile, bis ich wieder bei mir war, den Regen wieder spürte, der sich auf mein Gesicht legte wie feiner Morgendunst. »Novemberrain«, dachte ich. Eins von Mams Lieblingsliedern. Es klang leidend und sehnsüchtig und melancholisch und sie spielte es am liebsten im November, klar, wenn es wie jetzt kurz vor dunkel war. Vielleicht würde ich Sirîn bitten, es zu spielen, wenn ich in ihr Zimmer durfte. Ich zog Chriso in den Hauseingang. »Sekunde«, bat ich ihn.

Ein paar Mal vertippte ich mich, weil er so dicht neben mir stand, und auch, weil ich nicht wollte, dass er mitlas, was ich schrieb.

Ich hab Chriso dabei!
Kopftuch auf!

Senden.

Dann drückte ich den Klingelknopf.

*

Sirîns Vater sah aus, als wäre er seit gestern geschrumpft. Nicht nur in der Länge, auch in der Breite. Die Wangen waren eingefallen, sein Blick zugleich gehetzt und trübe. Die Augen wirkten, als hätte er einen ganzen Monat nicht geschlafen. Er sah mich an, als wäre ich ein Geist. Dann schwankte sein Blick irritiert zu Chriso, der hinter mir stand, und wieder zurück zu mir.

»Hallo«, sagte ich.

»Hallo, Herr Duman«, sagte Chriso leise. »Ich bin ein Kumpel von Adyan und wir …«

»Dürfen wir reinkommen?«

Sirîns Vater starrte an mir vorbei zu Chriso, als erwarte er von ihm eine Erklärung. Chriso trat einen Schritt vor, neben mich, und ich war dankbar, dass er das Wort ergriff.

»Wir würden gern mit Ihnen über Sirîn sprechen.«

»Über Sirîn?«

»Ja«, übernahm ich. »Wir wissen, dass das gerade eine schwere Zeit für Sie ist. Ich verstehe, dass Sie das alles an den Irakkrieg erinnern muss, aber …«

»Es tut uns wirklich schrecklich leid für Sie«, unterbrach mich Chriso. Er trat noch einen Schritt näher und legte eine Hand auf Herrn Dumans Schulter. Na, der traute sich was. Durfte er das, weil er ein Junge war? Die Eltern seiner Freunde anfassen? Es wirkte unangemessen, aber Herr Duman ließ das Getätschel zu, so teilnahmslos, bis selbst Chriso es begriff und verschämt zurückwich.

»Ich verstehe das alles«, begann ich erneut. »Dass Sie traumatisiert sind und so.« Ich hörte mich selbst mit Mams Therapeutinnenstimme sprechen. Sanft, als wäre Herr Duman ein schwer verletztes Kind und ich die Ärztin, die ihm versicherte, dass alles in Ordnung kommen würde. »Aber Deutschland ist ein sicheres Land, glauben Sie mir. Viel sicherer als der Irak.«

»Sirîn muss zurück in ihre Heimat.« Herr Dumans Stimme klang stumpf. Hatte er nicht gehört, was ich gerade gesagt hatte? »So ist das in unserer Kultur.«

»Sirîns Heimat ist Deutschland!«, platzte ich heraus, ganz untherapeutinnenhaft. »Sie war nur ein paar Mal im Urlaub im Irak. Was soll sie denn da?« Ich hörte Chriso hinter mir warnend zischen.

Krankes Kind, ermahnte ich mich. Krankes Kind.

»Ich verstehe ja ...«, ich zwang mich zur Ruhe, »... ich verstehe Ihre Angst, aber ganz ehrlich: Das gibt Ihnen doch nicht das Recht, Sirîn einzusperren!«

Herr Dumans Gesicht färbte sich langsam rot. Der Drache war im Anflug. Ich suchte nach besänftigenden Worten, dachte an die Vorsicht, mit der man traumatisierte Überväter behandeln musste, dachte an Sirîn in ihrem Zimmer, nur ein paar Schritte von mir entfernt. »Darf ich kurz zu ihr?«, fragte ich. »Bitte?«

»Bavo?«, rief Adyan aus Richtung des Wohnzimmers. »Alles okay?«

Mist. Er war also auch da. Ich streckte meine Hand nach hinten, Richtung Chriso. Ich erreichte ihn nicht, aber er begriff dennoch. »Ich bin's, Bro!«, rief er. »Und Mara ist auch hier. Wir wollten mit euch reden.«

Adyans Kopf schob sich als Erstes aus dem Wohnzimmer, dann folgte der Rest. Es wirkte, als würde er aus einem Brunnen auftauchen, je näher er kam, desto heller wurde er, desto größer und desto bedrohlicher schien er mir. Auch das Gesicht von Sirîns Vater veränderte sich auf beängstigende Weise.

Langsam begriff ich, dass Mam unrecht hatte: Reden war nicht immer eine Lösung. Sirîn musste hier raus, und zwar sofort. Wenn Chriso es schaffte, Adyan und Herrn Duman abzulenken, könnte ich dann schnell genug an ihnen vorbeizischen? In meinem Kopf spielte ich verschiedene Szenarien durch, wie ich sie aus der Wohnung befreien könnte, vorbei an ihrem Vater und Adyan. Keines war erfolgversprechend. Adyan machte Kampfsport und sein Vater war offensichtlich vollkommen übergeschnappt. Ich hatte keine Ahnung, was von beidem gefährlicher war, aber wenn wir nicht aus dem Fenster fliehen konnten, waren unsere Chancen gleich null.

»Warum bringst du sie hierher?«, fuhr Adyan Chriso an. »Nach allem, was sie angerichtet hat?«

Ich? Moment mal!

»Ich hab' gar nichts angerichtet!«, fauchte ich. Scheiß auf die Therapeutinnenstimme. Adyan brauchte einen Arschtritt, keine Therapie! Ich sah die Ader an seinem Hals pulsieren. Und die an seiner Schläfe. Herr Duman wirkte neben ihm wie ein Hundertjähriger. »Alles, was ich will, ist, mit ihr reden.«

»Zu spät!«, fauchte Adyan zurück. Die Blitze, die zwischen uns hin- und herzischten, hüllten Herrn Duman und Chriso in Rauch. Es gab nur noch Adyan, mich und unsere Wut.

»Zu spät? Was meinst du damit: zu spät?«

Adyan lachte, genau wie schon beim letzten Mal. Es klang grausam und kalt. Bevor ich denken konnte, stürmte ich auf ihn zu, quetschte mich zwischen seinem Vater und ihm durch und stürmte in die Wohnung.

Als ich am Ende des Flurs angekommen war und in Sirîns Zimmer verschwinden wollte, erwischte mich Adyan am Arm. Noch während er mich zurückriss, erhaschte ich einen Blick in ihr Zimmer. Die Tür stand weit offen. Ihr Sessel, ihr Bett. Die Poster an der Wand. Auf dem Bett: ihr Rosenpyjama, ordentlich gefaltet. Keine Spur von Sirîn.

»Wo ist sie?«, rief ich panisch. »Was habt ihr mit ihr gemacht?«

Adyan umklammerte mich von hinten, hob mich hoch und bugsierte mich zurück ins Treppenhaus. Ich fiel auf die Knie, direkt vor Chrisos Füße. Ich hangelte mich an ihm hoch, ohne ihn wahrzunehmen, und hielt mich an ihm fest.

Neben uns ging eine Tür auf. Eine Frau, eine plüschige, große Frau. »Was ist denn hier los?«, wollte sie wissen. »Alles in Ordnung, Herr Duman?«

»Nichts ist in Ordnung!« Jetzt schrie Adyan auch. »Die Kleine dreht total durch. Rufen Sie die Polizei!«

»Gute Idee!«, brüllte ich zurück. »Rufen Sie die Polizei! Die haben Sirîn entführt!« Ich löste mich von Chriso und ging auf Adyan los. Der mich auffing, als wäre ich ein hart geworfener Rugbyball. Schmerzhaft hielt er mich fest, eine Hand um jeden meiner Arme gekrallt, ignorierte mein Zappeln und schrie mir ins Gesicht. Seine Worte waren voller Spucke und Hass.

»Sie ist tot, verdammt noch mal! Sie ist tot und du wirst sie nie mehr wiedersehen, nie mehr!«

Sein Atem wehte in mein Gesicht und ich spürte, wie mein Körper schlapp wurde. In Adyans Griff hing nur noch eine Hülle. Die Wut war weg.

»Tot?«, wiederholte ich.

»Ja, tot!«

Tot, echote es in meinem Kopf. Wegen der Ehre? Weil sie im Skatepark gewesen war?

»Ihr habt sie ermordet?«, stammelte ich fassungslos.

»Ermordet? Was …? Natürlich nicht!«

Natürlich nicht. Adyan doch nicht. Und der höfliche Herr Duman doch nicht. Jetzt war ich es, die zu lachen begann. »Netter Versuch«, japste ich. »Ihr wollt nicht, dass wir weitersuchen. Aber ich finde sie! Sirîn will nicht in den Irak, das weiß ich hundertprozentig. Und sie will auch niemals heiraten, weil sie nämlich eine Kochshow …« Ich lachte und lachte. Die plüschige Frau sah von einem zum anderen, dann zog sie sich, sehr langsam und vorsichtig, in ihre Wohnung zurück. Der Schlüssel drehte sich zweimal, von innen.

Herr Duman stützte sich schwankend am Türrahmen ab. Schnell ließ Adyan meine Hülle fallen und griff stattdessen nach seinem Vater.

»Bavo? Bavo!«

Herr Duman nickte langsam, nickte, dann wandte er uns den Rücken zu und schlurfte kraftlos zurück ins

Wohnzimmer. Adyan sah ihm nach, dann drehte er sich wieder zu mir um. Von seiner Furcht einflößenden Ausstrahlung war nichts mehr übrig geblieben. Ich lachte noch immer. Hohl und schrill.

»Siehst du, wie es meinem Vater geht? Was soll er denn machen? Warum quälst du ihn so?« Sein Gesicht näherte sich erneut meinem und ich versuchte, das Lachen wegzudrängen, weil er so zornig aussah. Als wir eine Handbreit voneinander entfernt waren, sagte er sehr leise: »Es ist deine Schuld. Wenn sie dich nicht kennengelernt hätte, wäre sie längst verheiratet und in Sicherheit! Es ist alles deine Schuld!«

»Red nicht so einen Scheiß, Alter!« Chriso. Den hatte ich total vergessen. »Es ist nicht ihre Schuld! Lass sie gefälligst in Ruhe.«

Adyans Gesicht war jetzt nur noch ein paar Zentimeter von meinem entfernt. Ich kniff ein Auge zu, um nicht zu schielen. Mit dem anderen erwiderte ich seinen Blick. Ein letztes Kichern entwich mir, dann war das Lachen fort. Auch er verstummte.

»Du bist verrückt«, sagte er mühsam beherrscht. »Du weißt nicht, was du tust! Komm nie wieder hierher, hörst du? Nie wieder!«

ACHT

»Echt jetzt, Schwester!«, flüsterte Sirîn. »Mach dir nicht so ’n Kopf. Glaubst du echt, Bavo und Ady würden mir was antun? Das sind doch keine Fundamentalisten, die machen sich bloß Sorgen! Und davon abgesehen: Yadê macht mir mehr Angst. Stell dir vor: Vorgestern hat sie ihre gesamten Cousins durchtelefoniert, um einen zu finden, der mich heiratet, bevor ich die ›Ehre der Familie‹ beschmutze.«

Die Anführungszeichen, die sie in die Luft zeichnete, echoten in ihrer Stimme. Ich sah sie vor mir, ihre dramatisch aufgerissenen Augen, ihre fliegenden Hände, die Finger, deren lackierte Nägel pinkfarbene Streifen in die Luft malten. Wider Willen musste ich lächeln.

»Stell dir das mal vor! Wenn ich so was hör’, will ein Teil von mir sofort mit einem der Skaterboys durchbrennen.« Sie lachte leise. »Nicht dass die drauf warten würden, die wild gewordene kurdische Familie eines Mädchens auf den Fersen zu haben, dem sie die Unschuld geraubt haben.« Sirîns Lachen wurde zum Seufzen. »Aber was soll’s, Yadê kriegt sich schon wieder ein und außerdem … Bavo ist auf meiner Seite und das ist das Wichtigste. Ich muss aufhören, gurçika min, gleich kommen die Tanten und ich …«

Es wummerte gegen die Tür. Nicht ihre, meine.

»Mara?«, rief Mam. »Alles okay dadrinnen?«

»Ja«, antwortete ich. »Komme gleich!«

Der Kopfhörer auf den Ohren dämpfte meine eigene

Stimme, sodass ich die Lautstärke meiner Worte nicht mehr richtig einschätzen konnte. Das Wummern hörte nicht auf. Hatte Mam mich nicht gehört?

»Komme gleich«, wiederholte ich, zur Sicherheit etwas lauter.

Dann hörte ich den letzten Satz von Sirîns Sprachnachricht noch einmal ab, aber nach »... gleich kommen die Tanten und ich ...« kam nur noch »... muss vorher noch mit Yadê einkaufen gehen«, dann war die Nachricht zu Ende.

Ich saß auf dem Rand der Badewanne und versuchte, das Zittern, das ich seit der Begegnung mit Herrn Duman und Adyan nicht mehr losgeworden war, in den Griff zu kriegen. Mein Handy lag neben mir auf dem Waschbecken, darin das Kabel, daran der Kopfhörer, der auf meinen Ohren saß. Die Sprachnachricht musste schon über eine Stunde alt sein – seit ich hier im Bad hockte, hatte ich sie bestimmt elf Mal abgehört. Sirîn hatte sie offensichtlich geschickt, *bevor* Chriso und ich bei ihr gewesen waren. Ich musste das Blingen überhört haben, weil ich vergessen hatte, den Kopfhörer aus der Buchse zu ziehen, als ich ihn mir am Schottischen Kreuz vom Kopf gezogen und die Musik ausgestellt hatte.

Beautiful people say go, go, go

Verdammt. Mein Timing war zurzeit unterirdisch. Ich hätte wissen können, dass Sirîn gar nicht da war, wenn ich nicht schon wieder eine ihrer Nachrichten verpasst hätte. Das hätte mir jede Menge Stress erspart – und einen erneuten Aggro-Auftritt vor Chriso.

… Aber andererseits: Wenn sie lediglich einkaufen war, warum hatten sich ihr Vater und Adyan so komisch benommen? Warum waren sie ausgerastet, warum hatten sie solche Panik davor, dass ich mit ihr spreche? Und warum zum Teufel behaupteten sie mir gegenüber, Sirîn wäre *tot?* Ich griff nach dem Handy, sah auf die Sprachnachricht, überlegte, sie zum zwölften Mal abzuspielen, entschied mich dagegen. Schrieb stattdessen.

Wo bist du, verdammt?

Im Supermarkt, sag ich doch!

Sie war da! Sie war da! Vor Erleichterung begann ich zu weinen. Schien langsam zur Gewohnheit zu werden, das ständige Heulen. Herr Duman und Adyan hatten mich offensichtlich verrückter gemacht, als ich mir eingestehen wollte.

Wo? Kaufland? Rewe? Aldi?
Lidl? Real?
Sag wo, ich komm hin. Ich
muss dich sehen.

Adyan hat mir Angst gemacht.

Migros.
Ist ein bisschen weit zum Vorbeikommen.
🤣

Wieso? Wo bist du?

Istanbul. 🕌

IS-TAN-BUL? 😱

Zum ersten Mal hatte ich das Gefühl, genauso auszusehen wie das Emoji. Ich hatte also recht gehabt. Ihre Eltern hatten sie aus der Stadt geschafft! Aber warum Istanbul?

Sirîns Familie, also der weitere Kreis, lebte überall – ein paar in der Türkei, ein paar noch immer in Mossul, ein paar in Syrien. Zumindest wenn man von den Grenzziehungen meines Atlas ausging. Laut Sirîn hatte mein Atlas keine Ahnung. »Atlas!«, schnaubte sie. »Den kann doch jeder malen. Meine Familie, das kannst du *mir* glauben, lebt in ganz Kurdistan.« Ich hatte schnell begriffen, dass man dieses Thema am besten auf sich beruhen ließ. Ohnehin hatte ich immer, wenn Sirîn von einem neuen Familienmitglied erzählte, und ganz unabhängig von Atlanten das Gefühl, dass die Kurden der ganzen Welt miteinander verwandt wären. Oder sich zumindest verwandt fühlten. Sirîn mochte das, weil sie es, wie gesagt, mochte, sich multikulturell zu fühlen. Es gehörte zu ihrem Selbstverständnis und ihrer Identität, Teil von etwas Großem zu sein. Im Gegensatz zu ihr kam ich mir mit meiner verzweigten sizilianischen Familie, die ich durchschnittlich zweimal im Jahr sah, fast wie ein Waisenkind vor.

Um die Familienkontakte zu pflegen, machten Sirîn und ihre Eltern auf jeder Reise in den Irak ein paar Tage in Istanbul halt, um Tanten zu besuchen. Oder Onkel. Oder ... Cousins ... Bei dem Gedanken an heiratswillige kurdische Jungs wurde mir ganz anders. Bei dem Gedanken an einen Zwischenstopp vor dem Weiterflug in den Irak noch mehr.

Sirîn muss zurück in ihre Heimat.

Die dumpfe Stimme ihres Vaters in meinem Kopf.

Sirîn muss zurück in ihre Heimat.

Die Stimme ihres Vaters.

Die Mutter mit dem Baby.

Mein Magen zog sich zusammen. Ich ließ das Handy fallen, beugte mich zur Seite und kotzte ins Waschbecken. Nicht dass ich was im Bauch gehabt hätte.

Der Geschmack war widerlich.

Als ich meinen Mund ausspülte, blingte es sacht an meinem Hals. Ich spuckte aus, angelte nach dem verrutschten Kopfhörer und schob ihn zurück auf die Ohren. Es blingte zwei weitere Male. Ich zog das Handy am Kabel zurück in meine Hand.

Keine Sorge,
ich komm ja wieder zurück.

Mich will eh keiner heiraten,
dafür sorg ich schon. 🤣

Wobei … das Essen hier, Schwester, das Essen!
😍

Alter! 🤮 Schön, dass wenigstens
eine von uns das witzig findet!
👿

Wieso hast du mir nix gesagt?

War ganz spontan.
Bestes Weihnachtsgeschenk EVER!
🌲🕯️🎁

Die Dumans waren wirklich raffiniert. Ein vorgezogenes Geschenk zu einem Fest, das sie nicht mal feierten, und schwups, sprang Sirîn in den Flieger. Ich wusste genau, was sie gedacht hatte: Wenn sie eh Hausarrest hatte, warum sollte sie den dann nicht in wärmeren Gefilden verbringen, am Bosporus, am Tigris?

Verstand sie nicht, was ihre Eltern spielten? Wo war ihre Wachsamkeit hin?

Wieso hast du dein
Handy zurück?

Warum behaupten dein
Vater und Adyan,
du wärst tot?

Sirîn!

Was ist hier los,
verdammt noch mal?

Nichts.

Es reichte. Ich tippte auf den Telefonhörer. Ich musste sie endlich sprechen und ihre Stimme hören, in echt, nicht per Sprachnachricht.

Die Verbindung kann nicht hergestellt werden.

Wahrscheinlich gab es im Supermarkt kein WLAN. Dann eben ganz altmodisch. Ich rief die Favoriten im Telefonbuch auf und tippte auf ihr Bild. Es war lange still, dann sprang die Mailbox an. Nicht mal ein Freizeichen.

»Scheiße!«, brüllte ich verzweifelt und donnerte das Telefon auf den Rand der Badewanne, wieder und wieder und wieder, bis das Glas splitterte. »Scheiße, Scheiße, Scheiße.«

*

Mam hatte die Tür mit einer Münze aufgedreht, mir den Kopfhörer von den Ohren gezogen, mich gewiegt, ausgezogen und geduscht, als wäre ich fünf. Gefragt hatte sie nichts. Als ich im Froschbademantel in mein Zimmer zurückschlappte, entdeckte ich Chriso in der Küche. Vor ihm stand Lillis pinke Farbwechseltasse; auf seinem Schoß thronte meine kleine Schwester höchstpersönlich, mit zerzaustem Haar und geröteten Wangen, und malte ihm die Fingernägel an. Rosa.

Ich erstarrte.

Wie hatte ich vergessen können, dass er mich nach Hause gebracht hatte, nachdem Adyan uns aus dem Haus gejagt hatte, vergessen, wie er sich Mam vorstellte, derweil ich wortlos an beiden vorbei ins Bad geschossen war und die Tür abgeschlossen hatte?

Wie hatte ich vergessen können, dass Chriso in meiner Küche saß?

Wie hatte ich das vergessen können?

Ich stand reglos da und stierte die beiden an. Chriso hatte seine Jacke über die Stuhllehne gehängt, den Schal noch um. Lilli auf seinen Oberschenkeln hatte die Zungenspitze zwischen die Lippen gesteckt, wie immer, wenn sie sich konzentrierte. Das hatte sie von Mam. Ich sah die beiden sitzen, hörte Mam im Bad hantieren und wickelte den Gürtel des Frosches enger um meine Taille. Chriso zog Lilli spielerisch an den Haaren, sie pikste ihm mit dem Finger in die Seite.

Beide hatten Grübchen in den Wangen, wenn sie lachten.

Beide waren bild-, bildschön.

In diesem Moment blickte Chriso auf, direkt in meine Augen. Und mir war schmerzlich bewusst, was er sah: ein Meter achtundfünfzig Elend, verheulte rote Augen, ein paar nasse blonde Haarsträhnen, die unter der Kapuze des Bademantels hervorlugten – einer grünen Kapuze, auf deren Kopf zwei Froschaugen angebracht waren. Normalerweise wäre ich auf der Stelle im Boden versunken. Aber was war zurzeit schon normal? Und abgesehen davon: Chriso hatte mich ausrasten sehen, zweimal hintereinander, nein, dreimal, wenn man den Aussetzer von eben im Bad mitrechnete. Er schien ein Händchen für Ungewöhnlichkeiten zu haben, denn eigentlich rastete ich *nie* aus. Aber mit Chriso war sowieso alles anders, schließlich hatte er noch ganz andere Ungewöhnlichkeiten mit mir durch. Zum Beispiel hatte er:

- mich eifersüchtig erlebt – einmal auf Superwoman, einmal auf Sirîn,
- meinen Körper violett gefärbt,
- mich dazu gebracht, ihm von mir zu erzählen,
- mich nach einem hysterischen Lachanfall ruhiggestreichelt,
- mich nach Hause gebracht, ohne zu wissen, wo ich wohnte,

- die letzte halbe Stunde mit meiner MILF-Mutter und meiner Traumschwester in der Küche verbracht und
- das Ganze NICHT gefilmt.

Dass ich jetzt verheult und verkotzt im Frosch an ihm vorbei in mein Schlafzimmer schlurfte, um gerade mal sechs Uhr, tat wirklich nichts mehr zur Sache. Fakt war: Warum auch immer Chriso sich für mich interessiert hatte, mit diesem Auftritt war es endgültig vorbei. Er würde fliehen. Und wenn nicht, war er ein noch größerer Idiot, als ich gedacht hatte.

Ich brach den Blickkontakt ab, schwankte in mein Zimmer und drehte den Schlüssel in der Tür um.

*

Ich schlief, das geschundene Handy fest in der Hand. Als ich zu meiner üblichen Bettgehzeit aufwachte, platzte mein Kopf. Oder war er schon geplatzt? Ich war mir nicht sicher.

Mit halb geschlossenen Augen tippte ich auf dem Display herum, erleichtert über die bereits tausendmal ausgeführten Bewegungen, dank derer meine Finger genau wussten, was sie tun mussten, und erleichtert über die Robustheit meines Telefons, das bis auf das zersplitterte Glas (»Spider App«, nannte Sirîn das) problemlos zu funktionieren schien.

Mam ging sofort ran.

»Ist er weg?«, fragte ich.

»Chriso?«

»Nein«, nuschelte ich, »der Außenminister. ... Natürlich Chriso!«

»Schön, dass du wieder Witze machen kannst. Ja, er ist weg. Warum kommst du nicht rüber in die Küche und wir trinken einen Tee?«

»Hat er was gesagt?«

»Was soll er denn gesagt haben?«

Hand in Hand mit der Therapeutinnenstimme kam die Therapeutinnenkrankheit einher, die dazu führte, dass Mam jede Frage mit einer Gegenfrage konterte. Ich hätte sie dafür schütteln können, allerdings war sie drei Räume von mir entfernt und ich mir ziemlich sicher, dass sowohl mein Kopf als auch mein Telefon bei raschen Bewegungen auseinanderfallen würden. Mangels Alternativen beschloss ich, Geduld mit Mam zu haben.

»Hat er von Adyan erzählt?«

»Adyan? Nein, wir haben uns eigentlich vor allem über dich unterhalten. Ich habe ihm ein bisschen was erzählt.«

Über mich? Als ob mich das beruhigen würde!

Mein verflixtes Kopfkino begann sofort, mich mit peinlichen Bildern zuzuballern. Ich kannte Mam. Wahrscheinlich hatte sie ihm die Geschichte aufgetischt, wie ich mit fünf Jahren versucht hatte, ohne Deckel Popcorn zu machen, und die Körner durch die ganze Küche geflogen waren, ich aber tapfer weitergerührt und am Ende überall rote Flecken im Gesicht gehabt hatte, von den explodierten Maiskörnern, die mein Gesicht bombardiert hatten. Und wie wir danach die Küche neu streichen mussten. Oder dass ich Lilli von dem Moment an, an dem sie geboren worden war, ständig gefüttert hatte, mit allem Möglichen. Dass ich das ausschließlich tat, um Lilli vor Mams Kochkunst zu beschützen, unterschlug sie immer, wenn sie diese Story erzählte – entweder weil sie es nicht realisierte oder weil es sie in einem schlechten Licht dastehen lassen würde. Wenn sie Chriso womöglich nett gefunden hatte und ihn beeindrucken wollte, hatte sie ihm vielleicht sogar von meinem allerersten Tag im Kindergarten erzählt, an dem ich der Kindergärtnerin ins Bein gebissen hatte.

»Mam!«, japste ich entsetzt. »Das kannst du doch nicht machen! Wenn du dem die ganzen alten Geschichten ... Ich kenne den kaum, das ... das ist ein Vlogger, der postet alles auf YouTube! Der hat garantiert sein Handy mitlaufen lassen, wahrscheinlich hat er alles, was du gesagt hast, aufgenommen und jetzt legt er deine Stimme über irgendwelche Fotos von mir und ... Du kannst mit dem doch nicht über mich ...«

»War ein Witz«, unterbrach sie mich trocken.

Ich nahm das Telefon vom Ohr, sah auf das Spinnennetz-Display, schätzte ab, wo der Button sein musste, und drückte sie weg.

Mam redete einfach weiter.

Durch meine Zimmertür.

»Entschuldige«, sagte sie. »Das war vollkommen unangebracht.« Sie atmete, dann fiel die Therapeutinnenstimme von ihr ab und sie klang nach nichts anderem als nach müder Mutter. »Bitte, Mara, komm raus. Lass uns einen Tee trinken.«

Tee, grollte ich. Ist klar.

Bei uns gab es in jeder Krisensituation Tee: Tee gegen aufgeschürfte Knie, Tee gegen Liebeskummer, Tee, als mein Opa gestorben war. Tee, Tee, Tee. Immerhin lief auf die Art keiner von uns Gefahr, alkoholkrank zu werden;

die Anlässe für Alkohol (sprich: wenn es was zu feiern gab) waren nämlich deutlich seltener als die, in denen Tee gebraucht wurde. Torsten und ich frotzelten manchmal, dass Mam unmöglich eine Italienerin sein könne, sondern in Wahrheit eine entfernte, verstoßene Angehörige des britischen Königshauses sein musste.

»Ich schwör's!«, beteuerte die Müde-Mam-Stimme vor meiner Tür. »Wir haben nicht über dich geredet. Nicht ... nicht auf die Art! Und selbst wenn wir hätten ... Ich glaube, dein Chriso würde so was niemals posten, der mag dich wirklich, habe ich den Eindruck.«

»Er ist nicht ›mein Chriso‹«, murmelte ich leise, aber nicht leise genug.

»Schade.«

Lag die Frau mit dem Ohr an der Tür?

»Ich hatte das Gefühl, dass er dich ...« Sie verstummte. Mitten im Satz.

Es war eine Frechheit, aber eine kalkulierte, und ich würde mich hüten nachzufragen. Sie glaubte mir ohnehin kein Wort und wie so oft lag sie absolut richtig damit.

Mein Chriso, dachte ich. Mein Chriso, dein Chriso. Lillis Chriso. Adyans Chriso und der Chriso, der der Hydra gehörte. Der YouTube-Chriso und der Herzchenwaffel-Chriso. Ich hatte keine Ahnung, wer dieser Typ war.

»Okay«, unterbrach Mam meine Gedanken. »Kein Tee. Dann halt ... wie wär's mit Pizza? Hast du Lust? Mit extra Rucola und Parmesan?«

Netter Versuch. Ich schüttelte den Kopf, dann, weil mir einfiel, dass sie mich nicht sehen konnte, sagte ich: »Nee, lass mal.«

Die Pause zwischen meiner Abwehr und Mams Antwort wuchs. Sie war nicht weit vom Aufgeben entfernt, ich spürte es und wünschte mir nichts weniger und nichts mehr, als dass sie mich in Ruhe lassen würde. Vergeblich.

»Du musst ja nicht drüber reden, wenn du nicht willst. Aber vielleicht magst du wenigstens was essen? Du musst doch was essen, Schätzchen, du musst stark bleiben! Für dich ... und für Sirîn.«

Boah, war das perfide! Jetzt benutzte sie Sirîn, um mich aus dem Zimmer zu kriegen? Ich schwieg, weil ich keine Kraft mehr hatte, mich aufzuregen, und weil ich allein den Gedanken an Essen mühsam fand. Genauso wie diese ganze Mam-vor-der-Tür-Situation. Ich wusste, wie sie dastand, an die Wand neben meiner Zimmertür gelehnt, mit zusammengebundenen dunklen Haaren, mit blauschwarzen Ringen unter den Augen und den feinen Falten drum herum. Und ich wusste auch, dass sie mich nicht anlog: Sie machte sich wirklich Sorgen. Ich war ja nicht blind, ich war nur ... taub. Alles in mir war irgendwie ... taub.

»Du kannst auch einfach nur bei mir sitzen! Weißt du ...«, sie schluckte, so laut, dass ich es durch die Tür, durch mein Zimmer, bis zu meinem Bett hören konnte. »Das klingt jetzt vielleicht blöd, aber wenn es mir schlecht geht, hilft mir das immer, am Tisch zu sitzen, mit meinen liebsten Menschen ... Ich ... weißt du, ich hab' dir das nie erzählt und vielleicht interessiert es dich auch gar nicht, aber bevor Alex ... also, dein Vater ...«

Wow. Erst Sirîn, jetzt Papa. Sie spielte echt mit vollem Einsatz.

»… bevor er gestorben ist, hab' ich viel gekocht. Immer, für die ganze Familie, seine und meine und für unsere Freunde. Wir hatten einen riesigen Küchentisch, kannst du dir das vorstellen?«

Nein.

Ich bugsierte mich im Bett in die Senkrechte, na ja, halb, lehnte mich mit dem Rücken an die Wand und zog die Bettdecke um meine Schultern. So leise wie möglich, um Mam nicht zu unterbrechen. Was hier passierte, war sehr sonderbar und sehr einmalig – Mam sprach nämlich nie über Papa und erst recht nie über die Zeit davor. Alles, was ich über meinen Vater wusste, hatte ich von Papa-Opa und Papa-Oma. Von Kochfesten und Essorgien hatten sie nie erzählt.

»Jedenfalls … als er dann weg war, konnte ich … Ich konnte es nicht mehr ertragen, unter Menschen zu sein, und mich an den Herd zu stellen und etwas zu kochen, war das Absurdeste, was ich mir vorstellen konnte. Mein Mann war schließlich gerade gestorben, einfach so, morgens war er noch …«

Scheiße, dachte ich. Was da mit ihrer Stimme passierte, war nicht gut. Ich sollte die Tür aufmachen, sie in den Arm nehmen, ich sollte sie trösten … Aber dann würde sie aufhören zu reden und weitere sechzehn Jahre schweigen. Ich legte mein Gesicht auf die Knie und atmete, so leise ich konnte, ein und aus. Draußen schluchzte Mam, ebenfalls so leise sie konnte.

»… Was ich sagen will … ich hab' auch zu essen aufgehört. Ich konnte einfach nicht. Allein bei dem Gedanken an Essen wurde mir übel.«

»Aber du warst doch schwanger mit mir«, flüsterte ich.

»Dabei war ich schwanger mit dir!«, fuhr Mam fort, als hätte sie mich gehört. »Ich hab' fast nichts gegessen, deshalb haben sie mich ins Krankenhaus gesteckt. Sie haben mich an den Tropf gelegt und mich aufgepäppelt. Und dich gleich mit! Aber ich ... ich war so unglaublich unglücklich! Und dabei hätte ich glücklich sein sollen, weil du so ein absolutes Wunschkind warst, weil wir uns wie verrückt auf dich gefreut hatten, aber ... ich ... konnte ... nicht.«

Ach darum, dachte ich. Darum bin ich so klein und dünn und darum hat Mam das Kochen boykottiert und darum bin ich derartig besessen davon. Vielleicht. Vielleicht auch nicht. Ich ließ sie weinen.

»Aber als du dann geboren wurdest, das war meine Rettung, Mara! Dass du gesund warst und perfekt und ... Da wusste ich, dass ich wieder auf die Füße kommen musste.« Sie putzte sich die Nase. Als sie weitersprach, klang ihrer Stimme fester. »Und ich hab' es geschafft! Für dich und auch ein bisschen für Alex, weil ich weiß, wie sehr er dich geliebt hätte.«

Die Knie meiner Pyjamahose waren nass geweint. Die Tränen liefen einfach, ich gewöhnte mich langsam dran, ich weinte um meinen Vater, den ich nie kennengelernt hatte, und um die Kochsessions, in der mir meine Mutter alte Familienrezepte hätte beibringen können, ich weinte um Mams Verlust und um das Baby in ihrem Bauch, das ich gewesen war. Ich weinte um Chriso und Sirîn und ein bisschen aus Neid auf Lilli.

Warum jetzt?, dachte ich. Warum erzählst du mir das erst jetzt? Ausgerechnet jetzt? Andererseits: Wahrscheinlich gab es kein perfektes Timing für dramatische

Bekenntnisse und wahrscheinlich dachte sie sich was dabei, sie war schließlich vom Fach.

»Warum ich dir das alles erzähle …«

Es überraschte mich nicht, dass Mam meine Gedanken las.

»Du hattest keinen leichten Start, das weiß ich, aber dass du das mit mir zusammen überlebt hast und so toll geworden bist, so klug und so stark … Du musst gut für dich sorgen. Du musst essen und trinken und du darfst dich nicht verletzen! Verschließ dich nicht, Mara, du darfst dich nicht verschließen. Lass mich für dich da sein, bitte!«

Ihre Stimme brach erneut. Sie klang so klein, dass mir das Herz wehtat, wegen allem, was sie durchgemacht hatte, und weil ich trotz all ihrer Macken immerimmerimmer gewusst hatte, dass sie mich liebte und für mich da war, und weil sie schließlich nichts dafür konnte, dass Sirîns Eltern ihre Tochter in den Irak entführen wollten, nichts dafür, dass Adyan ein Arsch und sein Vater ein Drachen war, nichts dafür, dass Chriso mich nach Hause gebracht und sich in meine perfekte Mutter und meine perfekte Schwester verguckt hatte, nichts dafür, dass ich eine verängstigte, unsichere Sechzehnjährige war, die sich in einen Jungen verknallt hatte, von dem sie nicht wusste, ob sie ihm vertrauen durfte. Und schon gar nicht konnte sie etwas dafür, dass die ganze Welt um mich herum wackelte, obwohl alles, wonach ich mich sehnte, Stillstand war. Zumindest für ein paar Sekunden.

Weil sie für all das nichts konnte, stemmte ich mich aus dem Bett, ging, die Bettdecke um die Schulter gewickelt wie eine Schleppe, ein Schneckenhaus, einen Schutzzauber, zur Tür, legte meine Stirn dagegen und sagte: »Ich hab' dich lieb, Mam.«

Mehr ging nicht.

*

Später, auf dem Weg zum Klo, hörte ich sie weinen. Allein im Wohnzimmer, hinter der angelehnten Tür. Ich blieb stehen.

»Ich mache mir solche Sorgen, Torsten«, schluchzte Mam. »Gestern ging es ihr ganz okay, wir hatten ein gutes Gespräch, aber heute ... Irgendwas ist passiert. Sie ist total ausgerastet, hat ihr Telefon demoliert und ihre Hand gleich mit.«

Meine Hand?

Verwirrt schaute ich auf meine Hand, die rechte, mit der ich das Handy umklammert hielt. Sie war weiß. Also weiß wie in: Mullbinde drum. Wann war das nun wieder passiert? Und warum tat es nicht weh? Ich wackelte mit den Fingern und spürte – nichts. Dafür roch ich den typischen Duft der Salbe, die Mam mir immer auf die schmerzenden Stellen gerieben hatte, wenn ich mich als Kind auf die Nase gelegt hatte ... Der Geruch nach Kräutern und Kühle, nach Kindheit, nach Geborgenheit.

Ich werd' verrückt, dachte ich erschrocken. Vielleicht werd' ich tatsächlich verrückt.

Was vollkommen übertrieben wäre. Selbst wenn man davon ausginge, dass Mam mit ihrem »Schuld der Überlebenden«-Buch richtiglag, selbst wenn sie recht hatte und mir die verpasste Bahn näher ging, als ich mir eingestehen wollte, selbst wenn man Sirîns Situation und die gelegentlichen Kurzschlüsse, die meine widerstreitenden Gefühle für Chriso in meinem Hirn auslösten, einkalkulierte ... Das alles zusammen war noch lange kein Grund, derart abzudrehen!

Wie ich da stand, im Flur vor der Wohnzimmertür, in den Frosch gewickelt, den Blick auf meine weiße Hand und das kaputte Handy darin gerichtet, verstand ich, dass Mam sich Sorgen machte. Es tat gut, mich selbst von außen zu betrachten, ein bisschen Distanz zu mir zu haben, also blieb ich noch ein Weilchen außerhalb meiner Selbst und konzentrierte mich auf die Geräusche, die aus dem Wohnzimmer drangen. Mams Schluchzen war abgeebbt, stattdessen redete sie am Telefon auf Torsten ein, kein Punkt, kein Komma. Die Leerstellen, die Torsten füllte, konnte ich problemlos mitdenken.

»... sie will nicht mit mir sprechen. Nicht über Sirîn, nicht über Chriso, nicht ... Was? Das ist ein Junge von ihrer Schule, der total in sie verliebt ist. ... Ja, süß, aber ein beschissener Zeitpunkt. Er hat sie nach Hause gebracht, sie kam ziemlich aufgelöst rein, hat kein Wort gesagt und ist ins Bad verschwunden. Nein, aus ihm war nix rauszukriegen. Er sagt, alles, was er tun könne, sei, für sie da sein.«

Sie schwieg, sie lauschte, nicht lange.

»Ja süß, sag' ich doch. Warum bist du so ironisch? ... Achtzehn, wieso? Ach komm, die zwei Jahre ... Nee, der ist nicht zu alt, der ist einfach ... Darum geht es doch nicht, Torsten!«

Sie stöhnte und ich konnte mir vorstellen, warum. Torsten mochte keine Jungs. Zumindest nicht, wenn sie mich mochten. Er hatte es sofort gespürt, als die

Freundschaft zwischen Nicolaj und mir sich verändert hatte, und daraus die falschen Schlüsse gezogen. Seither nannte er ihn Nerd-olaj statt Nicolaj, weil dieser zu der Zeit dauernd sein »Keep calm and press ctrl+alt+del«-T-Shirt getragen hatte. Wenn er gewusst hätte, dass Nicolaj keine Ahnung vom Programmieren hatte, das Shirt aber gleich dreimal gekauft hatte, weil er es so cool fand, wär' Torsten vermutlich vor Freude ausgerastet. Es war unglaublich peinlich, wie krampfhaft er einen Grund gesucht hatte, Nicolaj nicht mehr zu mögen, als er geschnallt hatte, dass wir so was wie Sex hatten. Als ich mich bei Mam darüber beschwert hatte, hatte sie sich kaputtgelacht.

»Ignoriere ihn«, hatte sie mir geraten. »Das ist so ein Vaterding.«

»Er ist nicht mein Vater«, hatte ich erwidert.

»Ach, das hat damit nix zu tun«, hatte sie geantwortet, ohne es näher zu erklären. »Es geht um Konkurrenz. Männer sind komisch, wenn sie Töchter haben.«

»Ich bin nicht seine Tochter«, hatte ich gesagt.

»Tut nichts zur Sache«, hatte Mam gemurmelt, »tut nicht das Geringste zur Sache.« Dann hatte sie mir in die Wange gezwickt und mich verdutzt stehen lassen.

Ihrer genervten Stimme bei diesem Telefonat gerade nach zu urteilen, schien sich Torsten in den Monaten seit Nicolaj keinen Deut gebessert zu haben. Dabei hatte er Chriso noch nicht mal zu Gesicht bekommen.

»Was heißt hier Beschützerinstinkt? Ich bitte dich! Es ist doch toll, dass sie sich endlich mal verliebt! ... Bitte *was?*« Sie lachte, laut und hart. »Jetzt mach aber mal halblang! Du solltest dankbar sein, dass sie in Chriso und eben nicht in Sirîn verliebt ist. Weißt du, wie kompliziert *das* geworden wär? Ich fass' es nicht!«

Ich auch nicht. Was hatten plötzlich alle mit mir und Sirîn? Erst Chriso, jetzt Torsten. Hatten die noch nie was davon gehört, dass es Liebe gab, die nichts mit *Ver*liebtheit zu tun hatte? War es so schwer zu verstehen, dass Sirîn meine Schwester war? Manchmal kam mir die Welt um mich herum vor wie ein großer Kindergarten.

Mam schien es ähnlich zu gehen. Sie war wieder vollkommen bei sich angekommen. »Jetzt reiß dich mal am Riemen, verdammt«, fauchte sie ins Telefon.

Obwohl das Sofa, auf dem sie immer telefonierte, neben der Tür und außerhalb meines Blickwinkels stand, konnte ich sie dort sitzen sehen, hoch aufgerichtet und mit blitzenden Augen.

Wie Torsten aussah, konnte ich mir auch vorstellen, in seinem Kongresshotel in Ichweißnichtwo bei München: wie eine Gummipuppe, aus der man langsam die Luft rauslässt. Mit jedem von Mams Sätzen wich mehr Luft aus ihm.

Interessanterweise konnte keiner der Menschen, die ich sehen konnte, mich sehen. Ganz schön absurd, wenn man darüber nachdachte ... Ich konnte durch Wände sehen und war unsichtbar.

Was meine These untermauerte: Ich war verrückt.

In Ichweißnichtwo lief Torsten leer. Hinter der Wohnzimmerwand tobte Mam.

»Ich sitz' hier und erzähl' dir, dass Mara komplett zusammenklappt, und alles, was dir dazu einfällt, ist, dass du enttäuscht bist, dass sie nicht lesbisch ist? Weil ein anderer Mann in ihrem Leben wichtiger werden könnte als du? Du solltest dringend mal mit jemandem reden. Ich kann dir bestimmt einen Kollegen ... Was heißt hier, werd nicht sarkastisch? Ich mach' mir Sorgen, Torsten. Riesige Sorgen!«

Vielleicht bin gar nicht ich verrückt, überlegte ich. Vielleicht sind es die Erwachsenen. Dann dirigierte ich meinen Körper ins Bad, aufs Klo, und auf dem Rückweg kurz ins Wohnzimmer, wo ich einen Kuss auf Mams Scheitel drückte und »Alles wird gut« flüsterte, woraufhin sie überrascht meinen Namen sagte und wieder zu schluchzen begann. Ich goss ihr Tee nach, drückte ihr die Tasse in die Hand und ging kopfschüttelnd zurück in mein Zimmer.

*

Die folgenden Stunden brütete ich darüber, wie ich verhindern konnte, dass Sirîn heiraten musste. Dass sie im Irak hinter verschlossenen Türen und immer bekopftucht leben würde und nie, nie wieder skaten dürfte. Dass ihre tollen Rezepte nur noch ihrem Cousin-Schrägstrich-Ehemann und der Familie vorbehalten sein würde, dass sie mit jedem Kind ein bisschen dicker werden würde, und zwar nicht nur am Hintern, wo sie es sexy fand, sondern überall. Dass sie ihre Eitelkeit verlieren würde und ihre Schlagfertigkeit und ihren Verstand.

Ich wartete darauf, dass Sirîns Stimme in meinem Kopf ansprang, um mit mir zu schimpfen, wie rassistisch und beschränkt ich war und dass es im Irak genau wie überall ganz großartige Frauen gab und was Verstand bitte schön mit Kopftüchern und Kochen und Kinderkriegen zu tun hatte, und ich sollte doch gefälligst mal darüber nachdenken, wer von uns beiden hier gerade den Verstand verlor. Und zwar ganz ohne Kopftuch und Kinder.

Die Stimme sprang nicht an, aber alles, was sie gesagt hätte, stimmte.

Trotzdem wollte ich Sirîn lieber ein paar Gehminuten weit von mir entfernt wissen als in einem Land, das ich nur vom Hörensagen kannte, in dem Krieg und Terror herrschten, in das zu reisen Ewigkeiten dauerte und Unsummen kostete.

Ich musste sie zurückholen. Und dafür brauchte ich jede Unterstützung, die ich bekommen konnte. Ich brauchte Aufmerksamkeit. Und um Aufmerksamkeit zu kriegen, brauchte ich Reichweite. »Reichweite erzeugt man durch Bilder«, sagte Sirîn, je mehr, desto besser.

Es dauerte bis weit nach Mitternacht, um all die Fotos zu sichten, die ich von Sirîn hatte, und bis weit nach zwei, um die schönsten auszusuchen. Bei meinen eigenen Fotos ging es schneller. Ich scrollte zum »Nicht-ganz-so-scheiße-wie-die-anderen«-Ordner und wählte aus den sieben Fotos, die darin lagen, das eine aus, dem man meine Unsichtbarkeit nicht ansah.

Dazu aus dem Ordner »Sirîn und ich« noch das einzige, auf dem ich neben ihr nicht aussah, als wäre ich ein Gehstock. Wir hatten es vor ein paar Wochen gemacht, in unserer Küche, als Irgendwann-mal-Blogfoto.

Sirîn hatte behauptet, der beste Winkel, um uns zusammen mit meinem sechsflammigen Angeber-Gasherd auf das Foto zu bekommen, sei vom Küchentisch aus. Also stiegen wir auf den Küchentisch, Sirîn auf Blümchenstrümpfen und ich mit pinkfarbenen Stoppersocken, beide glücklicherweise auf dem Foto nicht zu sehen. Wir balancierten zwischen Schüsseln und Tellern und Mehltüten und Paprikakernen – Überreste der Kochsession, die wir gerade beendet hatten. Hinter uns, auf dem Angeberherd, standen ein großer Topf, in dem Tortellini mit Ras-el-Hanout-Paprika-Hackfleisch-Füllung sprudelten, und eine Pfanne mit Tomatensugo, das vor sich hin simmerte. Sirîn drängelte mich an die äußerste Ecke des vollgestellten Tisches und quetschte sich neben mich, um uns beide samt Kochvergnügen aufs Bild zu kriegen. Wir krallten uns aneinander fest und kippelten Richtung Boden, und kurz bevor ich das Gleichgewicht verlor und rückwärts abspringen musste, hatte Sirîn »Cheeeeeeese!« gerufen und auf den Auslöser ihres Selfie-Sticks gedrückt.

Das Bild hielt uns fest.

Zwei gackernde Teenager, eine mit blondem Strubbelhaar, ausgeprägten Augenbrauen und einem grellgrünen Pulli mit der Aufschrift *Never press send when angry* (Geschenk von Nicolaj), die andere mit den blausten Augen der Welt und Ohr-zu-Ohr-Chanel-Lippenstift-Lachen. Ihr türkisfarbener Hijab wehte ein bisschen von unserem Geschwanke.

Alles war perfekt – und doch störte mich etwas. Ich zoomte näher und versuchte, den Fehler zu finden, aber es gelang mir nicht. Vermutlich war es gar nicht das Bild, sondern ich selbst, die mir falsch vorkam: die Nase zu stups, die Schultern zu breit, die Brüste zu klein, das Gesicht zu zerknautscht vom Lachen. »Du bist so was von bescheuert, Mara«, stöhnte Sirîn in meinem Kopf. »So was von!«

Nachdenklich ging ich durch den dunklen Korridor in

die Küche, betrachtete den Tisch, auf dem das Bild entstanden war, machte mir einen Kaffee in meiner dunkelhellgrünen Tasse, ging zurück an meinen Schreibtisch und begann, das Blog umzubauen.

Es ging leicht, es ging schnell. Baukastensystem.

Als Letztes machte ich ein paar Screenshots und schickte sie an Sirîn. *Überraschung!!!*, schrieb ich dazu. Dann postete ich das Küchentischfoto auf Insta. Es kostete eine weitere halbe Stunde, weil ich die Buchstaben eher erahnen als sehen konnte hinter all dem geborstenen Glas meines Handys.

> Kochglück mit @sîrkana #blickwinkelwechsler
> #checkitout #bww #newlayout #nachtarbeit
> #kochenmachtglücklich #schwesternimgeiste
> #seelenverwandtschaft #tortellini-all-arabica
> #foodstagram #fusionfood #kochdreamteam
> #neverpresssendwhenangry #bff

Außer Sirîn verlinkte ich noch Nicolaj, wegen des T-Shirts, Lyd, weil sie das Gericht lieben würde, Adyan, um ihn zu ärgern, und Chriso, weil …

Die Wahrscheinlichkeit, dass jemand an einem Sonntagmorgen um, check, fünf Uhr achtundvierzig antwortete, war, da müsste mir selbst meine Mathelehrerin zustimmen, eine zu vernachlässigende Größe. Ich fuhr den Rechner runter und beschloss, meinem Bett eine letzte Chance zu geben.

*

Wahrscheinlichkeitsrechnung war noch nie meine Stärke gewesen, andernfalls hätte ich nicht wie ein Baby geschlafen, sondern mit Argusaugen meinen Account beobachtet. So aber hauten mich die vielen Reaktionen, die mich nach dem Aufwachen erwarteten, fast um.

Außer Lyd hatten alle Markierten (und ein paar Unmarkierte) reagiert – und zwar kaum, dass ich die Augen zugemacht hatte. Wie hatte ich durch dieses Gepiepe hindurchschlafen können? Piepte mein Handy überhaupt noch oder hatte ich den Lautsprecher auf dem Badewannenrand mitzertrümmert?

Sirîn war die Erste gewesen.

> Glückglückglück! 😍 💞 💝 💓 💕
> #maraistdiebeste #kochenmachtschön #yammi
> *2h*

Ich musste ein bisschen scrollen, dann sah ich Adyans Kommentar.

> 🚑 💉 💊 🤕 *2h*

Okay, der war offensichtlich wirklich, richtig, sehr angepisst. Ich scrollte weiter. Ein paar Mädchen aus der Parallelklasse, die meisten schickten Herzchen in allen Farben, danach posteten – wahrscheinlich im Minutentakt – Nicolaj, der rotzbesoffen, und Chriso, der nüchtern klang.

> Nicolaj: Hmmmmm! Lecker! 😛 *2h*

> Chriso: 👍 *2h*

Chriso (privat): Ihr seht glücklich aus. Ich denk an dich. *2h*

Nicolaj (privat): Du bist wunderschön. Wann kochst du mal wieder für mich, Mara? *2h*

Nicolaj (privat): Büttebüttebütte? *2h*

Nicolaj (privat): Sorry für die Messages, liegt am Bier ... Ich hatte kurz vergessen, dass wir nicht mehr – nein, was bei dir gerade los ist. Ich koch mal was für DICH, wenn du ein Ohr brauchst ... Oder einen Arm. Oder zwei. Oder so was. *56 Minuten*

Nicolaj (privat): Sorry. *51 Minuten*

Chriso (privat): Kann ich dich morgen sehen? Also: heute eigentlich. 🙂 Es gibt was, das ich dir gern zeigen würde. *45 Minuten*

Ich sah auf die Uhr. Vier nach acht. Ich hatte nur knapp über zwei Stunden geschlafen und die halbe Welt verpasst. Na ja alles, was wichtig war.

Sirîn und Chriso.

Ich ließ das Handy sinken und dachte nach, schärfer, als ich es vorhin nach der durchwachten Nacht gekonnt hatte. Nach ein paar Minuten kam ich drauf, wie es sein konnte, dass ich mich mit meinem nächtlichen Einsamkeitsgefühl dermaßen getäuscht hatte. Mir waren, um bei dem Mathedings zu bleiben, ein paar äußerst wichtige Variablen durchgerutscht!

a) Zeitverschiebung.
   In Istanbul war es eine Stunde später als bei uns. Bei den Dumans gab es am Wochenende um halb acht Frühstück, ohne Ausnahme, also wahrscheinlich auch, wenn sie auf Familienbesuch waren. Und selbst wenn Sirîn das Frühstück nicht selbst zubereiten musste, weil sie schließlich Gast war, war sie natürlich längst wach. Sie brauchte erfahrungsgemäß jeden Morgen genau siebzig Minuten, um sich aufzuhübschen. *Vor* dem Frühstück. (Davon ging eine halbe Stunde allein fürs Make-up drauf. Eine halbe Stunde! Plus duschen, eincremen, Klamotten aussuchen, anziehen. Ich, zum Vergleich, schaffte alles in fünfundzwanzig Minuten. Maximal.) Sirîn war also bereits seit zwanzig nach sechs Istanbul-Zeit auf den Beinen. Zwanzig nach fünf bei uns. Hätte ich wissen können.
b) Wochenendquotient.
   Die Megaparty im Nachtfalter. Die Falter-Partys waren berüchtigt, alkoholschwanger und dauerten bis zum Morgen des Folgetages. Ich hatte mich vor den Ferien einmal mit Nicolaj und einem gefälschten Schülerausweis reingeschummelt (erst frei ab achtzehn) und es gehasst. Und das nicht nur, weil mir alleine auf dem Weg zum Klo drei wildfremde Typen an den Arsch gefasst hatten ... Wahrscheinlich griff niemand Chriso oder Nicolaj an den Arsch. Sie waren jedenfalls regelmäßig dort. Regelmäßig und lange. Hätte ich ebenfalls wissen können.
c) Der X-Faktor.
   Adyan brauchte weder siebzig Minuten im Bad

(hoffte ich), noch war er in Istanbul (wusste ich). Die Partys im Falter nannte er Krabbelgruppe, ging aber trotzdem manchmal hin. Allerdings war er viel zu verantwortungsbewusst, um seinen Vater allein zu Hause zu lassen, während Sirîn und ihre Mutter in Istanbul waren. Hieß offensichtlich: früh im Bett und früh raus. Sehr früh raus.

Womit sich mein Denkkreis schloss.

Ich las die Kommentare noch einmal und spürte das »Glückglückglück!«, von dem Sirîn schrieb. Es lag wie ein Filter über dem Foto. Chriso hatte recht: Wir sahen glücklich aus. Chriso ...

der an mich dachte,

der mich sehen wollte,

der mir etwas zeigen musste,

lag wahrscheinlich im Bett und schlief, vielleicht in Boxershorts und T-Shirt. Vielleicht ohne. Ich atmete tief ein und dann tief aus und durch den Filter hinweg und entschied, ihm zu antworten, wenn sich das Violett verzogen hatte. Rasch tippte ich eine Nachricht an Sirîn, die vermutlich in Istanbul mit ihren Tanten beim Frühstück saß.

Dann beschloss ich, Mam mit einem schicken Frühstück zu überraschen. Nach meinem emotionalen Aufriss gestern hatte sie sich das mehr als verdient.

NEUN

Schottisches Kreuz?

Könnte zur Gewohnheit werden.
🤣

Soll ich lieber zu dir kommen?

AUF KEINEN FALL!

Du zu mir?

You wish.

In der Tat.
😏

😊

😉
Also?

Schottisches Kreuz.

Sag ich doch. 🤣 Halbe Stunde?

Halbe Stunde? Ich sah auf die Uhr. Dreizehn vor zwölf. Mit dem Rad würde ich es schaffen, aber wohin damit, wenn Chriso wieder meine Hand würde halten wollen? Nicht gut. Zu Fuß brauchte ich eine knappe Dreiviertelstunde, aber ... geduscht war ich, der Lippenstift dauerte drei Sekunden ... Ich überschlug, dann schrieb ich: Stunde.

> Top.
> Bis gleich! 👍

Ich stellte das Handy (dreiundvierzig Prozent) auf die Ladestation, klickte die Lautstärke für den Fall der Fälle auf Maximum, was nach meinem gestrigen Ausraster einem sachten Zwitschern entsprach, klappte den Rechner zu und öffnete den Schrank.

Blaue Jeans, ohne Risse. Unterhemd, Langarmshirt, *Never press send when angry!*-Pulli.

Nein.

Zu sehr vergangene Nacht, zu sehr Nicolaj.

Blaue Jeans, ohne Risse. Push-up-BH, Top, Langarmshirt. Bluse?

Hoodie?

Oder doch ein Kleid?

Um mich herum stapelten sich in kürzester Zeit Klamotten, und bevor ich komplett in dem Klischee einer amerikanischen Romantic-Comedy-Heldin vor dem ersten Date versank, stellte ich mich auf die Zehenspitzen, griff meinen tannengrünen oversized Wollpulli mit dem Riesenrollkragen von der obersten Ablage, zog den unbequemen BH wieder aus, weil man unter diesem Zelt meine Brüste ohnehin nicht sehen würde, und angelte (heute doch) meine hässlichen, gefütterten Winterstiefel aus der hinteren Schrankecke. Zum Schluss wickelte ich meine Hand aus dem Mull.

Die gesamte Außenseite war blau angelaufen. Mal heller, mal dunkler schattiert, aber überall weit entfernt von meiner üblichen hellrosa Hautfarbe. Vorsichtig bewegte ich die Finger. Es ging. Nur der kleine tat weh, was vermutlich an dem blauen Fleck lag. Wie hatte ich das nur wieder angestellt?

Ich erinnerte mich an meine Wut, weil ich Sirîn erst verpasst und dann nicht erreicht hatte. An das Telefon, an den Badewannenrand. Es folgte ein Moment des Nichts, die Stille, dann an Mam neben mir.

Ratlos sah ich auf meine Hand, ließ mich in die Hocke sinken und durchwühlte die Sockenschublade. Ganz hinten fand ich die Armstulpen mit dem Schlitz für den Daumen dran, das erste und einzige Paar, das mir Mam-Oma jemals gestrickt hatte. Zu Weihnachten, vor ein paar Jahren.

»Wenn der Puls warm ist, ist der ganze Körper warm«, hatte sie ganz omahaft gesagt, als ich die schrecklichen Dinger ausgepackt hatte. Das Gleiche behauptete sie auch, wenn sie mir Socken (»Wenn die Füße warm sind …«) oder eine Mütze (»Wenn der Kopf warm ist …«) schenkte. Leider waren die Armstulpen wirklich übertrieben gelb, weshalb ich sie nur zu Hause trug, wenn ich kurz vorm Erfrieren war. Ich hatte Oma gleich nach dem Auspacken dezent darauf hingewiesen, dass nur Schattierungen von Grün, Blau, Grau, Braun und Schwarz Chancen auf einen Platz an meinem Körper hatten und dass ich, wo ich schon dabei war, selbst gestrickte Socken ähnlich schlimm fand wie sie selbst Eisbein mit Kraut und Kartoffelklößen.

Ehrlichkeit war in unserer Familie ein kultureller Balanceakt – für den deutschen Teil eine Selbstverständlichkeit, für den italienischen ein Schlag ins Gesicht. Weil ich ihre Lieblingsenkelin war, schmollte Oma nur eine Nacht lang, dann verzieh sie mir glücklicherweise. Eine eingeschnappte italienische Großmutter brauchte kein Mensch. Beim Frühstück am ersten Weihnachtstag klärte ich sie darüber auf, was ein Beanie ist, und seither trug ich ihre Mützen ständig.

Ich hätte jeden Preis dagegen gewettet, jemals dankbar für die Armstulpen zu sein. Nun ... Vorsichtig zog ich den gelben Schlauch über die kaputte Hand bis zum Ellenbogen hoch. Die Farbe biss den Fleck auf meiner Hand weg, und was sie nicht wegbiss, überdeckte sie. Ich schob den Ärmel meines oversized Pullis über das kreischende Gelb, wiederholte das Ganze an der gesunden Hand und betrachtete mich im Spiegel.

»Alles eine Frage der Attitude«, sagte Sirîn in meinem Kopf. Natürlich sagte sie *Ättitjuhd,* meine kosmopolitische Freundin. »Du musst es bloß als Trend verkaufen und ich schwör' dir, alle werden es glauben, wenn du es selbst glaubst!«

Das sagte sich so leicht, wenn man Armstulpen liebte wie Sirîn, jede Farbe tragen konnte wie Sirîn und eine modische Selbstverständlichkeit an den Tag legte wie Sirîn.

Leider war Attitude das Gegenteil von Mara.

Ich seufzte, nahm das Handy von der Station (61 Prozent, immerhin) und verschluckte mich beim Blick darauf fast an meiner eigenen Spucke. Sechs nach zwölf! Ich schnappte die Stiefel, raste ins Bad, malte mir die Lippen an, während ich auf dem Klo saß, wusch mir die Hände, wobei die blöden Armstulpen sich mit Wasser vollsogen, hatte keine Zeit, mich darüber zu ärgern, griff Jacke und Mütze, schrie »Tschühüsss« und stob aus dem Haus, ehe Lilli oder Mam etwas antworten konnten.

*

Diesmal fror Chriso bereits an unserem Treffpunkt, als ich um die Ecke keuchte. Er hatte die Hände tief in den Taschen seiner Jeans vergraben und betrachtete konzentriert den Boden vor seinen Füßen. Er wirkte blasser als gestern. Trotzdem war er atemberaubend.

Plötzlich – erst jetzt! Wieso erst jetzt? – wurde mir klar, was das letzte Bild war, das er von mir im Kopf hatte: ein kümmerlicher Frosch, der durch einen dunklen Flur schlurfte. Ich spürte, wie meine Luftröhre sich in einen Knoten schlang. Atmen, befahl ich mir. Er ist hier, trotz gestern ist er hier. Und er hat keine Kamera in der Hand.

Ich verlangsamte meine Schritte und ging auf ihn zu, als wäre ich nicht sieben Minuten zu spät und ein Frosch und außer Atem.

Attitude, Mara, Attitude.

»Hey!«, rief ich von Weitem.

Chriso sah auf, mich an und sein Gesicht öffnete sich. Mein Herz sich auch.

»Mara«, sagte er. Nur das.

Wäre er nicht ein Junge, ich hätte gewettet, dass er zu viele Kitschfilme gesehen hatte. Wenn sie schon keine

Flirtratgeber lasen, wo lernten Jungs eigentlich, wie man mit dieser ganzen Herzscheiße zurechtkam? Und wie man Mädchen verzauberte? Zum Beispiel indem man ihren Namen aussprach, als wäre er ein Juwel, das allerneueste Hightech-Gerät, eine Herzchenwaffel? Entweder durchstöberte Chriso eben doch heimlich Flirtvlogs (Boys only) oder er war ein Naturtalent.

Mara.

Im Film würde ich jetzt auf ihn zuzeitlupen, »Chriso« hauchen und wir würden verschmelzen, erst unsere kalten Atemwolken, dann, Stück für Stück, der Rest. Im echten Leben machte ich noch zwei Schritte, sagte »Hi« und gab ihm schnell, bevor ich es mir anders überlegen konnte, einen ungelenken Kuss auf die Wange.

Ich musste mich dazu auf die Zehenspitzen stellen. Er roch genauso wie in meiner fast eineinhalb Jahre alten Erinnerung. Bevor seine Hände meine Schulter fassen konnten, hatte ich schon wieder festen Halt unter den Füßen und stand eine Armlänge entfernt. Das mit den Zehenspitzen musste ihm aufgefallen sein, zumindest deutete er auf meine Füße.

»Ich wünschte, ich wär' so schlau gewesen wie du und hätte Boots angezogen.«

»Ich hatte die Wahl zwischen warm oder sexy.«

»Winterstiefel können sexy sein, zumindest ...« Ich wappnete mich für den zweiten Teil des Satzes, dem garantiert was Blödes folgen würde, so was wie: »... wenn der Rest nackt ist.«

Stattdessen sagte er: »... wenn der richtige Mensch sie trägt.«

Er sah mich an, von unten, und ich hatte keine Ahnung, wie er das machte, schließlich war er mindestens fünfundzwanzig Zentimeter größer als ich. Chriso war eine Wundertüte.

»Du siehst müde aus«, lenkte ich schnell ab.

»War eine lange Nacht.«

»Falter?«

»Falter? Wie kommst du denn da drauf? Ich hab' stundenlang Material gesichtet und endlich einen Film geschnitten.«

Einen Film? Mein Magen verkrampfte. Also doch!

Der Frosch, der überlebt hat

– Mara dreht ab –

»Über ... mich?« Meine Stimme zerstob zu einer milchigen Wolke aus Klängen. Als sie verflogen war, entdeckte ich in seinem Gesicht Verwirrung und Überraschung.

»Über dich? Natürlich nicht! Ich hab' dir doch versprochen, dass ich nicht über dich vlogge. *Mit* dir vielleicht, wenn du willst, eines Tages ...«

Eine Geröllawine donnerte von meinem Herzen und hinterließ eine warme Höhle aus Erleichterung, in die langsam der letzte Satz eintröpfelte: *Mit* dir vielleicht, wenn du willst, eines Tages. Es fühlte sich gut an und nach Zukunft. Zumindest für einen Moment.

Denn während sein Satz noch in der Luft hing, zogen bereits Zweifel auf und ein Sturm an Gegenargumenten prasselte auf mich ein: sein unechtes Vloggergetue, das passive Gedisse von anderen und wie sehr ich Kameras hasste.

Mein Herz war vielleicht kein Stein, aber leider sehr oft ein Sumpf aus bitteren Wahrheiten.

»Worüber sollten *wir* zusammen vloggen?« Es kam schroffer heraus, als ich es gemeint hatte. Wobei ... eigentlich nicht. Trotzdem schob ich ein »Sorry, ich mein es nicht so, wie es klingt, es ist nur ...« hinterher.

»Natürlich meinst du es so.« Ich hatte fast vergessen, wie die harte Chriso-Stimme klang. Und wie sein Gesicht auch aussehen konnte – mit zusammengepressten Lippen und diesem angespannten Kiefermuskel, der ihn viel älter machte, männlicher, gemeiner. Zwischen uns verdichtete sich die Luft zu einer Wand aus Abwehr und einen Augenblick lang bereute ich meine Reaktion. Dann siegte meine Ehrlichkeit: Denn wer so viel austeilt (angebliche Kritik hin oder her), muss auch damit umgehen können, dass es Menschen gibt, die das scheiße finden. Je mehr von Chriso ich kennenlernte, desto mehr mochte ich an ihm, aber seine Online-Persönlichkeit war und blieb ein Arschloch. Und das durfte er wissen.

Er starrte schweigend aufs Wasser, die Hände in den Hosentaschen zu Fäusten geballt, seine Jeans waren eng genug, um das zu erkennen. Ich schaute ihn an und schwieg mit. So lange, bis sein Kiefermuskel nachgab und er sich räusperte.

»Wollen wir ein Stückchen laufen? Ich würde dir gern was zeigen, aber lieber nicht hier, ich ... ich erfrier' sonst, glaub' ich.« Er schaute mich nicht an, aber die Wand zwischen uns bröckelte.

»Gute Idee.«

»Waffelhaus?«

»Hast du Sehnsucht nach deiner ... Schwester?« Innerlich verpasste ich mir eine schallende Ohrfeige, äußerlich tat ich, als hätte ich einen guten Spruch gerissen.

»Die ist dieses Wochenende mit ihrem Freund in Berlin«, sagte er, als wäre das nicht die Nachricht des Jahrtausends. War Superwoman etwa *wirklich* seine Schwester? Und selbst wenn nicht, sie hatte einen Freund? Weil er mich nicht ansah, bemerkte er meine Verwirrung nicht und nicht meinen fassungslosen Gesichtsausdruck. Er fuhr einfach fort: »Ich weiß nicht, wie es dir geht, aber ich könnte einen Seelentröster brauchen.«

Seelentröster? Wofür jetzt genau? Aber diesmal schaffe ich es, den Mund zu halten. Ich murmelte etwas, das nach Zustimmung klingen sollte. Es funktionierte.

Wir liefen eine Weile nebeneinanderher, wortlos, dicht beieinander, aber ohne uns zu berühren. Ich versuchte, meine Gefühle nach ihrem Realitätsgrad zu sortieren, aber es gelang mir nicht. In meinem Kopf drehte sich alles, er war zu voll und ich hatte zu wenig geschlafen, zu wenig gegessen. Außerdem rangen in meinem Körper verliebtes Violett, nebliges Grau und strudelndes Schwarz um die Vorherrschaft. Je mehr das Schwarz überhandnahm, desto schummeriger wurde mir.

»Chriso?« Seinen Namen auszusprechen, war ein Anker.

»Ja?«

»Was willst du mir eigentlich zeigen?«

»Na, das Video von letzter Nacht.« Als würde das etwas erklären. Ich versuchte, mich heranzutasten.

»Das, das nicht über mich ist?«

»Das, das *für* dich ist.«

Für mich? Schwarz. Ich strauchelte. Leider nicht in

Chrisos Richtung. Da ich meine Hände wie er in den Hosentaschen versenkt hatte, fiel ich ungebremst dem Boden entgegen, Gesicht voran wie ein Stein. Eine Millisekunde, bevor ich aufschlug, packte Chriso meinen Arm und riss mich zurück. Ich taumelte, er mit mir mit, und als wir die Balance wiedergefunden hatten, war es doch noch kurz wie im Film, weil er mich einen Moment zu lange hielt und dann »Hey« sagte, ohne mich loszulassen, und mich dabei ansah und ich ihn.

Violett. Mir wurde noch schwindeliger. Er beugte sich zu mir und seine Lippen berührten meine und meine seine und ... meine Knie knickten wieder ein.

Chriso hielt mich und flüsterte »Mara« auf genau die Art in mein Ohr, wie ich es mir vor ein paar Tagen im Klassenraum gewünscht hatte. Stunden, Minuten, Sekunden später, als meine Knie wieder stabil standen, schob er mich ein Stückchen von sich weg und fragte mit einer noch mal neuen Stimme, einer leicht kratzigen: »Alles okay?«

Ich gab die Frage an meinen Körper weiter, der allerdings nicht darüber sprechen wollte, also schätzte ich die Antwort ab. »Denk' schon.«

Die Worte verebbten auf Höhe von Chrisos Brust, aber er schien mich gehört zu haben. Ich wollte zurück in seine Umarmung, wo es warm und sicher und violett war, also schmiegte ich mich an und schlang meine Arme um ihn. Mein Kopf endete ziemlich genau unter seinem Kinn und exakt da gehörte er hin, ich hin.

Chriso seufzte und zog mich an sich und dann flüsterte er: »Entschuldige, das hätte ich nicht machen sollen«, in mein Haar.

»Doch«, flüsterte ich in seine Jacke.

»Es ist so ungerecht«, flüsterte er. »Es ist einfach so verdammt ungerecht.«

Und ohne eine Ahnung zu haben, wovon er sprach, nickte ich und fand es auch ungerecht – alles, bis auf uns.

Wir standen eine Endlosigkeit dort, bis Chriso »Waffel?« flüsterte und ich »Nein« dachte, aber »Ja« murmelte. Es war eine Qual, mich von ihm zu lösen, denn als er mich losließ, strömte das Schwarz ungebremst zurück in mich und das Grau gleich hinterher, viel zu viel von beidem.

Er suchte meinen Blick, aber ich konnte nicht. Die Nähe zu ihm hatte mich aufgerissen und alles an mir war wund, mehr als ich es je mit einem anderen Menschen gewesen war. Vorsichtig wich ich einen Schritt zurück. Immerhin: Der Boden trug mich wieder.

Als ich es schließlich wagte, Chriso anzusehen, spiegelte sein Gesicht meine eigene Wundheit. Sag nichts, beschwor ich ihn. Und vor allem, sag nichts Falsches.

»Geht's wieder?«, fragte er.

Ich suchte den Kontakt zu mir, fand ihn, nickte.

Er nickte ebenfalls, die Erleichterung in seinen Augen stand in krassem Kontrast zu dem gepeinigten Ausdruck, der dahinterlag.

»Was ist los?«, wollte ich wissen.

»Mir ist kalt.« Sein Lächeln wirkte aufgesetzt. »Hör mal ...«

War ja klar.

Okay, jetzt kam es doch noch: Das gerade war ein Fehler, ich war einfach sauer, weil Superwoman bei *ihm* und nicht bei mir ist, ich wollte mich rächen, es war nicht so gemeint, ich wollte bloß ... Woher nahm mein Hirn nur all die Paranoia?

»Bevor wir ... Also ich glaube, es wär gut, wenn du dir vorher das Video ansiehst.«

Das Video? Was war das für ein bescheuerter Film, der wichtiger war als ich, hier, wir, hier? Und überhaupt: »Vor was?«

Er errötete.

Chriso errötete!

Jetzt wünschte ich mir, selbst diejenige mit der Kamera zu sein, ich wünschte, ich könnte ihn aufnehmen, wie er da stand, in meiner Reichweite, die Füße wippend auf dem Boden, die Arme, eben noch um mich gelegt, nutzlos neben seinem Körper hängend. Die Hände, an deren Nägeln noch Spuren des rosafarbenen Lacks waren, den Lilli gestern draufgepinselt hatte. Es sah aus, als hätte er ihn abzukratzen versucht, aber auf halber Strecke aufgegeben. Ich wünschte, ich könnte diesen Moment festhalten. Ihn in Endlosschleife abspielen, wenn ich ihn vermisste oder wenn ich ihn mal wieder scheiße fand, ich wollte sein Erröten konservieren, genauso wie den nächsten Moment, in dem er unvermittelt sagte: »Ich mag dich wirklich sehr, Mara.«

Ich. Dich. Auch.

»Und deshalb glaube ich, es wär' gut, wenn du wirklich, wirklich den Kopf frei hast, bevor wir, also: du und ich, bevor wir ...«

Wow. Meinte er etwa: den Kopf frei haben, bevor wir ...

»... uns küssen und so?«

Es klang abgeklärt, aber das hatte nichts mit mir zu

tun, sondern was mit Attitude und dieser bescheuerten Macke von mir, entweder nichts zu sagen oder zum falschen Zeitpunkt alles. Chriso zog die Augenbrauen nach oben, ein klein wenig, und grinste.

»Und so ...«, echote er.

Zwischen uns luden sich Teilchen auf, bis wir in einem Gewirr aus Knistern standen. Dieser ganze Tag hat was von einem Hollywoodfilm, dachte ich, und dass ich – im Gegensatz zu Sirîn – Hollywoodfilme nicht besonders mochte.

Sirîn!

Schon wieder! Seit ich mich mit Chriso verabredet hatte, hatte ich keinen Moment an sie gedacht.

Das Geknister erstarb.

Ich war so eine Verräterin! Nervös tastete ich nach meinem Handy, zog es hervor, checkte alle Kanäle. Keine Nachrichten. Immerhin hatte ich diesmal nichts verpasst, sie hatte sich schlicht nicht gemeldet. Seit – ich rechnete – über sieben Stunden.

»Siehst du?«, sagte Chriso. »Das meine ich. In deinem Kopf bist du die ganze Zeit bei Sirîn.«

»Und deshalb willst du mich nicht ...? Aber ich habe dir doch gesagt, dass ich nicht in sie ... verliebt bin.«

»Ja, hast du. Du bist aber nicht wirklich ... hier, auch wenn du hier bist ... verstehst du?«

Ja.

Nö.

»Ich mache mir einfach hölle Sorgen um sie.«

»Versteh' ich. Es ist auch total krass alles ...« Er zögerte und schaute mich aufmerksam an. »Hast du heut eigentlich schon was von ihr gehört?«

»Nur den Kommentar unter dem Foto.«

»Sie hat reagiert?«

»Haste nicht gesehen?« Ich klickte auf Insta und hielt ihm mein Handy unter die Nase.

Falls er mein zersplittertes Display registrierte, ließ er es sich jedenfalls nicht anmerken. Stattdessen zupfte er an den gelben Strickschläuchen um meine Handgelenke. Sie waren immer noch nass vom Händewaschen, aber ich wollte sie nicht abnehmen, weil er meine blaue Hand nicht sehen sollte. Weil ich nicht die Psycho-Mara sein wollte, die ich gerade war.

»Schick.« Die Ironie war unüberhörbar.

»Ich sag' ja: warm oder sexy.«

»Verstehe. Darf ich mal?«

Er berührte sacht meine Hand, in der das Smartphone lag.

Die Berührung traf mich unvorbereitet, fuhr durch meinen Körper, den ganzen, raubte mir den Atem und alles Drum und Dran – dann drehte sich die Zeit um ein Jahr, vierzehn Monate und sieben Tage zurück.

Als er »Oops« gesagt und mir das Telefon zurück in die Handfläche gelegt hatte, ganz vorsichtig, als ob es sehr wertvoll wäre. Als ob ich sehr wertvoll wäre. Ich »Danke« gestammelt hatte. Seine Fingerspitzen mich berührt hatten, ganz kurz.

Seine Fingerspitzen an meiner Haut.

Ich räusperte mich.

»Darf ich?«, fragte er erneut.

Ja, versuchte ich zu sagen. Natürlich darfst du. Alles.

Brachte kein Wort heraus, räusperte mich noch einmal, nickte. Er legte seine linke Hand unter meine rechte, sodass mein Telefon und meine Hand zugleich in seiner geborgen lagen. Ich ließ es geschehen, ließ zu, dass er meine Hand, mein Handy näher zu sich zog und mit zusammengekniffenen Augen durch die Risse zu schauen versuchte.

»Mara?«

Kein Juwel diesmal, kein Hightech-Gerät und schon gar keine Herzchenwaffel. Nur mein Name. Als Frage. Zitterte seine Hand?

»Hm?«

»Sirîns Kommentar ist zwei Monate alt.«

»Was?«

»Da steht 2 m.«

»Quatsch. Da steht 2 h!«

»Nee. 2 m.« Ich öffnete den Mund, um zu widersprechen, warum sollte da 2 m stehen? Er sprach schnell weiter: »Und selbst wenn da ›m‹ stünde, könnte es auch nicht stimmen. Wenn es von heute Morgen wäre, müsste da mittlerweile 7 h stehen.«

Er tippte auf das Display. Ich zog seine Hand, meine Hand, mein Handy zu mir heran. Las Sirîns Kommentar erneut.

> Glückglückglück! 😍💘💔💔
> #maraistdiebeste #kochenmachtschön #yammi
> *2 m*

Ich runzelte die Stirn, dann suchte ich seinen Kommentar.

> Chriso: 👍 *7 h*

Noch mal zurück zu Sirîn. Ich beugte mich so tief über das Telefon, dass ich es beinahe mit der Nase berührte. Spielten mir die Risse einen Streich? Nein. Er hatte recht! Da stand 2 m, »m« für months, Monate. Verwirrt sah ich hoch. In sein Gesicht, das ich nicht lesen konnte. Er hatte die Brauen zusammengezogen, seine Rauchaugen wirkten ... bewölkt.

»Aber ... Ich ... Hä? Sie kann das doch nicht vor zwei *Monaten* kommentiert haben, ich habe das Foto doch erst heute Morgen gepostet!«

»Hast du?« Er fragte ganz leise.

»Logisch!«

Er ließ nicht los, mich nicht, das Telefon nicht, deshalb schob ich mich dichter an ihn heran, bis mein Gesicht an seiner Schulter lag, und da lag es gut, weil sich die Welt um mich herum erneut zu drehen begann, momentan noch schön langsam, aber stetig. Das tat sie auffallend oft in den letzten Tagen ... Eigentlich immer, wenn ich mit Chriso zusammen war ... Ob das ein Zeichen war?

Gemeinsam beäugten wir das Display, bis sich Chrisos rechte Hand in unsere Verbindung mischte. Mit dem Zeigefinger scrollte er zu dem Foto, vergrößerte mein Posting und sagte, gleich neben meinem Ohr, aber von sehr weit weg: »Das Foto, das Sirîn hier kommentiert hat, hast du am sechzehnten September gepostet, Mara.«

Wieso am sechzehnten September?

Was war am sechzehnten September gewesen?

Ich fühlte mich schon wieder, als ob ich in einem Film mitspielte, diesmal in einem Krimi, als Zeugin oder Verdächtige, die ihr Hirn nach einem Alibi abklopfte. Aber der sechzehnte September war einfach irgendein Tag ohne besondere Merkmale, ein Tag wie jeder andere. Ich wusste nicht mal, an welcher Stelle der Woche er gestanden hatte. Das Maximum, das ich aus mir herausholen konnte, war die Tatsache, dass er drei Tage nach unserem Geburtstag lag. Ich wäre eine beschissene Zeugin und eine jämmerliche Verdächtige.

»Kann sein, dass wir es da gekocht haben, aber ...«, stammelte ich schließlich halbherzig, einzig, um etwas zu sagen.

Grau in mir. Überall. Hilflos versuchte ich, einen Punkt außerhalb des Zeitenchaos in meinem Telefon scharf zu stellen, einen Baum, eine frierende Ente, eine Holzbank. Mit der Holzbank gelang es. Ich hielt mich mit dem Blick an ihr fest und mit dem restlichen Körper an meinem Handy, Chrisos Hand, Chriso.

Als die Welt zur Ruhe gekommen war, konnte ich wieder klar denken. Es gab eine völlig logische Erklärung: »Das ist bestimmt ein Serverfehler.«

»Ein Serverfehler?«

»Klar! So was kommt doch ständig vor. *Computerchaos in Silicon Valley!«* Ich äffte eine Nachrichtensprecherin nach, aus dem Privatfernsehen, übertrieben unemotional und trotzdem bebend. Aus dem Augenwinkel prüfte ich, wie glaubwürdig meine Imitation war, aber Chriso grinste nicht.

»Und davor?«, fragte er. Immer noch diese vorsichtige Stimme.

»Was?«

»Wann, sagst du, hat sie dir zum letzten Mal geschrieben?«

»Gestern Abend.«

»Bevor oder nachdem wir bei ihr waren?«

»Danach.« Als du in meiner Küche gesessen hast, mit meiner Schwester auf dem Schoß. Nach ihrer Sprachnachricht und bevor ich das Telefon kaputt gehauen hatte. Bevor es diesen Blackout in meinem Gehirn gegeben hatte, von dem meine blaue Hand und mein zersplittertes Handy zeugten.

»... Es ist mir übrigens total peinlich wegen gestern, ich bin eigentlich nicht so, es ...« Ich presste meinen Kopf noch ein bisschen fester an ihn und schaute an unserem Hand-Handynest vorbei auf den Boden. »Mam sagt, es war einfach alles zu viel.«

»Versteh' ich.«

»Echt?«

»Ja.«

Er drückte meine Hand. »Zeigst du mir, was sie geschrieben hat?«

Ich zögerte. Dann wurde mir klar, dass ich nichts mehr zu verbergen hatte, weil er gestern dabei gewesen war, weil er Seiten von mir erlebt hatte, die nicht mal Sirîn kannte oder Lyd und die selbst Mam erstaunt hatten.

»Okay.« Ich rief mir unseren gestrigen Ausflug zu den Dumans ins Gedächtnis. »Erinnerst du dich, dass Herr Duman gesagt hat, dass Sirîn ›zurück in ihre Heimat‹ müsse? Und dann, gestern, gleich danach, hat sie mir aus Istanbul geschrieben. Stell dir das mal vor! Ich hatte recht! Sie war gar nicht in der Wohnung, als wir da waren. Sondern in Istanbul! Ihre Eltern haben es geschafft, sie dahin zu locken, um sie von dort in den Irak zu bringen! Guck!« Ich tippte auf das Display. Der Chatverlauf öffnete sich bei der letzten Nachricht. Ich deutete darauf.

Keine Sorge,
ich komm ja wieder zurück.

Mich will eh keiner heiraten,
dafür sorg ich schon. 🤣

Wobei ... das Essen hier, Schwester, das Essen!
😍

Alter! 🤮 Schön, dass wenigstens
eine von uns das witzig findet!
👿

Wieso hast du mir nix gesagt?

War ganz spontan.
Bestes Weihnachtsgeschenk EVER!
🎄🕯️🎁

»Ein Weihnachtsgeschenk!«, ätzte ich. »Dabei feiern die Dumans gar nicht. Und dann auch noch vorgezogen, ich mein', es ist gerade mal November. Das hätte sie doch misstrauisch machen müssen. Warum ist sie denn in den Flieger gestiegen?«

Ausgesprochen kam mir das alles noch sonderbarer vor als gestern, als ich es nur gedacht hatte. Ging es noch abstruser? Mein Magen flatterte und diesmal hatte es nichts mit violetten Gefühlen zu tun. Mit einer halben Drehung löste ich mich von Chriso und brachte gerade genug Abstand zwischen uns, um herauszufinden, ob er meine Fassungslosigkeit teilte. Schien so. Zumindest sah er aus, als würde er im nächsten Moment umkippen. Bloß nicht! Ich würde ihn nicht auffangen können.

»Hast du ...«, begann er, räusperte sich und inspizierte das Display erneut, »mal auf das Datum geschaut?«

»Welches Datum denn schon wieder? Das war gestern.«

»Na, das vom Chat.«

Langsam machte seine Zahlenfixierung mich ärgerlich. »Vielleicht konzentrierst du dich mal auf den Inhalt und nicht auf die blöden Zahlen? Sirîns Eltern haben sie nach Istanbul entführt! Sie wollen sie verschwinden lassen, Chriso. Wenn wir nicht schnell was tun, seh' ich Sirîn nie wieder! Deine blöden Daten interessieren mich einen Scheißdreck!«

»Meine blöden Daten«, erwiderte er tonlos, »sind der Schlüssel, Mara. Guck halt mal hin! Gestern war nicht der achtundzwanzigste Dezember.«

»Ja, weiß ich doch.« Ich wurde vielleicht langsam verrückt, aber das mit dem Kalender bekam ich noch ganz gut hin. »Es ist *November*, ein saukalter, aber trotzdem.«

Er ließ nicht locker. Er wies auf das Handy, das uns verband.

»Eben. Da steht aber achtundzwanzigster Dezember. Das heißt, die Nachricht ist bereits vom letzten Jahr.«

Vom letzten Jahr?

»Schwachsinn.«

Er hielt mir das Handy direkt vor die Nase und deutete auf das kleine hellgraue Feld mittig im Chatverlauf.

28. Dezember.

Ich begriff nichts.

»Silicon Valley?«, versuchte ich mich noch mal an einer Erklärung.

Er schwieg.

Die Welt begann wieder, sich zu drehen.

Hau ab, befahl ich mir. Chriso ist nicht ganz dicht, du vielleicht auch nicht, aber Sirîn braucht dringend deine Hilfe. Fahr zum Flughafen und setz dich in den nächsten Flieger. Aber etwas hielt mich zurück. Es hatte mit Chrisos Blick zu tun und mit meinen Beinen, die versteinert waren und sich nicht bewegen ließen. Ich wollte, dass er begriff, worum es hier ging, um ein Leben, um Loyalität, um meine allerbeste Freundin, um meine Einsamkeit.

»Es ist doch auch völlig wurscht, was da steht«, sagte ich mühsam beherrscht. »Ich habe gestern Abend mit ihr gechattet. Und als der Kontakt abgebrochen ist, habe ich versucht, sie anzurufen, aber sie hatte im Supermarkt keinen Empfang. Schau.« Ich scrollte zu meinem Beweisstück, scrollte und scrollte und fand schließlich, wonach ich suchte. Chriso hielt noch immer meine Hand, las.

Wieso hast du dein Handy zurück?

Warum behaupten dein Vater und Adyan, du wärst tot?

Sirîn!

Was ist hier los,
verdammt noch mal?

Dann tippte ich im Menü auf »Telefon« und dort auf »Anrufliste«. Da stand es. Ganz oben, neben ihrem voll züchtigen familientauglichen Profilfoto, über das sie immer lachte, wenn sie es sah.

Sirîn Duman
Samstag

»Siehst du? Ich habe es probiert! Aber dann konnte ich sie nicht erreichen, auch nicht ganz normal, also übers Telefonnetz, und da hab' ich Panik gekriegt und das Handy …«

Chriso klickte zurück in die App und dort in den Chat und dort auf Sirîns Name und scrollte sich durch unseren Verlauf und verspätet fiel mir ein, dass er das nicht durfte, weil es privat war, weil es auch um ihn ging in unseren Gesprächen und wie ich ihn zwar schon seit fast eineinhalb Jahren anhimmelte, aber erst seit – was? – drei Tagen kannte. Heftig riss ich ihm das Handy aus der Hand und machte einen Schritt zur Seite.

»Hey, lass das! Das ist … privat!«

Seine Hand schwebte leer und zitternd einen Moment in der Luft, ehe er sie sinken ließ. Seine Pupillen füllten beinahe die gesamte Iris aus, große Fragezeichen. Er musste ins Warme, und zwar dringend. Ich wünschte mir nichts sehnlicher, als ihn einfach mit nach Istanbul zu nehmen. Mit ihm zusammen würde ich Sirîn ausfindig machen, alles würde ich mit ihm zusammen …

»Komm, lass uns ins Waffelhaus gehen«, schlug ich vor, damit er aus seiner Kältestarre erwachte. »Eine Herzchenwaffel essen und ... deinen Film anschauen?«

Hatte er mich nicht gehört? Seine Pupillen ...

»Mara.« Er rührte sich nicht von der Stelle. »Guck dir euren Chat noch mal an.«

»Wieso? Was soll das bringen?«

»Bitte.«

Es klang wie die letzten Worte eines Sterbenden – oder zumindest so, wie ich mir diese vorstellte. Beunruhigt sah ich ihn an, er hielt meinen Blick.

»Bitte!«, wiederholte er.

Ich drehte ihm den Rücken zu, damit er diesmal nicht mitlesen konnte. Die Risse im Glas machten es mühsam, überhaupt etwas zu sehen, der Schwindel in meinem Kopf es fast unmöglich, alles zu entziffern. Als ich Chrisos Brustkorb an meinem Rücken spürte, schoss Adrenalin in meinen Körper. Kein violettes Glück – schwarzes, scharfkantiges Adrenalin.

Ich konnte mich nicht wehren, konnte nicht verhindern, dass er um mich herumgriff und den Finger wieder auf das Display setzte. Langsam schob er sich durch die Gesprächsblasen. Unser Gespräch. Sirîns und meins.

»Siehst du?«, fragte er. Es klang nicht gefährlich, nicht schwarz, es klang einfach nur ... traurig.

Und dann, ganz plötzlich, konnte ich es auch sehen.

Die Blasen auf dem Bildschirm waren hellgrün. Alle. Er scrollte und scrollte, langsam, aber alle Blasen waren hellgrün, unter jeder stand ein graues Häkchen, eines nur, grau, und alle waren auf der rechten Seite. Meiner Seite. Die linke Seite, die, auf der Sirîns weiße Blasen stehen sollten, war leer. Komplett. Erst nachdem Chriso eine Ewigkeit nach oben gescrollt hatte, tauchte eine weiße Blase auf.

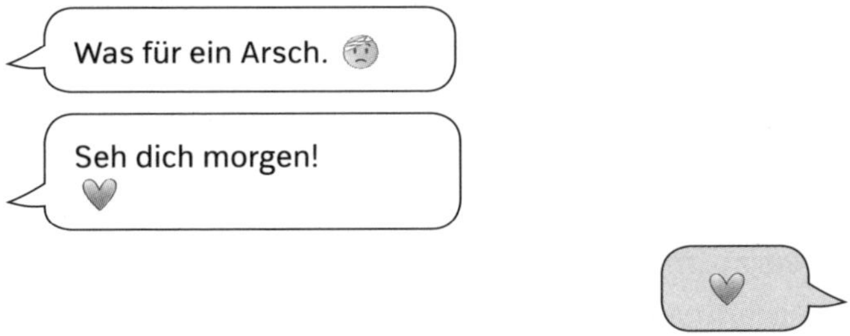

Die letzte Nachricht, meine, war ungelesen.

Das Schwarz in meinem Körper bohrte sich in mich, durch mich hindurch, zerteilte mich.

Wortlos klickte ich den Bildschirm blind, versenkte das Handy sicher in meiner Hosentasche, tauchte unter Chrisos Armen weg und marschierte davon, ohne zurückzuschauen. Chriso folgte mir nicht.

*

Ich weiß nicht, wie es mir gelang zu laufen, die Beine trotteten einfach voran.

Ich lief, ohne zu wissen, wohin, ohne zu wissen, wie lange, ohne zu wissen.

Die Welt um mich drehte sich in alle Richtungen, ich war das Zentrum eines Sturmes, in dessen Auge ich sicher war. Solange ich mich mit ihm bewegte, in seinem Tempo blieb, konnte um mich herum einstürzen, was wollte.

Mein Handy blingte, mehrmals, ständig und automatisch sah ich darauf, las Chrisos Nachrichten und später

Mams, dann die Nachrichten von Lyd, von Neslihan, von Meike, von Nicolaj, alle schrieben zugleich, weil Sonntag war und alle zurück waren, alle was zu sagen hatten, das mich nicht erreichte, weil ich im Auge des Sturmes war und laufen musste, laufen, um stabil zu bleiben, um dem Strudel aus Schwarz und Grau zu entgehen, laufen, laufen, laufen.

Ich lief, bis der Akku des Handys leer war und das Blingen verstummte. Erst nachts, als ich nach Hause kam, dem heimgekehrten Torsten zunickte, der schluchzenden Mam im Vorbeilaufen einen Kuss gab und wortlos an ihnen vorbei geradewegs in mein Zimmer ging, erst als ich im Bett lag, unter der Decke, zitternd vor Kälte, erst da wagte ich, das Ladekabel anzuschließen und mein Telefon wieder anzumachen.

Ich klickte den Link an, den Chriso geschickt hatte, gab das dazugehörige Passwort ein und schaute den Film.

ZEHN

Die Kamera wischte über gekachelte Wände, wischte über Menschen, über Gesichter. Stoppte unvermittelt, schwenkte zurück auf zwei Mädchen, die die Treppe hinabrannten.

Zurückbleiben bitte!

Die Mädchen sprangen die letzten drei Stufen runter. Die eine griff das Geländer und schwang sich um den Treppenpfosten herum auf die U-Bahn-Ebene. Ihr Hijab flatterte. Sie ließ ihr Skateboard auf den Boden gleiten und sprang darauf. Die andere verpasste die Kurve und raste geradewegs auf eine Menschengruppe zu, bremste zu spät ab, stolperte, fiel. Die mit dem Kopftuch drehte sich auf ihrem Board halb um, lachte laut, der Mund, breit und rot, rief etwas und fuhr die letzten Meter zur Bahn. Am Abteil kickte sie ihr Board hoch, ließ es geschickt in ihre Hand gleiten und versuchte, damit die sich schließenden Türen offen zu halten, das noch immer lachende Gesicht ihrer Freundin zugewandt.

Die Kamera schwenkte zurück zu dem anderen Mädchen, das sich aufgerappelt hatte, und folgte ihm, wie es mit langen Schritten zur Bahn spurtete. Zeitgleich mit einem Mann, der von der anderen Seite herbeistürmte, erreichte sie die Tür. Er stieß sie grob zur Seite, stockte, als er das Hijabmädchen mit dem Skateboard erblickte, dann drängte er sich an ihr vorbei durch die Menschenmenge. Sie verlor das Gleichgewicht und fiel hinterrücks in eine Gruppe Jungs.

Die Türen schlossen sich.

Das andere Mädchen versuchte, seine Schulter zwischen die Türen zu klemmen und sich hindurchzupressen, aber der Spalt war zu klein. Sie prallte ab, schrie etwas und schlug gegen die Türen. Zweimal. Die Jungsgruppe in der Bahn johlte. Die Kamera zoomte in den Wagen, fing das Gesicht des Mädchens mit dem Hijab ein, das ratlos die Schultern hob, dann mit den Fingern ein Herz formte und winkte.

Die Bahn fuhr ab. Die Kamera suchte das Mädchen, das alleine zurückblieb. Es zog eine Grimasse, sah dann zur Anzeigentafel, verdrehte die Augen und zog ein Handy hervor.

Die Kamera zoomte näher, das Gesicht war blass, die Wangen vom Rennen gerötet, unter der grünen Mütze lugten ein paar blonde Haarsträhnen hervor. In diesem Moment ertönte ein Knall. Die Kamera zuckte zu Boden, das Bild verwackelte. Staub stob aus dem Tunnel, Menschen schrien. Die Kamera fing sich, schwenkte über die Köpfe hinweg zu dem Mädchen.

Es war verschwunden.

ELF

Schwester,

sie sagen, ich soll dir schreiben. Aber sie sagen viel hier und es ist mir egal. Ich schreibe dir eh ständig in meinem Kopf oder quatsch mit dir, weil du da bist. Immer. Aber sie sagen, wenn ich schon nicht mit *ihnen* reden würde, müsste ich eben mit dir reden. Nee, schreiben. Witzig.

Die sind alle ein bisschen durchgedreht hier, vor allem die Betreuer. Wenn du mich fragst, sind Psychologen selbst die größten Psychos der Welt. Und je berühmter sie sind, desto mehr. Diese hier sind ziemlich berühmt. Ohne Mams Kontakte hätten die mich vermutlich nicht genommen. Und wenn mich jemand nach meiner Meinung gefragt hätte, wäre ich garantiert nicht hier. Aber mich hat keiner gefragt. Insofern tun wir das alle für Mam – die Psychos und ich auch.

Du würdest dich kaputtlachen, weiß ich, vor allem über den Schröter, der megajugendlich tut, aber bestimmt schon über vierzig ist. Wie der immer guckt! Als wäre es ein persönlicher Angriff auf ihn, dass ich nicht rede. Dafür schwafelt er dann umso mehr. Wenn du Leute zum Reden bringen willst, musst du schweigen können, habe ich mal gelesen. Stimmt total.

Die texten mich hier alle zu, die anderen Patienten, die Psychos, sogar die Putzkolonne. Ich rede eigentlich nur mit dem Koch. Der ist nett und vor allem behauptet er nicht zu wissen, was gut für mich ist. Zweimal durfte ich ihm schon helfen, also eigentlich hat *er mir* beim letzten Mal geholfen, wir haben nämlich Kutilk gemacht. Für dich.

Das war das erste Mal, dass ich wieder was geschmeckt habe.

Chriso sagt, dass die Psychos Mam erzählt hätten, sie glauben, ich würde in eine Fantasiewelt flüchten. Ganz ehrlich: Ich würde was drum geben, in einer Welt zu leben, in der du noch da bist. In der keine irren Idioten U-Bahnen mit Müttern mit Babys und Jungsgruppen und MIT DIR drin in die Luft jagen. Ich würde echt was drum geben. Aber wie soll das gehen?

Seit ich das Video gesehen habe, bestimmt Tausend Mal gesehen habe, ist alles in sich zusammengestürzt. Und jetzt sitze ich hier in einer Staubwolke und versuche, die Trümmer um mich rum zu sortieren. (Schlechter Vergleich nach einem Bombenanschlag.)

In meinem Kopf ist immer deine Stimme. *Schneller, Mara, schneller.* Das ist das Letzte, was du zu mir gesagt hast. Passt irgendwie.

Sie sagen, ich muss dankbar sein, dass ich aus dem Verdrängen gerissen worden bin. Damit das so bleibt, damit ich nicht noch mal vergesse, was passiert ist, damit ich es nie mehr vergessen kann, halten sie mir ständig Zeitungsartikel unter die Nase und quälen mich mit Vorträgen über Verdrängung und Posttraumatische Belastungsstörungen und benutzen Worte wie *Mythomanie.* (Frag nicht, ich hatte das auch noch nie gehört, es bedeutet: lügen, ohne zu wissen, dass man lügt. Schwachsinn! Ich habe nicht gelogen. Ich habe mich nur ... vertan.)

Sie versuchen, mich zu überzeugen, aber ich bin ja

nicht blöd, ich sehe ja, was ich sehe, und natürlich glaube ich es.

Ich kann es nicht fassen, aber ich glaube es.

Und jetzt sitze ich hier vor einem ganzen Leben ohne dich und die letzten Tage und Wochen sind nebelig und ich bin es auch. Und taub.

Mam sagt, das wird wieder.

Schröter sagt das auch.

Und Chriso guckt mich an, als würde er mich küssen wollen, aber wir haben uns seit dem einen, ersten Mal noch nicht wieder geküsst, *immernochnicht!*, was mir ein Rätsel ist. Dabei würde er wollen, glaube ich, was mir auch ein Rätsel ist.

Aber ich kann's nicht.

Ich kann es einfach nicht.

Ich will was spüren, wenn wir uns küssen, und gerade spüre ich nichts, und wenn ich doch was spüre, tut es weh.

Alles tut so weh, Sirîn!

Manchmal streicht Chriso über meine Wangen oder Lippen und manchmal muss ich dann nicht weinen. Es dauert nicht mehr lang, das weiß ich. Weil du nämlich wollen würdest, dass ich ihn küsse. Also mache ich das, demnächst.

Er hat übrigens wirklich kein Video gepostet – zumindest soweit ich weiß, ist ja kein Internet hier, aber er hat es versprochen.

Chriso ist ganz anders, als wir dachten. Also nicht mit seinen Bros, da ist er, wie er ist: laut und blöd. Aber wenn wir allein sind, ist er ganz, ganz anders. Du würdest ihn mögen.

Und halt dich fest! Er ist Nummer 238 auf unserem Blog gewesen, hat er mir gestanden. Er hat uns gegoogelt und gelikt, weil er neugierig auf mich war. Auf mich! Kannst du dir das vorstellen? Schon seit ein paar Monaten! Hätte mich ja mal ansprechen können, findest du nicht? Als ob dem Typ jemand glauben würde, dass er schüchtern ist. Nie im Leben nehme ich dem das ab. Jungs sind komisch.

Wer Nummer 239 war, weiß ich leider noch nicht. Einer aus dem Skatepark? Der Süße mit den ganzen Sommersprossen, der dich immer so angehimmelt hat?

Ist aber auch egal, wir haben nämlich mittlerweile schon über neunhundert! Katastrophentourismus, meint Mam. Sie sagt, die folgen uns, weil die Geschichte so heftig ist. Also deine. Unsere. Keine Ahnung, wer es am Ende geleakt hat, Chriso war es nicht, schwört er.

Mir aber auch egal, warum sie uns folgen, weil ich weiß, dass es dir auch egal wäre. Wenn ich hier raus bin, sorge ich dafür, dass wir die Tausend knacken. Und dann stoßen wir an, auf unser erstes k, du und ich.

Übrigens habe ich rausgefunden, wie dein Matchatee-Waffelrezept im Waffelhaus gelandet ist: Superwoman ist tatsächlich Chrisos Schwester! Er hat ihr unser Blog gezeigt und sie hat das Rezept geklaut. Wie heftig ist das denn bitte? Ich mag sie nicht.

Du fehlst mir so.

Ohne dich macht Reden keinen Spaß und Musik auch nicht.

Ich wünschte, sie hätten den Typ festgenommen. Ich hätte ihn so lange mit den supersüßesten Videos von dir bombardiert, bis er sich vor lauter Schuldgefühlen totgeheult hätte. Dummerweise ist er schon tot und ich weiß nicht, wohin mit meiner Wut, und ich versuche, nicht zu hassen, weil alle immer sagen, dass es das wäre, was Leute wie der wollen: Hass.

Aber ich habe keine Lust auf Hass, wem soll das was bringen? (Das ist mein durchtherapiertes Ich. Mein Mara-Ich brüllt und tobt und schreit, weil du nicht da bist. Und sie hasst, und wie.)

Rachegefühle wären normal, sagen sie. Fühlt sich trotzdem kacke an. Ich würde ihn gern fragen, warum er das gemacht hat. Der Gott, von dem du mir erzählt hast, der hätte keine U-Bahn in die Luft gejagt. Für den war Leben Liebe. Hast du immer gesagt. Ich mochte deinen Allah, aber der Attentäter hatte wohl einen anderen.

Du hast immer gesagt, solche Typen sind einsam. Und dass sie bloß Liebe brauchen, weil Liebe alles heilt. Du bist so eine Kitschtante, Sirîn!

Warst.

Warst so eine Kitschtante.

Warum muss ich jetzt an deine Teddysocken denken?

Ich mag die Welt nicht, Sirîn.

Ich mag die Welt ohne dich drin nicht.

Hört das irgendwann auf mit dem ständigen Weinen?

...

Ich bleibe noch drei Wochen hier. Weil es okay ist, auch wenn sie nerven. Weil der Koch nett ist und mir beibringen will, wie man indischen Rahmkäse selbst macht. Weil ich nicht in die Schule muss und stattdessen einen Businessplan für den BWW gemacht habe. Ich mache das weiter, Schwester, für dich. Und ich werde Videos machen! Chriso hat versprochen, mir zu helfen. Tausend, just saying.

Ich mache weiter, für dich und für unseren Traum … und für Mam, damit sie diesen Sorgenblick los wird und endlich wieder normal mit mir redet, und für Lilli, damit sie sich wieder traut, mich anzuspringen, und für Chriso, damit ich ihn endlich küssen kann, auch wenn ich mich dafür auf eine Stufe stellen muss. Aber vor allem für dich.

DANKE

Dem Kurdischen Zentrum Berlin für die Hilfe mit dem Kurmancî. Tülin für ihr Vertrauen und die Unterstützung bei der Detailfragenklärung. Sleman, Eyaz und Ursel vom Begegnungschor Berlin für Kutilk und mehr. Hanneke für den Kontakt zu dem anonymen Übersetzer, der den letzten Schliff gab.

Minette Dreier und Stephanie Drescher für das Lesen des Rohmanuskriptes, für ihren Enthusiasmus, ihre Tränen und unser Lachen.

Meiner Agentin Astrid Poppenhusen, die mir Luft zum Schreiben verschafft.

Dem Arena Verlag, der mir so viel Vorschussvertrauen entgegengebracht hat – allen voran Nikoletta Enzmann für ihre Begeisterung, das detailverliebte Lektorat und die Fähigkeit, mit ein paar Stichworten Welten zu öffnen.

Antje Wagner für ihre unvergleichlichen Pep-Talks, ihre Unterstützung, ihre Großherzigkeit und ihre zuweilen erschütternde Kollegialität. Ihre Freundschaft.

Risk Hazekamp für den immer richtigen Schubs in die immer richtige Richtung zur immer richtigen Zeit und für alles andere, immer, auch.

Für diesen Roman haben folgende Songs
eine wichtige Rolle gespielt:

Doloros O'Riordan: »Ordinary Day«
Anja Schomaker: »Auf und davon«
Dota: »Rauschen«
Ed Sheeran: »Afire Love«
Julian Sengelmann: »Ich bring' dich nach Haus«
Radiohead: »Creep«
Pink: »Beautiful Trauma« (M&L: Alecia Moore, Jack Antonoff © EMI Blackwood Music Inc. / Pink Inside Publishing / Ducky Donath Music / Sony/ATV Songs LLC)
Volkslied: »Der Mond ist aufgegangen«
Sia feat. David Getty: »Flames«
Sia feat. Rhianna feat. David Getty: »Beautiful People«
Guns N' Roses: »November Rain«

Ella Blix

Der Schein

Alina ist neu auf dem Internat Hoge Zand auf der kleinen Ostseeinsel Griffiun. Eines Nachts sieht Alina aus einem der Turmzimmer ein dunkles Schiff am Horizont, das seltsame Blitze über das angrenzende Naturschutzgebiet schießt. Auf der Suche nach Antworten trifft sie in den Dünen auf Tinka, der sie sich sofort auf unheimliche Weise verbunden fühlt. Das Mädchen mit der seltsamen Ausrüstung weiß viel mehr, als sie wissen dürfte und verschwindet immer wieder spurlos. Als Alina mit Hilfe der Lonelies, ihrer neuen Freundes-Clique, versucht, den Rätseln der kleinen Insel auf die Spur zu kommen, macht sie eine Entdeckung, die alles in Frage stellt, was sie jemals für wahr gehalten hat ...

Arena

Auch als E-Book erhältlich

472 Seiten • Gebunden
ISBN 978-3-401-60413-8
www.arena-verlag.de

Lukas Erler

Side Effect

Plötzlich war sie weg. Kaum hat Ben begriffen, dass die faszinierende Nesrin mit den blauen Haaren auch etwas für ihn empfindet, ist sie verschwunden. Hinterlassen hat sie nur einen Zettel mit einer Adresse in Amsterdam. Ben reist ihr nach und muss feststellen, dass sie dort niemals angekommen ist. Als er beginnt nach ihr zu suchen, überschlagen sich die Ereignisse. Ein Junkie rät ihm dringend, aus Amsterdam zu verschwinden, dann wird er überfallen, und plötzlich taucht Erol auf, ein ominöser Bekannter aus Nesrins Vergangenheit. Gemeinsam machen sich die beiden auf die Suche nach ihr und geraten in einen Sumpf aus krimineller Forschung, Menschenversuchen, legalen Drogen und großen Geschäften. Im Mittelpunkt: ein skrupelloser Konzern und ein Mädchen mit blauen Haaren. Ob Nesrin noch zu retten ist?

Arena

Auch als E-Book erhältlich

272 Seiten • Klappenbroschur
ISBN 978-3-401-60456-5
www.arena-verlag.de

Stefanie Gerstenberger / Marta Martin

Ava und der Junge in Schwarz-Weiß

Schmetterlinge im Bauch, so richtig über beide Ohren verliebt? Ava ist 15 Jahre alt und hat keinen blassen Schimmer, wie sich das anfühlt. Als sie dann auch noch während der Sommerferien im alten Kino ihrer Oma Luise aushelfen soll, scheint ihr Schicksal als Ungeküsste ein für allemal besiegelt. Doch schnell wird klar, dass Luise nicht nur mit ihrem gebrochenen Handgelenk Hilfe braucht – der »Titania Palast« ist in Gefahr, verkauft zu werden! Und wer ist der seltsame junge Typ, der in Lederjacke und mit komischer Schmalzfrisur dauernd mit ihrer Oma abhängt? Ava ist fasziniert von ihm, denn er ist anders als alle Jungs, die sie kennt – und er teilt offenbar mit ihrer Oma ein Geheimnis. Kann er der Junge sein, in den Ava sich verlieben wird?